Simone Rodrigues

FILHA DE CIRCE

Você sabe tudo a seu respeito?

1ª edição - 2023

Copyright ©2023 by Poligrafia Editora
Todos os direitos reservados.
Este livro não pode ser reproduzido sem autorização.

Filha de Circe
Você sabe tudo a seu respeito?

ISBN: 978-85-67962-27-6

Autora: Simone Rodrigues
Coordenação Editorial: Marlucy Lukianocenko
Projeto Gráfico/ Diagramação: Cida Rocha
Revisão: Mary Abel

```
Dados Internacionais de Catalogação na Publicação (CIP)
           (Câmara Brasileira do Livro, SP, Brasil)

    Rodrigues, Simone
       Filha de Circe : você sabe tudo a seu respeito? /
    Simone Rodrigues. -- 1. ed. -- São Paulo : Poligrafia
    Editora, 2023.

       ISBN 978-85-67962-27-6

       1. Romance brasileiro I. Título.

23-184669                                    CDD-B869.3
              Índices para catálogo sistemático:

    1. Romances : Literatura brasileira    B869.3

    Eliane de Freitas Leite - Bibliotecária - CRB 8/8415
```

www.poligrafiaeditora.com.br
E-mail: poligrafia@poligrafiaeditora.com.br
Rua Maceió, 43 - Cotia - São Paulo
Fone: 11 4243-1431 / 11 99159-2673

A editora não se responsabiliza pelo conteúdo da obra, formulada exclusivamente pela autora.

*"Dizem que você morre
duas vezes:
primeiro quando para
de respirar, e
um pouco mais tarde,
quando
alguém diz o seu nome
pela última vez."*

Banksy

Em memória à minha querida
e inesquecível avó Lúcia (nome
que originou a personagem
desta história).
Eternizada em meu coração
e neste livro.

Carta aberta à Lúcia real

Olá vó, você não está aqui entre nós, mas quero que saiba, de onde estiver, que a sua vida foi inspiradora para mim.

Antes mesmo de falar da personagem Lúcia, gostaria de falar sobre Circe.

Uma deusa grega que no início de sua história foi colocada à margem de sua família.

Renegada pelos pais viveu insegura deixando que seu brilho precioso fosse ofuscado pelo desprezo dos irmãos mais novos que se julgavam mais poderosos e mais belos. Até que um dia, Circe foi levada para o exílio depois "de se livrar" do marido, um príncipe mortal com quem foi forçada a se casar, além de ver o amor que nutria pelo humano Glauco não ser correspondido.

E é aí, nesse exato momento onde tudo parecia o fim, no ponto em que o mundo parecia ruir e o caos destruir sua vida, Circe descobre seu poder.

De excluída e intimidada, ela descobre sobre si mesma na solidão de seu retiro.

E em que você, querida avó se encaixa nessa história?

De sua vida sei o pouco que presenciei.

Você também se viu sozinha, abandonada por quem lhe jurou amor e ao qual você se dedicou até o final.

E mesmo quando tudo parecia o fim, você achou o seu caminho, deixando um legado lindo de força e generosidade.

Desse modo nasceu a Lúcia, filha de Circe, que como você, neste livro trilha sua busca por autoconhecimento, amor e acima de tudo respeito por si mesma.

Gratidão por tudo vó... Te amo para sempre.

De sua neta, Simone

O relógio no painel do carro marcava exatamente 23h45, estacionei na espaçosa garagem da minha nova casa.

Desliguei o carro e suspirei com satisfação na escuridão daquela noite, iluminada apenas pelas estrelas e uma lua linda e redonda no céu.

Tudo parecia me saudar com boas vindas fazendo-me sentir acolhida.

Dirigi por horas, mas consegui resolver as últimas pendências da minha antiga vida. Meus primeiros passos para um recomeço.

Desci do carro, pensando nas infinitas possibilidades, dali pra frente: o trabalho, a cidade, a propriedade recém-adquirida.

Uma página em branco, pronta para ser escrita.

Olhei satisfeita para o amistoso chalé de telhas vermelhas, paredes brancas contornadas por pedras rústicas.

Parei em frente à porta, olhei para o capacho no chão e li o que estava escrito: "Home" de forma bem humorada: a letra "O" tinha o formato de um emoji sorrindo (um sorriso de "bem-vinda"). Que sejam bem-acolhidas as esperanças de dias melhores que batem à porta. A porta da minha vida.

Acendi as luzes da sala, passando meus olhos por toda a casa, coloquei a bolsa em cima da mesinha no canto perto da porta, tirei os saltos e senti uma onda de alívio, caminhei descalça o assoalho de madeira clara assim como era o teto.

A casa estava impecável! Eu havia contratado os serviços de uma *organizer* para colocar todas as minhas coisas no lugar, além de abastecer a casa com as compras de mercado.

Meu novo lar cheirava limpeza: lavanda e madeira.

Tudo estava novo, pois a casa havia passado por uma reforma recentemente.

Era muito funcional, decorada com móveis de designs modernos, o que criativamente contrastava com a construção rústica.

Pensei imediatamente no meu antigo apartamento, localizado em uma área central, nos sons das buzinas dos automóveis, na poluição e na correria dos meus dias.

A sala do chalé era ampla, muito arejada, tinha paredes claras, sendo que uma delas era de vidro. Estava coberta por uma linda persiana branca, que, quando aberta, além de trazer luz natural revelava durante o dia, a bela paisagem das montanhas.

Nela também havia um sofá de canto azul escuro muito confortável coberto por um xale e almofadas coloridas, no chão um tapete de algodão e uma pequena mesa lateral.

Em frente a ele ficava um móvel de madeira com uma tv plana.

À sua esquerda, achava-se um lavabo e em frente a ele, uma escada de madeira com uma estrutura de ferro que levava ao andar de cima, iniciado com um mezanino que servia como uma entrada para uma suíte e um *closet*.

A cozinha era compactada à sala, dividida pela bancada-ilha feita de alvenaria.

Na parte de cima da bancada, um tampo de quartzo branco funcionava como mesa para refeições agregando duas cadeiras revestidas de tecido do mesmo tom.

Armários de madeira, um *cooktop* e toda parafernalha de eletrodomésticos de última geração.

A parede do fundo levava a três degraus que descendo davam acesso a uma lavanderia bem montada, um *deck* de madeira e ao restante da propriedade.

....

Subi as escadas e procurei por uma toalha. Meu enxoval também precisou ser preparado. Encontrei uma toalha branca felpuda que cheirava a camomila.

Entrando no banheiro, conferi no espelho de corpo inteiro o meu aspecto de exaustão, o que não combinava nada com meu estado de felicidade, por tudo o que estava acontecendo.

Liguei o chuveiro até que o cômodo fosse preenchido pelo vapor de água quente.

Me livrei do jeans e da camisa que me cobria o mais rápido que pude.

Era maravilhosa a sensação da água escorrendo livre por minha coluna, era como se a água levasse com ela toda a tensão dos últimos dias.

Tudo o que eu queria era aproveitar aquele momento, a espuma do sabonete escorrendo sobre meu corpo, o aroma de lavanda no ar. Fechei os olhos e respirei profundamente.

Poucas respirações depois. Eis que sem licença, sem motivo ou porquê, a lembrança 'dele' me veio à mente.

A expressão dos olhos dourados emoldurados por longos cílios pretos, o sorriso que exibia lábios bem desenhados, e….

Pare imediatamente!!

Eu ordenei a mim mesma, abrindo os olhos depressa na expectativa de que aquelas memórias desaparecessem do nada, assim como do nada surgiram.

Me enxaguei aborrecida e desliguei o chuveiro. Vesti uma camiseta velha, uma calcinha de algodão bem confortável, ainda inconformada comigo mesma.

Como, após meses de luto do nosso término cheio de sofrimento (um sofrimento apenas da minha parte), a imagem dele veio me assombrar?

Fui até a cozinha, apanhei uma taça e a abasteci com um bom vinho.

Além dos traços dele que tanto me agradavam, a lembrança dos motivos desagradáveis que passei me vieram de sobreaviso, eu também recordei que eu havia ultrapassado todos os meus próprios limites, quando me dei conta de que estava em um relacionamento onde eu amava por dois.

Fui nocauteada pelo cansaço, tanto dele, como de todas as suas desculpas e daquele envolvimento volúvel, me levantei pelas mãos do meu amor próprio.

Retomei o controle da minha vida e decidi que esse controle seria meu para sempre, sem conceder o poder dele a mais ninguém.

Me espalhei pelo sofá confortável, segurando a taça com cuidado.

Meu registro de antecedentes de relacionamentos amorosos incluíam muitas lições.

De algumas tirei experiências boas, mas outras carregavam desilusões e decepções. Porém, todas trouxeram aprendizado, sem dúvida.

Uma delas a de que sou minha maior prioridade, que nunca mais me permitirei a me autossabotar e me deixar iludir por promessas que nunca serão cumpridas.

Entornei um gole de vinho, apreciando o inebriante sabor do Merlot. Senti falta do queijo. Corri na geladeira, e apanhei um generoso pedaço, e o levei feliz para a sala.

Enquanto mastigava o queijo, eu pensava:

Eu sei, eu sei... Não temos garantias de felicidade e amor eterno, como somos levadas a acreditar desde a infância.

Seja nos contos de fadas, nos livros, nos filmes açucarados das muitas sessões da tarde, assistidas na minha adolescência.

Enchi a taça com mais vinho e a entornei de uma só vez.

Enfim, eu já havia passado por muita coisa e vencido a maior parte delas.

Prova disso, era eu ali. Com a vida em rumos tão diferentes!

Levei o prato e a taça vazios para a cozinha, apaguei as luzes e fui dormir.

Há sempre outro dia, novas pessoas, novos sorrisos, novos sonhos e que bom por isso.

....

Na manhã seguinte, quando abri a janela do quarto, fui recebida por um dia lindo, com um sol já bem alto no céu.

O ar do interior era diferente, mais fresco, com uma brisa agradável, trazendo o cheiro de terra e do verde dos campos.

Alferes era a cidade que escolhi para retomar minha vida.

Repleta de lagos, cachoeiras e uma natureza riquíssima.

A casa havia sido escolhida meticulosamente para obter privacidade.

Ficava afastada, localizada no alto de uma montanha, com fácil acesso através de uma estradinha bem pavimentada, e a três quilômetros do pequeno centro local.

O quintal era arborizado com árvores frondosas e frutíferas, além de possuir um riacho que cortava o terreno nos fundos da propriedade.

O som das águas passando tranquilas e mansas traziam serenidade ao meu coração.

O imóvel havia pertencido por muitos anos a conhecidos de uma amiga de trabalho.

Sempre almoçávamos juntas.

Quando Ravena soube do meu rompimento com "ele" me ofereceu a casa dessa amiga.

Ela sabia que eu sempre desejei um chalé nas montanhas, e essa conhecida dela estava vendendo um.

Após o contato com Amarílis, a amiga de Ravena, comprar a casa dela foi algo óbvio.

Comprei a propriedade de 'porteira fechada' apenas por fotos e vídeos, encantada pelo bom gosto, pela beleza das paisagens e as descrições carregadas de lembranças felizes vividas ali que ela me revelou.

Amarílis resolveu vender a propriedade após a perda de seu marido, no entanto não conseguia viver em outra cidade, outro lugar...e continuou a residir, no centro local, onde também, possuía uma encantadora livraria.

Depois do meu término infeliz com "ele", quando descobri que enquanto fazíamos planos para um futuro juntos e "ele" também traçava projetos em um romance com uma conhecida, resolvi mudar meus objetivos, levando em consideração, meus próprios desejos e minhas ambições pessoais.

Amarílis dispunha de um espaço em sua livraria para montar um café e estava à procura de alguém para isso (além do sonho de morar em um chalé nas montanhas, eu almejava ter um café - desses que lembrassem os lindos bistrôs parisienses). Com toda certeza seria perfeito associar o café a livraria!

E foi então que tudo começou...

....

Depois de apreciar de pertinho a beleza do riacho que fazia parte do meu pequeno paraíso, na companhia de uma boa xícara de café, entrei no carro e me dirigi até o centro, a fim de verificar em que pé estavam os últimos arranjos para inauguração de minha delicatessen.

O centro de Alferes era de um charme à parte.

Composto por duas "avenidas" principais pavimentadas com paralelepípedos (uma que dava acesso ao centro e outra que saia dele), além de pequenas ruas arborizadas, com comércios de lindas fachadas cativantes e inspiradoras, decoradas das mais diversas maneiras.

Em uma esquina muito bonita pertencente à avenida que dava acesso ao centro da cidade ficava a livraria da Amarílis.

Seu exterior estreito e encantador exibia uma graciosa vidraça de onde se avistava suas estantes apinhadas de livros.

A parede onde ficava a vidraça estava pintada em tom verde escuro, assim como a porta de madeira com uma janelinha.

Sobre as duas, o letreiro dourado apresentava o lugar: *Bookstore & Café*.

Embaixo da janela, na calçada de paralelepípedos, ficavam dois vasos de astromélias coloridas.

Eu abri a porta e um sininho anunciou minha entrada. Seu interior era tão receptivo e gostoso como a casa de uma avó querida.

Seus cantinhos iluminados por lustres e arandelas antigas de ferro com desenhos florais abrigavam confortáveis sofás e mesinhas redondas com cadeiras estofadas azuis.

Sorridente e muito simpática, vi Amarílis tão bonita quanto nas vídeochamadas que tivemos, conversando ora sobre assuntos importantes, ora sobre aleatoriedades, às vezes rindo noite a fora, durante todo o processo do fechamento de nosso duplo negócio.

O cabelo dela estava grisalho, tinha um corte curto moderno, além de possuir olhos verdes bem expressivos. Ela aparentava decisão e tranquilidade, além da beleza madura no auge de uns setenta e poucos anos.

Apresentava-se sempre discretamente maquiada e exibia elegância. Amarílis estava vestindo uma camisa branca, calça cinza escuro de alfaiataria, sapatilhas nude, brincos lindos e um lenço de seda colorida amarrado no pescoço.

Naquele exato momento Amarílis dispensava alguns funcionários que passaram por mim enquanto se dirigiam para saída, me cumprimentando educados.

Haviam terminado os ajustes do balcão de café, feito de tijolinhos vermelhos e tampo de madeira.

Na parede atrás dele, um quadro negro com escrita cursiva branca apresentava a variedade de cafés, lattes e as iguarias doces e salgadas que seriam servidas. Todos os itens da cafeteria e a decoração escolhida com carinho, estavam devidamente instalados e funcionando como programado.

— Lúcia! Ela exclamou alegremente meu nome, vindo me abraçar. Que bom que chegou, seja bem-vinda ao seu novo lar!

Seu abraço caloroso foi tão natural e familiar.

— Obrigada Amarílis. (Eu a abracei me empenhando em corresponder seu carinho). Realmente não sei como agradecer, o que tem feito por mim. O espaço está tão lindo! Muito mais do que imaginei.

Respondi admirando tudo à minha volta.

— Coisas que nos surpreendem realmente têm um valor diferente. Como eu sabia que você só conseguiria chegar ontem a Alferes, procurei colocar tudo da maneira como você me disse que gostaria.

— Sim, estou vendo! E essa livraria? Mil vezes mais encantadora do que as fotos publicadas no perfil do Instagram.

— Este universo possui minha alma. Nunca amei tanto um lugar como esse, nem mesmo minha antiga casa, onde morei tantos anos com meu marido e meu filho, e que hoje pertence a você. Aqui posso ser tudo o que eu quiser, entre tantas fábulas e personagens diferentes.

Sorri diante de sua descrição tão compatível com os meus sentimentos.

— Como foi sua primeira noite em sua casa nova? Estava tudo em ordem?

— Impecável! Excelente o trabalho da pessoa que me recomendou. Obrigada.

— Não tem de quê, querida! Ah, antes que eu me esqueça...

Ela se afastou, apanhando uns papéis e passando-os para minhas mãos.

— Eu tomei a liberdade de fazer uma lista com os pequenos detalhes que faltam para concluir com a cafeteria.

— Certo... (respondi verificando as anotações).

— Amanhã chegam os salgados, aqueles congelados para que você asse na hora de servir. Como você fará com os doces? Amarílis perguntou com curiosidade.

— Eu sei fazer muffins maravilhosos. Respondi empolgada. No estilo "Starbucks". Vou começar a preparar amanhã para a inauguração de quinta-feira. Encomendei as outras guloseimas da senhora que você me indicou, dona Virgínia, da cidade vizinha, ela entregará tudo fresquinho na quinta mesmo bem cedo.

— Que bom! Vai dar tudo certo. (Ela afirmou pegando em minhas mãos, dando tapinhas amistosos).

Alferes é uma cidade tranquila típica do interior, onde o maior movimento é durante os finais de semana, quando chegam os turistas.

— Imagino. (Respondi ainda atenta, observando detalhes da encantadora livraria).

Amarílis percebeu, sempre sorrindo me perguntou:

— Quer ver mais do espaço? Fique à vontade.

— Obrigada! Caminhando entre os sofás e as estantes, perguntei:

— Desde quando possui a livraria?

— Desde sempre... meu avô era o livreiro e o fundador desse lugar. Cresci nesse universo mágico, entre os livros, que se tornaram meus melhores amigos. Passava as tardes da infância aqui com meu avô, que além de tudo lia para mim histórias fabulosas, me fazendo sonhar em cada conto. Eu adorava!

Quando meu avô faleceu, a livraria passou para o meu pai e depois para mim.

— Que interessante! Acho incrível isso de passar adiante um negócio de família. Respondi notando uma discreta portinha em um canto, no término das estantes que quase me passou despercebida. Na porta, uma plaquinha alertava: PRIVADO.

— E aqui? Aonde leva essa porta?

Ela ao meu lado respondeu:

— Ah essa porta... é um lugar especial, nomeei santuário. Pode abrir se quiser.

Eu olhei pra ela curiosa, e ela sorriu me incentivando a girar a maçaneta.

Minhas sobrancelhas se ergueram surpresa.

— Um misto de sala e jardim de inverno! (Dei uma risada com um misto de surpresa e felicidade) Posso?

— Claro, Lúcia! Entre! (Ela respondeu e gesticulou com a mão para que eu entrasse).

A saleta era intimista, decorada com plantas e flores diversas. Metade do teto era de madeira e nele estava pendurada uma cadeira de balanço branca de fibra pergolada, linda demais. O restante do telhado era uma claraboia que trazia luminosidade e ventilação ao jardim interno.

Ao lado do balanço uma mesinha de madeira com alguns livros, um pequeno abajur e uma xícara de chá de porcelana. No ambiente ainda havia um tapete artesanal de palha, um cesto onde repousava uma colcha de *patchwork* e em frente a eles uma lareira salamandra (aquecida a combustível).

— Você gostou? Amarílis perguntou, diante do meu silêncio.

— Eu nem tenho palavras, como você pode perceber. Então rimos as duas.

— Eu adoro essa sala também. Meu canto quando quero ler, refletir, meditar ou apenas recordar alguns momentos e tomar um chá.

O chá agora deixará espaço para seus deliciosos cafés.

— Estou encantada com seu bom gosto. O santuário é realmente um nome adequado. Fui deixando o lugar com certa tristeza, minha vontade era de passar o dia ali.

— Mas quando você quiser Lúcia, esse lugar estará pronto para receber você. Divido ele contigo, assim como estou dividindo esse pedaço do meu coração: a livraria.

— Não sei como agradecer... Foi apenas o que consegui responder a abraçando mais uma vez.

— Amarílis, preciso ir agora, por mais que eu não queira,(kkkkk). Tenho que ir buscar alguns ingredientes dos brownies que me esqueci de pedir à moça que fez as compras.

— Claro! O mercado do Sr. Assis é muito bom para isso. Tem muita variedade além de produtos importados também.

Lá é diferenciado.

— Pelo que percebi, tudo aqui é! Nos vemos na quinta cedo Amarílis. Mais uma vez, gratidão por tudo.

Ela me levou até a porta e fui caminhando pela avenida, conhecendo o vilarejo, onde agora era meu lar também.

Os moradores da cidade que passavam por mim, iam me cumprimentando com um sorriso e um desejo de bom dia. Senhoras, senhores, jovens. As crianças, umas olhavam curiosas, outras somente continuavam andando ou apenas brincando.

Enfim achei o tal mercado do Sr. Assis, comprei o que precisava e fui para onde deixei o carro estacionado.

— Lúcia? Ouvi meu nome quando abria a porta do carro e guardava as sacolas.

Me virei e vi caminhando em minha direção uma mulher elegante, pele clara, bem vestida, de cabelos castanhos, presos em um rabo de cavalo, bolsa estilosa e óculos escuros.

— Sim? Posso ajudar? Respondi.

Pois não a reconheci. (Não ia reconhecer mesmo! tirando a Amarílis e agora o Sr. Assis, não conhecia mais ninguém ali) pelo menos por enquanto.

— Oi! Ela disse retirando os óculos e me estendendo a mão. Você não me conhece. Meu nome é Stella, sou a proprietária da La Perle, a botica que fica quase em frente à livraria.

— Prazer! Você já me conhece? Perguntei com certa curiosidade.

Ela riu antes de responder:

— Não... quer dizer... não pessoalmente. A Amarílis falou com entusiasmo de você por diversas vezes. Fiquei curiosa em te conhecer. E aqui é uma cidade pequena, você sabe, todo mundo se conhece, e as notícias correm mais rápido que o normal rsrs.

— Rs... Sei, muito prazer.

Ela continuou:

— Vi você saindo da livraria, percebi que você não era uma turista. Durante o início da semana, é muito difícil vermos pessoas diferentes das habituais por aqui.

— Eu acredito. Desculpe se fui rude (sorri sem jeito) ainda não estou ambientada. Nos grandes centros as pessoas mal se olham.

— Uma pena, deve ser muito ruim passar despercebido pelas pessoas como se não fosse nada. Jamais conseguiria viver em um lugar assim. Enfim... vim te desejar boas-vindas (ela sorriu). Nunca tivemos uma cafeteria legal em Alferes. Estou empolgada! O que você precisar pode me chamar.

— Obrigada! Também estou empolgada.

— A Amarílis me contou que você vai inaugurar o espaço na quinta, isso mesmo?

— É! quinta-feira vou te esperar!

— Pode esperar ! (Ela respondeu batendo palmas)

— E você é a perfumista Stella? Perguntei dando mais atenção a ela.

— Isso! Faço perfumes, sabonetes, hidratantes, chás, essências para a casa também, e tudo relacionado a cheiros. Vá conhecer a loja qualquer hora.

— Irei! desculpe a minha indelicadeza, mas estou na correria, tenho tantas coisas pra resolver até quinta...

— Ah, imagina... nos vemos por aí então. Até quinta!

Ela se despediu, colocando novamente os óculos escuros no rosto e saiu andando.

Não preciso nem colocar uma faixa na frente da livraria (pensei ao mesmo tempo em que virei a chave do carro na ignição).

O letreiro novo *Bookstore & Café* e as conversas locais são o suficiente para o povo saber da inauguração da cafeteria.

"Vantagens de cidade interiorana" ou não, isso eu só iria descobrir com o tempo.

....

No final da tarde, com o avental cheio de farinha, lá estava eu terminando de assar os muffins. Havia conseguido fazer meia dúzia de cada sabor: Maçã fit, *blueberry* e o de farinha de avelã com gotas de chocolate (deve ser o suficiente), concluí.

O aroma doce dos bolinhos havia se espalhado pelo chalé, junto com a batida envolvente e romântica da retrô *Wish someone Would Care* -Irma Thomas. Em passinhos de uma dança inventada por mim, olhei pela parede de vidro que revelava todo o esplendor do pôr-do-sol se refugiando no verde da montanha.

Eu dancei imensamente feliz, celebrando meu momento para um céu tingido de laranja e vermelho.

É sobre isso (pensei em voz alta) é isso que quero pra mim.

Na mesma playlist do *Spotify* a música mudou drasticamente para "*A Little Less Conversation*" - Elvis Presley, e eu aumentei o volume ao máximo, rodopiando e rebolando pela casa.

Condicionei os muffins (frios) na embalagem para transporte.

Abri o freezer, verificando as marmitinhas congeladas, escolhendo para a minha segunda noite um jantar top, peixinho com shitake.

Preparei uma saladinha e abri o vinho branco.

Nesse momento já não havia luz das estrelas do lado de fora da casa. A parede de vidro era apenas o breu da noite. Fechei a persiana.

Depois de lavar a louça, liguei a TV, assistindo ao noticiário, pulando canais até adormecer.

....

Eu abri a porta da livraria, ouvindo o som de seu sininho
— Amarilis? (Ninguém respondeu) então fechei a porta. Sem explicação

me sentia ansiosa. Uma luz amarela vinha do "santuário". Resolvi ir até lá.

Algo estava estranho no momento que entrei ali, havia uma escadaria que ia até a claraboia, eu não enxergava o final.

Como não notei essa escada? Ela não estava aí ontem! Olhei para os lados e resolvi subir os degraus. Quando atingi o meio da escada, ouvi o sininho da porta de entrada, assustada desci correndo me estabacando no chão.

— Aaaaah! Eu soltei um gritinho estridente. Acordei espantada e notei que a "luz amarela": vinha da tv, eu estava sonhando amontada no sofá da sala de casa. Devo estar cansada mesmo (ri sozinha).

Desliguei a tv, apanhei o cobertor que estava enrolada e subi as escadas para dormir no quarto.

....

Às 6h30, o despertador tocou. Levantei rapidinho, tomei uma ducha, e lavei meu cabelo. Passei um *leave-in* para secarem naturalmente. O creme quase sempre disciplinava meus cachos castanho escuros que estavam mais compridos do que o habitual, perto dos ombros (quase sempre porque eles tinham sua própria personalidade).

Fiz a *make* básica do dia a dia, filtro solar com cor, rímel e *gloss*.

Escolhi um look prático, um macacão azul de malha de algodão e um All Star.

Enquanto o aroma de café que vinha da máquina invadia meu nariz, eu também ouvia mais ao longe o correr macio das águas do rio. Alguns pães de queijo ficaram prontos. Peguei uns dois, à xícara de café adicionei leite desnatado e apanhei uma tigelinha de frutas com aveia. Fiz minha refeição olhando as águas passarem tão absorta que quase me perdi e me atrasei.

Carreguei o carro com os muffins e dirigi até a livraria.

Eu andava pela calçada, afobada com as embalagens pensando em como entraria na livraria com as mãos ocupadas. Antes mesmo que eu pensasse no malabarismo que eu faria para abrir a porta, uma senhora que caminhava na mesma direção que a minha, me vendo sobrecarregada, gentilmente abriu a porta da livraria para que eu entrasse.

— Ah, bom dia senhora! Muito obrigada!

Apenas sorrindo, sem dizer nada, ela fechou a porta e saiu.

— Bom dia, Amarílis! Fui entrando um tanto desajeitada com os braços ocupados.

— Estou aqui (ela acenou de trás do seu guichê) Bom dia! Quer ajuda? Estou no computador colocando em ordem alfabética o nome dos livros novos que chegaram ontem à tarde.

Olhei pra ela de relance, colocando as embalagens em cima do meu balcão do café.

— Não precisa, está tudo certo. Caminhei até ela para dar um beijo em seu rosto.

— Pelo visto passou a noite assando bolinhos, hein?

Ela perguntou observando as caixas.

— Que nada! Sai daqui rápido ontem. Assei os muffins à tarde. A noite dormi como uma criança.

Respondi voltando para os meus afazeres.

— O rancho nos traz realmente essa paz.

— Rancho? Perguntei achando engraçado o termo.

— É como eu costumava chamar a minha ex-casa. Amarílis parou o que fazia e veio se juntar a mim para me auxiliar.

Colocamos as xícaras em seus lugares, os grãos de café na máquina, alguns muffins na vitrine, deixando espaço para os bolos que chegariam na manhã seguinte.

— Sente falta de lá? Sondei Amarílis.

— Às vezes, sinto mais falta do Heitor. Da companhia dele.

Ela respondeu com certo pesar e um olhar tristonho.

— Sinto muito. Desculpe por perguntar. Eu lamento muito por sua perda.

— Não se desculpe. Eu recordo bons momentos com ele todo tempo.

Quis mudar logo o assunto:

— Ontem conheci a perfumista, Stella.

— Conheceu? Foi a sua botica?

— Não.... Ela me abordou enquanto eu guardava as compras do mercado no carro.

— Hahaha (Amarílis soltou uma gargalhada gostosa) típico dela. Ela não espera que as coisas aconteçam. Mas é uma boa mulher, sua loja é maravilhosa. Dizem que suas fragrâncias são um "tanto" mágicas.

Parei o que fazia incrédula diante da revelação sobre Stella.

— Como assim mágicas?

— Vou lhe contar uma história...

Esperei interessada, e ela continuou:

— Logo que a Stella se casou com Plínio, eles montaram a loja.. Além das essências e perfumes, Stella fazia alguns elixires e chás para todos os fins. E uma senhora que tinha um filho pequeno que sofria a um bom tempo com perturbações noturnas e espasmos durante o dia, sem chegar a nenhum diagnóstico médico, tomou um elixir da Stella durante alguns meses e ficou curado.

— É sério isso? Perguntei descrente.

— Sim! Quando a mãe agradecida perguntou a Stella como aquilo podia acontecer, ela disse à mulher que ela vinha com esses ensinamentos há séculos em sua família, passado de geração em geração pelas mulheres. E que no século XVII, no auge da inquisição uma ancestral sua havia sido queimada como bruxa na Inglaterra por ser alquimista. O boato de que as essências feitas por Stella eram "mágicas" e de que ela seria uma "suposta bruxa" se espalharam como fumaça. E até hoje recebemos turistas que procuram sua loja, atrás de soluções para seus males.

Meus olhos estavam arregalados e eu surpresa com o relato que Amarílis havia feito. — E você acredita nisso?

— Bem, eu ... (nesse momento, quando Amarílis me diria sua opinião... o sininho da porta tocou).

—- Olá!

Era um rapazinho franzino que vinha entregar os salgados. E esse assunto ficou para outra oportunidade. Tínhamos muito a fazer.

....

No final do dia havíamos terminado tudo. A ansiedade começava a bater. A inauguração seria no dia seguinte.

— Bem... fizemos um excelente trabalho! Amanhã será um dia espetacular. (Amarílis afirmou com convicção).

— Eu também acredito nisso! Formamos uma dupla boa. Eu disse abraçando aquela mulher maravilhosa por quem eu já estava me afeiçoando.

— Eu sei que é difícil não se sentir nervosa diante de algo novo. Mas você não está sozinha, embora tenha essa impressão (ela me disse, com seu sorriso confiante).

— Obrigada Amarílis, não me canso de te agradecer.

— Todas as coisas estão escritas, e acontecem como e quando devem acontecer. Vá pra casa, relaxe e se prepare para amanhã.

....

Apanhei minha bolsa e saí da *Bookstore & Café* (decidi me referir assim a livraria, pois agora ali também pertencia a minha delicatéssen).

Olhei para a calçada do outro lado da rua e vi a loja da Stella. Já estava fechada.

A fachada era *clean*, de tijolinhos brancos, a porta branca com uma pequena janelinha (parecida com a da livraria) em cima da porta ficava um charmoso toldo escuro. Do lado esquerdo da porta uma arandela de ferro, do lado direito uma vidraça, do lado de dentro uma cortina cobria a janela. Em cima, o letreiro em relevo indicava o nome: La Perle.

Em minha mente criativa, depois da história fantástica da Amarílis, imaginei a Stella sendo queimada como bruxa.

Ri para mim mesma, com essa imagem sem propósito, porém enquanto eu caminhava rumo ao carro, do nada me lembrei do sonho bobo na noite passada. A escada no "santuário" da Amarílis. Na correria do dia até me esqueci de comentar.

Bom... isso não é um assunto relevante, em outra oportunidade conversaremos.

Dirigi tranquila pela estrada que subia a montanha até chegar à minha casa.

A estrada era linda! Não havia nada nela, além de árvores e de um ou outro portão que indicava uma propriedade particular.

Em um determinado trecho, dava para avistar a cachoeira dos amores. Uma visão de cartão postal.

Será que eu com o passar do tempo, acostumaria com toda essa beleza e tudo se tornaria menos deslumbrante?

Realmente, espero que esse dia nunca chegue.

Apertei o controle para abrir os portões, e entrei com o carro.

Um novo anoitecer se anunciava tão colorido quanto o de ontem.

Parei para admirar por alguns instantes.

Entrei no chalé, acendi as luzes, tirei os tênis, me joguei no sofá, e liguei a TV.

Coloquei o primeiro filme que vi no aplicativo, levantei do sofá para me servir de suco e colocar um pacote de pipoca no microondas.

Munida do "kit cinema em casa". Não deu cinco minutos de filme para iniciar uma cena de sexo de cair o queixo.

Num bar, um casal que trocava olhares carregados de sedução, foi para a pista dançar. O casal seguia hipnotizado um pelo outro dançando com tanta sensualidade e erotismo que assistir aquilo foi o suficiente para me sentir umedecida.

O homem que era um ator de tirar o fôlego arrastou a mulher para o banheiro.

Os dois se beijavam com intensidade ao mesmo tempo em que ele a sentou em uma pia de frente para ele. Ele a acariciava desesperado, abriu a parte de cima do minúsculo vestido que ainda cobria o corpo dela, agarrando seus seios, sugando os mamilos enquanto a mulher gemia arqueando e os oferecendo mais.

Com uma das mãos ele desabotoou as calças e a outra acariciava a buceta dela, brincando com seu clitóris, a fazendo implorar por ele.

Naquele instante eu já não vestia meu macacão... e eram minhas mãos em sintonia com as dele que me dedilhavam. Fechei os olhos imaginando o toque de um homem. Dedos grandes e masculinos vasculhando minha buceta, entrando e saindo. Meus dedos molhados deslizavam ágeis, escorregando dentro de mim, ao mesmo tempo em que eu ouvia os gemidos do casal atrás da tela da TV, eles se misturavam aos meus murmúrios no sofá.

Eu gozei alto! Após ter passado meu frenesi, e eu me recuperar, me senti aliviada por não ter vizinhos.

Subi as escadas, entrei no banheiro e me enfiei no chuveiro.

Desde o meu término com... o Rafael.. (era a primeira vez em tempos que mesmo em meus pensamentos pronunciava o nome dele) não me envolvi com ninguém que dirá ter uma relação sexual.

Hoje, muito provavelmente, eu tenha extravasado minha abstinência, meu celibato, me libertando de qualquer amarra que ainda me ligava emocionalmente, sentimentalmente ou fisicamente a ele.

Assim que vesti minha camiseta velha de dormir, coloquei o despertador do celular para tocar cedo. Amanhã será um grande dia!

Apaguei a luz.

....

Antes mesmo que *Baby, What a Big Surprise* - Canção de Chicago, tocasse para me despertar às 7:30 da manhã eu já estava de pé.

Em frente ao espelho, eu terminava de prender meu cabelo num coque frouxo. Deixei alguns fios de ondas encaracolados caírem despretensiosos sobre os ombros e o rosto.

Chequei o visual: calça jeans, regata branca, bota e cinto caramelo, e pra finalizar um quimono laranja longo, de mangas compridas, com estampa miúda.

Finalizei a make com um batom vinho para evidenciar meus lábios cheios.

Cores quentes realçavam minha pele morena herança do meu avô paterno que era negro.

Meus olhos, mesmo sendo castanhos, exibiam uma íris meio esverdeada, presente de minha avó materna que era espanhola.

Sem demora, desci as escadas, indo até a cozinha.

A ansiedade me deixava sem apetite, optei por engolir uma pêra, para não sair em jejum.

Com certeza meus olhos estavam esbugalhados enquanto eu devorava a pêra encostada na pia, eles denunciavam que minha mente vagava em milhões de pensamentos.

Imaginando que nada poderia dar errado na inauguração, e que a *Bookstore & Café* seria um grande sucesso na cidade.

Voltei à terra assim que ouvi o som de mensagem do whatsapp. Era a doceira, avisando que em cerca de trinta minutos entregaria os doces.

Me apressei, peguei as chaves do carro, e sai rumo ao centro.

O vento invadia o carro através das janelas, trazendo com ele o ar agradável daquela manhã. A presença de um ipê amarelo no meio do verde chamou minha atenção, não o tinha notado ali antes. No mesmo momento senti uma vibração na direção, e a trepidação do meu carro.

— Ah nãooooo! Agora não! Encostei o automóvel já em pânico. Desci para constatar o que mais temia, um prego gigantesco havia furado meu pneu.

— Droga ... não sei trocar pneu de carro! (Reclamei em voz alta para mim mesma) eu estava no meio da estrada, onde só havia as árvores e eu.

O centro ainda estava a uns dois quilômetros de distância para que eu pudesse ir caminhando procurar um borracheiro, ou alguém que me ajudasse.

Fora que a doceira daria com a cara na porta, pois era cedo demais para Amarílis estar na livraria, e a pé, ficaria tarde demais para que eu chegasse a tempo de recebê-la. Entrei no carro e peguei o celular.

— Sem sinal... (naquele trecho da estrada não havia sinal de internet).

Não conseguiria me comunicar com ninguém e muito menos pedir um Uber (aliás, eu nem ao menos sabia se em Alferes havia Uber).

Quando o desespero começou a bater, vi descer a montanha e se aproximar do meu carro uma caminhonete Renault vermelha.

— Bom dia! O que aconteceu, moça? Precisa de ajuda? Um homem ruivo de cabelos ondulados e bem cortados, barba bem feita, parou.

— Bom dia! (Minha voz saiu com um tom de alívio por ver alguém). Sim, meu pneu furou e não tenho a menor habilidade para trocar. (Ao explicar minha situação o tom da minha voz saiu quase uma súplica por socorro).

Ele estacionou a caminhonete, desceu do carro, alto, forte, pendurou os óculos escuros na gola da polo preta e justa, que colocava em total evidência os músculos malhados de seus braços. No braço esquerdo, havia a tatuagem de um corvo. Vestia jeans e um tênis claro.

— Você tem um macaco e estepe? O "viking ruivo" perguntou amigável.

— Sim! (Corri abrir o porta-malas para mostrar a ele). Está aqui. Não tenho como agradecer o favor!

Mal conclui o agradecimento e lá estava ele sorrindo ao meu lado, se inclinando para pegar o pneu.

— Não tem o que agradecer. (Ele me olhou de maneira gentil). Seus olhos eram escuros, muito opostos aos cílios laranja-avermelhados.

— Dei sorte de você passar por aqui agora! (Tentei puxar assunto). Você também mora aqui no alto? Na montanha?

— Moro sim. Passo por aqui esse horário todos os dias para trabalhar. (Ele respondeu enquanto levantava o carro com o macaco).

— Ah sei... eu não vou ao centro tão cedo, mas justo hoje, que estou apressada, me acontece isso. Rs.

Ele me ouviu, mas permaneceu em silêncio, só desparafusou o pneu.

Eu olhei o celular. Em pouco tempo, a mulher dos doces provavelmente chegaria na livraria.

(Que ela se atrase, por favor!) Desejei em pensamento.

— Você deve ser a Lúcia, hoje inaugura seu café na livraria da Amarílis não é? (Agora o olhar do herói nórdico me analisava).

— Sou eu! (Respondi surpresa). Justamente porque hoje eu inauguro o café, estou aflita. Meus doces devem estar sendo entregues, é preciso que as coisas estejam em ordem e funcionando às 9h, quando a Amarílis abrir a livraria.
— Não se preocupe, vai dar tudo certo!
O homem ruivo, desconhecido, amigável e bonito piscou.
Devo ter ruborizado, pois senti o rosto quente no mesmo momento.
— Aqui, pelo visto todos já me conhecem (sorri ainda sem jeito). E você quem é?
Perguntei-lhe estendendo um paninho para que ele limpasse as mãos de graxa.
— Conrado. Muito prazer! Ele estendeu uma das mãos já limpa.
Trocamos um aperto de mão. Depois ele baixou o carro no asfalto.
— Está feito Lúcia! Vou guardar seu macaco e o pneu furado no bagageiro. Tem um borracheiro na rua de trás da livraria.
— Puxa, eu estou muito grata! Assim que eu estiver mais livre vou procurá-lo. Devo alguma coisa a você, Conrado? Fui abrir a carteira mas ele me cortou imediatamente.
— Um café será um bom pagamento. Ele respondeu bem humorado.
— Mas isso sem dúvida! Te espero na delicatéssen, então. Respondi com meu sorriso mais sincero, entrando rapidamente no carro. (De verdade, eu estava agradecida).
Ele fez uma missura tipo continência, enquanto eu disparava para a *Bookstore*.

....

Para meu segundo alívio do dia, notei a livraria já aberta. Abri a porta e vi Amarílis ajeitando as iguarias na vitrine.
— Bom dia querida! (Se houvesse encarnação para a simpatia e a prestatividade seriam a Amarílis) vim mais cedo, caso precisasse de ajuda.
— Amarílis... bom dia, me desculpe o atraso. Muito obrigada por ter recebido os doces (fui abraçá-la) o que seria da minha vida sem você?
— Imagine... o que aconteceu com você? Soube que algo estava errado, na hora em que cheguei, praticamente junto com a doceira e você ainda não havia chegado. Está afobada! Havia uma preocupação genuína em seu rosto.

— O pneu do meu carro furou! E no meio da estrada... pense no meu desespero. Não sei trocar pneu de carro não, minha amiga!

— E como você fez? (Ela aguardou minha resposta com uma banoffe mas mãos).

— Um homem mega gentil caiu do céu para me socorrer (eu disse rindo), era praticamente uma mistura de guerreiro irlandês com o Thor.

Ela riu com a descrição.

— Conrado! Amarílis respondeu rapidinho.

— O próprio!

Fui falando e fazendo o serviço que deveria ser meu (arrumar a vitrine).

— Deixe que eu faço isso agora Amarílis, você já me ajudou muito por hoje.

Fui desembalando as delícias.. e Amarílis deu continuidade ao assunto:

— Ele realmente é um homem muito atraente. É professor de música.

— Puxa, que interessante!

Respondi, admirando os doces que estavam com uma aparência incrível! Banoffe, Red Velvet, Torta mousse de chocolate e Pudim de leite.

— Sim! Ele toca vários instrumentos. A escola dele fica na Rua Flores, à esquerda do mercado do Sr. Assis.

— Legal! Acredito que ele apareça por aqui mais tarde. O café será por conta da casa, rsrs.

— Ah, virão muitas pessoas! Você vai ver!

Amarílis mal terminou a frase e duas senhoras entraram.

— Bom dia! (Uma delas exclamou com entusiasmo).

Amarílis e eu nos entreolhamos uma para outra, felizes, respondendo em uníssono:

— Bem-vindas!

— Lindo o lugar, que livraria e café encantadores! (Por não conhecerem a livraria, logo percebi que eram turistas).

Assim também deduzi, como era fácil para os moradores saberem quem eu era logo de cara.

De forma descontraída o dia passou leve e com bastante trabalho.

A cidade estava com um número bom de turistas. Alguns proprietários do comércio local, quando podiam, davam uma escapada para tomar um cafezinho.

No entanto, foi quase na hora de fecharmos que recebi um número considerável de clientes e visitantes.

Enquanto servia um casal, percebi um outro se aproximando.

Reconheci Stella, vinha falante e esfuziante como a primeira vez que a vi.

— Olá! Espero que ainda tenha café para nós, rsrs. Ela entrou de mãos dadas com um homem loiro, de olhos acinzentados, bem-afeiçoado.

— Sempre! (Respondi) sejam bem-vindos.

— Oi, Amarílis! Como você está? Ela se dirigiu a Amarílis a beijando no rosto. Seguido dela, seu acompanhante fez o mesmo.

Ela veio ao balcão do café, ficando estática lendo todas as opções. Depois me apresentou o loiro ao seu lado.

— Quanta variedade!

O homem loiro exclamou.

— Tenho um cardápio para várias predileções.

— Isso é perfeito! Um bom começo! (O acompanhante de Stella respondeu).

— Nossa, que mal educada eu fui agora, não apresentei meu marido (ela riu).

— Lúcia, esse é o meu marido, Plínio.

Ele estendeu a mão:

— Muito prazer, seja bem vinda à nossa cidade, Lúcia.

— Já estou em casa! Obrigada. Sorri cordialmente.

Enquanto eles se acomodavam, e eu atendia seus pedidos, mais outro casal chegou.

— Olha quem veio! (Plínio exclamou) e Stella se virou para ver quem entrava.

Uma mulher linda, de longos cabelos trançados vermelhos como fogo, olhos verdes como duas esmeraldas brilhantes, de traços delicados como de uma boneca. Vestindo um longo vestido vaporoso preto e junto dela, um homem de traços orientais, seus cabelos lustrosos penteados para trás e olhar observador.

— Lúcia, (Stella chamou) esses são Aurora e Kaléo, nossos amigos.

Acenei com a mão, e terminei de colocar os pedidos nas mesas, logo em seguida dei atenção ao casal.

— Como vai Lúcia? Como está a inauguração do café? Kaléo perguntou.

— Bem-vindos! Melhor do que eu esperava.
— Vou querer um muffin. Está com uma cara ótima. (Pediu Aurora).
— Claro! (Falei procurando atender aos pedidos com agilidade).
Os quatro sentaram juntos e conversaram sobre como o dia havia transcorrido para o comércio deles.
Colocando à mesa o que cada um havia solicitado, me dirigi a Aurora:
— Em que ramo é o comércio de vocês?
— Temos uma casa de presentes (ela respondeu, olhando em meus olhos) somos artesãos, eu e Kaleo.
— Trabalhamos na maioria de nossos *souvenirs* com papel machê. (Disse ele) Formamos uma bela dupla, não é minha linda?
Kaleo piscou para Aurora, afagando sua mão.
— Realmente são! Você precisa conhecer a loja deles Lúcia. Aliás, a Botica também. Você ainda não foi até lá. (Stella falou, e em seguida abocanhou um pedaço do meu muffin de blueberry) — humm... que delícia!
— Me perdoe. A correria desses dias foi grande. Mas irei com certeza. (Sorri).
Nesse meio-tempo, Amarílis que concluía o final de sua jornada de trabalho, se despediu de nós, desejando um bom início de noite e se retirou.
No mesmo instante que saia, vi entrar o Viking ruivo, para se juntar ao grupo.
Ele era aquele tipo que não passava despercebido em lugar algum.
— Ei pessoal, vejo que já vieram tumultuar o café da Lúcia. (Ele falou me olhando de soslaio).
— Olhem quem está falando em bagunça! (Plínio respondeu irônico) tocando a mão de Conrado, com aqueles toques combinados de parceiros.
Conrado foi cumprimentando um por um, até chegar ao meu balcão.
— Boa noite, Lúcia. A voz era grave, mais carregada do que horas atrás.
— Oi! Boa noite, por um acaso apareceu mais alguém desesperado no seu dia para você trocar o pneu do carro? rsrs.
Respondi enquanto separava as xícaras de café.
— Mais ninguém, só você mesmo.
Agora ele me encarava de verdade.
— O Conrado trocou o pneu do seu carro Lúcia? (Kaleo perguntou com exagero na voz).

— Sim, furou na estrada ... ele me tirou de um apuro essa manhã.
Eu disse rindo, mas sem encarar o olhar insistente de Conrado.
— Ele não sabe trocar pneu nem de bicicleta!... tem certeza que era ele?
Kaleo continuou a brincadeira e todos riram.
— Ah Japa... cala essa boca...
Conrado ordenou bem humorado, acompanhando a brincadeira do pessoal.
— Cuidado com o meu irmão Lúcia, ele não é confiável...
Me alertou zombeteiro o marido de Stella.
— Isso não é verdade!
Protestou Aurora, em defesa do Viking a minha frente.
— Olha! Então você é cunhado da Stella?
— Pra você ver querida! Cada fardo que a gente precisa carregar em prol de um casamento feliz.
(Ela zombou cheia de caras e bocas engraçadas).
— Estou em dívida com você (sustentei o olhar de Conrado) escolha seu café (sorri e apontei para o letreiro).
— Tem alguma sugestão da casa?
(Ele levantou uma das sobrancelhas).
— Bom,. o meu preferido é o leite gelado com essência de baunilha,- creme de café, canela em pó e calda de chocolate. Esperei sua resposta (ele não se deu ao trabalho de olhar de volta para o cardápio e continuou a me encarar).
— Parece bom! Vamos nesse.
— Boa escolha (sorri) e dei as costas para prepará-lo. — Vai comer alguma coisa?
— Humm... (ele verificou a vitrine e a estufa de salgados).
Antes que ele novamente pedisse uma sugestão, disse a minha.
— O folhado de palmito está divino. Vá nele!
— kkkkk você que manda. (Conrado riu) Um sorriso muito bonito por sinal.
Ele cheirava a encrenca (na minha opinião)! E encrenca era a última coisa em que eu queria me meter a essa altura.
Peguei o café e o folhado e depositei no balcão, pois ele não se juntou ao grupo.
Depois de devorar o folhado e o café o viking se sentou com os amigos.

Todos terminaram seus lanches enquanto eu recolhia e lavava os pratos e xícaras vazios, então resolveram que iam embora.

Aurora puxou o pessoal:

— Gente, a Lúcia precisa fechar! Amanhã tem mais.

— Verdade... vamos todos então? Plínio foi se levantando.

— Estava tudo muito saboroso. Muita prosperidade a você.

— Obrigada! Espero todos, mais vezes. Respondi grata.

— Ainda não acertei minha conta (disse Conrado se levantando e caminhando em minha direção).

— Eu disse a você hoje cedo. O seu é por conta da delicatéssen. Sorri ao responder.

— Tem certeza? (Ele fez uma careta brincalhona).

— Tenho sim.

— Então obrigado.

Ele de surpresa pegou minha mão que repousava no balcão e a beijou.

Sem esperar sua atitude, fiquei imensamente sem graça pois todos estavam olhando.

Stella quebrou o climão.

— O que fará amanhã à noite Lúcia? Amanhã é dia do nosso jantar no Gastrô Club, um bistrô maravilhoso de amigos muito queridos. Você precisa ir!

— Vamos todas as sextas (emendou Aurora).

Venha com a gente!

— Ah.. não tenho compromisso.. Foi tudo que consegui responder. Eu não conhecia mesmo nada ali. O máximo que faria em uma sexta à noite na nova cidade, era dormir, ou assistir um filme na Netflix. Imediatamente me veio o último na cabeça.

— Então você é nossa convidada. Amanhã às 20 horas no Bistrô. Stella respondeu categórica. — Beijo minha querida, Descanse.

Plínio, Kaleo e Aurora também foram se despedindo, por último ficou Conrado:

— Te espero amanhã, então Lúcia. Vamos adorar sua companhia.

— Combinado. Boa noite e bom descanso. Mais uma vez, obrigada.

Quando ele ia me dar um beijo no rosto, Stella que já estava na porta, de olho no que estava acontecendo, voltou para puxá-lo pelo braço.

— Vamos Conrado! Deixa a Lúcia.

Ele a acompanhou meio a contragosto, de costas para mim e em sentido a saída, Stella virou a cabeça em minha direção balançando a cabeça em negativa, depois fechou a porta atrás de si.

Liguei o *Spotify* selecionando minha lista de preferidos e finalizei a limpeza do café.

Olhei ao meu redor e para todos os livros nas prateleiras. Capas lindas, diferentes, comuns, uma variedade imensa, tão contidas de vida e histórias.

Com os livros jamais me senti sozinha, com eles me senti acompanhada de personagens. Peguei minha bolsa e a chave do carro, antes de sair para casa, ainda dei uma última conferida em todos eles para me despedir e apaguei as luzes.

....

O céu estava escuro, carregado de uma aura misteriosa. Eu caminhava em meio a um gramado extremamente verde, enquanto uma brisa morna acariciava meu rosto e brincava com as ondas do meu cabelo.

Algo me levava em frente, me atraia para um destino que eu não fazia ideia onde me levaria, mas que eu sentia que queria muito estar.

Eu caminhei por um tempo que eu não sei precisar, até que cheguei a uma escadaria enorme, que culminou em um casarão antigo.

Parecia abandonado, mas eu precisava entrar.

Os pesados portões de ferro se abriram, bem como uma imensa porta de madeira, revelando um salão com estátuas de animais selvagens por todos os cantos. Na parte central do salão havia escadas que levavam para vários lugares do andar de cima. Em frente aos degraus encontrava-se uma magnífica escultura de uma mulher de cabelo trançado, por sua imponência, com certeza representava uma divindade.

Plantas tomavam o piso desgastado pelo tempo e as janelas laterais achavam-se cobertas por madeiras pregadas que deixavam vãos permitindo os raios de luar entrarem.

Atrás da escada, uma janela redonda grandiosa tinha vitrais com muitas pinturas, algumas indecifráveis por seus vidros quebrados, com pontos de onde saíam fachos de luz.

Ali em frente aquela potestade que me encarava suntuosa, diante dela eu podia ouvir o som de minha própria respiração.

Quando naquele momento meus olhos se atentaram ao alto de um dos lados da escadaria.

Um homem camuflado entre as sombras me observava, admirado, sua expressão surpresa.

Não consegui me mover, meu coração pulsava ansioso e cheio de receios que eu desconhecia o motivo.

Sustentei seu olhar tão perplexo quanto o meu.

Ele era lindo... seus cabelos castanhos claros tinham fios dourados que roçavam a gola de sua camisa marinho entreaberta. Em seu pescoço estavam alguns colares que lembravam moedas e amuletos.

A luz era rara, mas eu conseguia ver seus olhos expressivos e suas espessas sobrancelhas douradas como alguns fios de seu cabelo. A barba por fazer.

Ele quebrou o silêncio enquanto dava passos lentos em direção aos degraus.

— Como vai?

Sua voz era melodiosa. Como uma canção favorita, aquela que você não ouvia há muito tempo, a tanto tempo que não se lembrava mais dela, mas ao ouvi-la se recorda imediatamente com felicidade.

Meus lábios apenas se entreabriam sem que o som da minha voz achasse o caminho para sair e responder.

Lentamente ele se aproximou até o meio da escada, se revelando o suficiente para que eu o visse melhor.

Suas pernas eram fortes, cobertas pela calça preta.

— Quem é você? Consegui perguntar.

Ele sorriu e caminhou até estarmos frente a frente.

— Que pena... você não se lembra mais?

Estreitei os olhos confusa. Eu não sabia quem era aquele homem envolvente que me atraiu até aquele lugar desconhecido.

Sem nada dizer ele tocou meu rosto com uma de suas mãos.

Seu toque era caloroso, saudoso, íntimo, mas sem me trazer lembranças.

— Você continua linda... assim como me recordava de sua imagem por toda a eternidade, nesses dias infinitos.

Eu estudava cada traço de seu rosto, me atentando a cada detalhe...os lábios macios e bem contornados.

Ele chegou tão próximo que senti seus cílios alisarem os meus.

Ao me ver em seu olhar, senti como se meu corpo fosse puxado para um abismo, e cai em uma profundeza.

Meus lábios formigaram com o toque dos seus, e me perdi por completo quando sua língua invadiu minha boca distraindo-se com a minha.

Eu umedeci imediatamente deixando escapar um gemido baixinho.

Quem era aquele desconhecido que me arrebatava de mim, me levando por inteira para ele?

Nada mais fazia sentido... ele me abraçou de forma que não sabia mais diferenciar quem éramos.

Suas mãos estavam em todos os lugares. Eu tremi sem perceber em que momento fiquei nua em sua frente.

Aquele desconhecido me carregou em seus braços pela escadaria, sem parar de me beijar, um só instante me levando a um quarto, aclarado apenas por uma penumbra.

Ele me deitou em uma cama, afagando meus cabelos. Seus dedos passaram vagarosos por meu pescoço, sua mão desceu faminta em encher-se com meus seios.

Sua saliva encharcou meus mamilos, enquanto sua boca os sugava com desejo.

Beijando minha barriga ele desceu lascivamente até meu clitóris, o chupava, lambia, sugava impudico, carnal!

Eu gemia insana, sentindo seus dedos me penetrarem, cruamente.

Quando gozei, ele apenas enxugou os lábios molhados pela mistura de sua saliva e meu gozo.

Me ergueu me levando até sua boca, me beijando ardentemente.

— Assim com você satisfeita, te deixo partir e fico esperando você voltar para concluir o que começamos e matar minha saudade de você.

....

Não sei como dirigi até o centro aquela manhã.

O sonho da noite anterior, passava a todo momento em minha mente como cenas de um filme numa tela de cinema.

Estacionei o carro sem me atentar o quão longe do acostamento o deixei.

Andei pela calçada até a livraria tão distraída com meus pensamentos que tomei um tropicão e quase me esborrachei na calçada.

Aquilo tudo foi... foi tão real... acordei tão atordoada que demorei um tempo para perceber que amanheci em meu quarto mesmo, eu ainda podia sentir nitidamente todas as sensações vividas naquele sonho. Inclusive o atrito dos dedos habilidosos do homem desconhecido em mim.

Por fim cheguei a *Bookstore & Café*, imaginando que o trabalho me traria a realidade e de bônus alguns momentos de paz.

Como sempre, Amarílis já estava lá.

— Bom dia, Amarílis. Eu a cumprimentei.

— Oi minha querida, bom dia. Ela respondeu com sua forma agradável de sempre, contudo suas feições demostravam tensão.

Coloquei o forno para esquentar e me aproximei de minha amiga.

— Tá tudo bem Amarílis? Estou achando você aflita.

— Eu estou bem (ela olhou em meus olhos) mas talvez não tenha uma boa notícia.

— O que houve? Posso ajudar?

— Vou precisar me ausentar por uns dias. Vou até a Suíça me encontrar com meu filho, ele precisa que eu o ajude com alguns assuntos dele.

— Certo ... mas ele está bem?

— Está, estou feliz em revê-lo, mas paralelamente estou preocupada em te deixar aqui, sozinha, bem agora que você está começando com o café.

Ela respondeu com tristeza, ao mesmo tempo em que respirei aliviada, achando que fosse algo mais sério.

— Ah, minha amada! Eu a envolvi em um abraço apertado--- Não se exaspere por isso!

Agradeço de verdade todo seu carinho e preocupação, mas para sua decepção vou saber me virar.

Caímos as duas na risada.

— Não tenho dúvidas Lúcia que você tiraria de letra ficar aqui sem mim. Mas imagina minha querida, a livraria com clientes para os livros e para o café simultaneamente.

Ao ouvir a apreensão de Amarílis concordei que realmente ficaria difícil se isso acontecesse. O que não seria improvável ocorrer.

— Quanto tempo ficará fora? Questionei enquanto apanhava os salgados e os colocava para assar.

— Ainda não tenho certeza. Porém gostaria de ver algo com você.

Esperei sua conclusão: — Pode dizer...

— Pensei em chamar uma moça, que por um tempo me auxiliou aqui. Ela é um doce! E seria apenas pelo tempo em que estarei ausente.

— Mas é claro Amarílis! Por mim não tem problema algum... além disso a livraria é sua. Você tem todo direito de fazer aquilo que achar melhor.

—Ai que bom! Ficarei mais tranquila. Além de que a menina lhe fará companhia. (Ela sorriu feliz, já com um semblante tranquilo).

— E quem seria a moça? (Perguntei como se eu saberia quem seria, sendo que conhecia apenas algumas pessoas, RS).

— Raizel, a filha da Aurora e do Kaleo.

— Nossa! Não imaginei que Aurora e Kaleo fossem pais de uma moça. São tão jovens!

— São... mas foram pais cedo. Raizel tem dezoito anos, no entanto é muito responsável e carismática. Você vai amá-la.

— E quando você viaja?

— Amanhã bem cedo, respondeu.

Fiquei surpresa mais uma vez. Uma viagem assim às pressas... deve ser algo urgente.

Mas se ela não me contou, não vou perguntar, pensei.

— Você precisa de ajuda com alguma coisa? Quer que eu te leve ao aeroporto?

— Não precisa Lúcia, meu filho providenciou tudo. Eu vou dirigindo até o aeroporto, e um amigo dele pegará meu carro e deixará na garagem que tem, até eu voltar.

— Vou sentir sua falta.

Amarílis era muito querida já, eu verdadeiramente sentiria sua ausência.

— Não se preocupe querida... vai ser mais rápido do que você imagina. (Ela respondeu de uma forma misteriosa.) eu também não sabia do que se tratava, então ficou assim no ar, o que de fato se passava.

Voltamos para nossas tarefas, cada uma com suas ocupações. Recebendo os turistas e as pessoas que entravam na *Bookstore & Café*.

Próximo do final da tarde, quando o movimento estava mais calmo, Amarílis sugeriu fecharmos um pouco mais cedo e irmos até a loja de presentes da Aurora. Além de conhecer o local, também conheceria Raizel, o que achei uma ótima ideia.

Aproveitei para curtir as ruas de Álferes enquanto caminhávamos eu e Amarilis por suas alamedas charmosas.

O comércio de Aurora e Kaleo se encontrava mais afastado das ruas centrais.

Uma plaquinha singela indicava o local: Aurora Haru Machê.

Era um barracão rústico de madeira, mistura de atelier e loja, centralizado entre árvores centenárias, a julgar pelo tamanho delas.

No barracão, as janelas eram coloridas, onde bailarinas, palhaços, acrobatas de papel machê, pendurados por fios de *nylon*, gingavam no balanço que o vento conduzisse a melodia.

Um gato amarelo, muito peludo de olhos prateados, descansava preguiçoso em um banco próximo a porta.

Não resisti e fui mexer com ele, acariciando suas costas.

— Hei bichano lindo! Que preguiça boa!

Nesse momento carregando consigo um sorriso tranquilo, Aurora veio até nós.

— Que bom recebê-las! Lúcia, esse é o Péricles (o gato se esticou melhor para que a "massagem" se estendesse para sua barriga, ainda miou satisfeito).

Eu ri.

— Oi Aurora, (respondi ainda distraída por Péricles) eu amo gatinhos. Esse pelo jeito adora um carinho. Respondi continuando meu afago.

— Tudo bem Péricles? (Perguntei com voz infantil).

Ele miou novamente em resposta, como se entendesse minha pergunta.

— Venham, vamos entrar. Aurora nos convidou.

O lugar continha uma áurea mágica com seus bonecos que pareciam ter alma própria.

Caixinhas de música artesanais, anjos, móbiles de pássaros e fadas, quadros delicados, sinos, tanta beleza espalhadas, entre telas, papéis, pincéis e aquarelas de tintas multicores.

— Que perfume agradável tem sua loja ! Comentei.

— Essência de patchouli. Quem fez foi a Stella. Não deixo faltar. (Aurora falava enquanto me mostrava o frasco da essência). Eu caminhava sem saber pra onde olhar encantada pelo barracão, quando uma jovem linda apareceu.

Uma cópia primorosa de Aurora com os olhos orientais de Kaleo: Raizel.

— Lúcia, (Amarílis chamou). Olha ela aí. A princesa de quem lhe falei.

Raizel sorriu tímida e se aproximou de nós.

Beijou Amarilis e veio me abraçar e beijar.

— Estava ansiosa por te conhecer! Raizel declarou.

— É mesmo? Pois eu também por conhecer você. Será muito bom esse tempo juntas.

Eu a abracei novamente.

Kaleo gentil surgiu carregando uma bandeja contendo uma garrafa térmica de água quente, xícaras de porcelana e ervas para chá em um potinho gracioso.

— Olá meninas! Um chazinho para acompanhar a conversa.

Kaleo depositou a bandeja em uma mesa. —Vou buscar um agrado para acompanhar o chá. Rápido voltou com alguns bolinhos de chuva cobertos por açúcar e canela.

Conversamos amenidades durante o preparo do chá que exalava um aroma que nunca havia sentindo.

Aurora me explicou que era uma combinação feira por Stella:
— Stella é genial em criar suas fusões e misturas. Esse é de Camomila, Jasmim, Melissa e Lípia.

— Realmente delicioso!

Provei a bebida procurando degustar cada nota.

Aproveitávamos nosso chá, ao mesmo tempo em que ajustávamos os dias, os horários, do trabalho temporário de Raizel.

Ao nos despedir Aurora me relembrou do nosso compromisso às 20h.

Eu confirmei e então partimos.

Na caminhada de volta eu e Amarilis vínhamos conversando:
— O que achou de Raizel, Lúcia?

— Eu a achei uma menina tranquila, simpática, centrada. Será um prazer estar esses dias com ela. Respondi

Paramos em frente uma casa rosa, de janelas amarelas adornadas por jardineiras cobertas de flores. Era pequena mas muito convidativa. A nova casa de Amarílis, que por sinal ficava bem próxima da loja da Aurora.

— Ela é isso mesmo, imaginei que essa seria sua opinião. Viajarei tranquila.

Eu sorri:
— Isso também não significa que não fará falta. Volte o quanto antes Amarílis, estarei esperando você.

— Voltarei! Ela afirmou e nos despedimos, com um longo abraço e beijos afetuosos.

Segui a rua, dobrando a próxima esquina, que já era a avenida da *Bookstore & Café*.

No alto, acontecia no céu mais uma despedida, a do sol que se punha no cenário decorado por nuvens brancas que passavam sem pressa pelas cores azul, vermelho e laranja.

Na calçada, a La Perla, botica da Stella ainda estava aberta.

No mesmo instante as notas do chá me vieram à mente me fazendo ansiar por provar mais dele. Atravessei a rua e me dirigi rapidamente até a loja.

Vi Stella atendendo algumas pessoas quando entrei, ela piscou quando me avistou, um sinal para que eu esperasse para que ela pudesse vir conversar.

O teto da botica estava bem iluminado. Mesas posicionadas estrategicamente no meio do salão expunham embalagens criativas contendo chás, ervas e sucos.

Nas prateleiras de fundo espelhado que estava posicionada na parede ficavam as velas de todos os tamanhos e cores, aromatizantes, perfumes, óleos, essências e sabonetes.

Assim que Stella finalizou o atendimento, veio até mim.

— Finalmente veio me visitar! Stella exclamou.

— Pois é, fui conhecer a Raizel na loja da Aurora. Lá provei um chá muito saboroso. Preciso de mais kkkkk (eu ri).

— Aurora é fanática nos meus chás, e eu fico muito feliz. Qual provou?

— Um que ela disse que continha algo que eu não conhecia... deixa ver se me lembro... Lipia!

— Sei qual é! É uma combinação para relaxar, além de outros benefícios. Stella apanhou um potinho branco com tampa de acrílico transparente mostrando os ingredientes, passando para mim.

— Vou levar! Respondi enquanto ela me mostrava a loja animada. Nos fundos existia uma espécie de jardim onde Stella cultivava especiarias, condimentos e ingredientes variados para suas fusões.

— É fundamental para mim que tudo esteja fresco para o preparo dos produtos, principalmente os chás. Ela explicou.

— Acho um trabalho incrível! Respondi.

Voltamos para a loja, Stella apanhou outro frasco de chá e colocou em um pacote, junto com a mistura de chá.

— Stella? Perguntei assim que terminava de fazer o pix para pagamento da minha compra.

— Um mimo. Esse é para boas noites de sono e para ansiedade: Mulungu, melissa e lavanda. Siga as instruções da embalagem. Recomendou.

— Então obrigada. Vou correr... hoje temos um compromisso, não?
— É isso aí! Que bom que decidiu mesmo ir. Não se isole no alto da montanha, tá bem?
— Não vou. Até daqui a pouco Stella.
Saí feliz com minha sacolinha e dirigi para casa.

....

Enquanto eu vasculhava por uma roupa legal para o jantar no Bistrô, as palavras da Stella que descreviam o chá para boas noites de sono... despertaram imediatamente as lembranças do sonho da noite passada.

Se o chá me trouxesse sonhos tão bons quanto aquele eu não gostaria de acordar tão cedo, rsrs. (Ri para mim mesma).

Não sabia o que vestir, não conhecia como era o bistrô... procurei se havia um perfil deles no Instagram e "voilà" Achei!

Ele ficava em um casarão vintage com um imenso jardim e um lago. Dentro dele havia mesas e móveis modernos e pelas fotos serviam pratos elaborados.

Como toda cidade localizada nas montanhas, os dias eram quentes e as noites amenas acompanhadas de uma brisa fria. Apostei então em tubinho de veludo, um blazer capa e sandálias.

Meus cachos estavam bonitos, deixei soltos.
Meu reflexo no espelho transmitia uma imagem da qual eu não me identificava às vezes.

Muitas vezes eu me sentia como uma menina assustada que precisava de colo para se sentir amparada.

Ali em minha frente eu via uma mulher linda, segura, cheia de si e livre... acima de tudo ... livre!

....

O som *Doctor's In - Son Little* escapava do interior do Gastro Club, e era ouvido da calçada por onde eu caminhava em sua direção.

Entrando em seu ambiente, eu passava entre as pessoas espalhadas próximo a um lago e as mesas decoradas com velas.

O lugar estava repleto de gente bonita, bem vestida. Uma mistura de turistas e moradores da cidade.

Eu avançava à procura de meus novos amigos sentindo os olhares masculinos de aprovação, e a avaliação crítica das mulheres.

Em uma mesa na parte de dentro do casarão, próximo ao balcão iluminado do bartender, identifiquei Aurora, Kaleo e Conrado.

— Aqui! (Acenou o viking). Todo sofisticado, dentro de uma camisa de linho branca e uma calça cinza chumbo de alfaiataria no estilo *Wishlist*.

Ele foi o primeiro a levantar para me receber.

Uau! Meu primeiro pensamento secreto quando cheguei perto dele.

— Como está Lúcia? Conrado perguntou me envolvendo em um abraço apertado, me fazendo inalar aquele cheiro masculino inebriante de seu perfume.

— Ótima! (Quase me faltou o ar, rs) sorri escapando de seus braços e correndo para o lado do casal Aurora e Kaleo, cumprimentando-os. (Me sentei ao lado de Aurora).

Stella e Plínio ainda não haviam chegado.

— Que legal aqui, hein!?

Exclamei em voz alta para todos.

— O melhor restaurante da Cidade!

(Aurora respondeu)

— Você bebe, Lúcia? Kaleo indagou.

— Sim, rs! Quer dizer,... (Eu ri) Não muito. Mas curto alguns drinks e vinho também.

— Então espere para conhecer os drinks do Cristian! (Kaleo apontou na direção do bartender) que percebeu e acenou.

— Realmente fantásticos! Você vai amar Lúcia! Aurora enfatizou.

Acenei de volta para o Barman.

Conrado observava me analisando.

— Stella e Plínio chegaram.

Ele anunciou olhando em direção a entrada.

Eu também os avistei. Stella como sempre muito fina, vestindo um macacão "tomara que caia" de listas verticais.

— Puxa gente! Fomos os últimos a chegar, desculpem o atraso.

Ela disse sorrindo e nos cumprimentando.

— Bom, (Plínio falou logo em seguida) vocês conhecem bem a Stella né? O atraso foi dela! Eu estava pronto faz tempo! Ele fazia caretas enquanto dedurava sua mulher.

Eles verificaram as cadeiras para sentar, procurando onde ficariam. E eu ali um tanto sem jeito no meio dos casais.

Logo em seguida Conrado dispara:

— Lúcia! Senta aqui do meu lado! Prometo que não vou te morder, rsrs.

Minha reação foi soltar uma risada porque não sabia onde enfiar a cara, vermelha feito um tomate.

— Hahaha, ok, vou confiar em você. (Brinquei ao me sentar ao seu lado).

O sorriso descarado do Conrado fazia com que seus olhos escuros se estreitassem, deixando-o com a cara de garoto travesso mais fofa que eu já tinha visto.

Conversamos descontraídos os seis, rimos sorrisos frouxos, gargalhadas soltas pelo ar tão espontâneas como a de amigos quase irmãos. Se eu parasse para analisar aquela roda de amigos, minha impressão naquele momento seria a de amigos queridos que trilharam seus caminhos juntos uma vida inteira.

Compartilhando todos os momentos, felizes e tristes.

Fiquei emocionada por isso, pois eu os conhecia apenas há alguns dias e me sentia acolhida e inserida no grupo. Ao folhear o cardápio, notei pratos originais, de nos fazer famintos imediatamente.

Então meus novos amigos se revezavam enaltecendo a Chef e proprietária do Gastro Club, da qual também era integrante daquela turma de companheiros.

A noite foi passando agradável e vez ou outra o olhar de Conrado se encontrava com o meu. Esporadicamente, sua mão apoiada no encosto da minha cadeira parecia querer ganhar vida própria e me acariciar, porém o dono da mão foi mais controlado.

No final, quando poucas pessoas estavam no bistrô, os proprietários do local se juntaram a nós.

Plínio se encarregou das apresentações:

— Cara amiga Lúcia, estes são os últimos integrantes desse grupo da velha guarda: Bryanna, nossa excelentíssima Chef e seu marido Cristian nosso renomado Barman.

— Os melhores do mundo! Imendou Kaleo.

— Que sua entrada a essa "irmandade" seja eterna! Desejou Bryanna, ousada e diferente como o seu nome.

No topo de sua cabeça, metade de seus cabelos estava amarrado por elástico. O tom era castanho, e os fios longos e levemente ondulados. Do meio da cabeça para baixo, *dreads* e tranças completavam o visual despojado. A franja curta completava o *look cool*. Seus olhos amendoados e expressivos estavam contornados por um delineado perfeito.

— Que assim seja. Respondi agradecida pelo seu desejo tão inesperado. Ponderando o termo usado "irmandade". Como se no presente momento eu acabasse de entrar para uma espécie de confraria ou seita. Como se agora fizesse parte de uma aliança.

— Bem-vinda à família. Disse Cristian carinhosamente.

Cristian e Bryanna formavam um casalzão.

Cristian era dono de cabelos cortados, rente a cabeça no estilo militar, usava um cavanhaque charmoso, além de possuir uma fisionomia tranquila.

— Olha, com uma família talentosa assim, realmente não quero sair mais! Brinquei respondendo ao acolhimento dos proprietários do Gastro Club. — Provei um dos melhores pratos de Badejo mediterrâneo que já comi na vida! (Confessei a todos da mesa).

— Fico feliz que você gostou (disse Bryanna) procuro não só cozinhar, mas proporcionar uma experiência gustativa para quem os saboreia. Ela afirmou orgulhosa de si mesma.

E realmente foi o que senti, seus pratos eram tão bons ao paladar, que além de bonitos para a vista, traziam uma sensação especial.

Talvez esse fosse o segredo para tanto sucesso do estabelecimento deles.

As horas foram passando, e eu preferi me retirar, pois dali a pouco tempo iríamos todos nós voltarmos à vida de comerciantes.

O Sábado já estava acontecendo, e eu ainda estava me adaptando para trabalhar no fim de semana.

Fui me despedindo de todos, quando Conrado se levantou e resolveu me acompanhar.

Ele andava ao meu lado, bem maior do que eu me trazendo a sensação de que eu estava sendo protegida por um guarda-costas.

— Com o que trabalhava antes de vir para cá, Lúcia? O viking perguntou.

— Eu trabalhava como RP (relações públicas) de uma empresa privada.

— E aí você se cansou dessa vida de cidade grande? (Ele perguntou com um sorrisão no rosto).

— Rsrs é... acho que você fez uma boa descrição do motivo. (Sorri, olhando nos olhos do viking).

— Posso te fazer mais uma pergunta?

— Claro..

— Se eu estiver sendo chato você me avisa que parou a entrevista na hora!

Ri alto com a fala dele.

— Combinado!

— Você era casada? Namorava? Era noiva?

— Fui noiva do proprietário da empresa onde trabalhei, até descobrir que eu não era a única na vida dele.

Nesse mesmo tempo em que respondia ao Conrado, lembranças do meu relacionamento com Rafael surgiram em meio às lembranças. Para meu alívio eram indiferentes para mim. Não tinham mais significado

Conrado levantou seu par de sobrancelhas claras, acompanhando a expressão de surpresa em seu rosto.

— Mas que cara idiota! Ele disse.

Eu sorri com o jeito dele, depois ele completou:

— Sabe, de verdade sinto muito por ele.

Eu ri alto mais uma vez.

Quando vi estávamos parados em frente ao meu carro.

— Não me importo se ele é um idiota, me importa que saí fora e que eu estou bem.

Enquanto ele ouvia minha resposta, vi seu olhar averiguando se o que eu dizia era verdade.

— Se é assim, então fico feliz por você, minha linda. Você é uma mulher incrível!

Conrado tocou meu antebraço.

O alerta "perigo" piscou em luzes neon se ascendendo dentro de mim.

— Obrigada! Acho que vou nessa Conrado, foi muito bom essa noite. (me apressei em quebrar qualquer clima mais íntimo).

— Foi mesmo muito agradável, eu que agradeço por sua companhia! Ele me abraçou mais uma vez tão apertado que seu perfume se impregnou no meu vestido.

Pra finalizar ele veio com essa:

— Como vamos na mesma direção, posso acompanhar seu carro? Vou ficar mais tranquilo tendo a certeza de que chegou bem.

Ele estava sendo fofo!

— Hahaha, então vamos subir a montanha sr. Segurança! Eu respondi rindo e me enfiando dentro do meu carro.

Eu seguia a estrada na frente, e ele logo atrás.

Olhando seu rosto pelo retrovisor, fantasiei sua boca encostando na minha, como eu notei que era a vontade dele. Era claro a direção de seu olhar para meus lábios toda vez que estávamos conversando.

Conrado era charmoso... cheio de atrativos, mas eu sabia que se nós nos beijássemos, se eu desse abertura para que isso de fato acontecesse, ele poderia entender tudo errado e colar em mim, como me parecia que seria.

Não que eu não quisesse "ficar" com ele, mas eu não queria me envolver com ninguém, pelo menos não por enquanto.

Minha casa era antes da dele, que ficava mais para cima da montanha.

Assim que parei o carro para entrar na garagem, ele encostou o dele ao lado do meu, baixando o vidro de sua janela.

— Sã e salva em casa. Boa noite minha linda!

Ele piscou e tomou o rumo da casa dele.

"Uau" suspirei. O "minha linda" saiu tão espontâneo. Pensei alto: "Você vai se meter em encrenca Lúcia!"

Sem nem acender as luzes, arranquei os saltos do pé e subi para o quarto.

Eu só queria minha cama urgentemente!

....

Na livraria, abri a porta do "santuário" da Amarílis. A escada estava lá, me aguardava para subir seus degraus.

Obediente, caminhei por eles até me ver em uma sala escura onde não podia ver o chão, pois estava coberto por uma espécie de névoa.

Fora isso, na minha frente um relógio que ia do teto ao chão circulava seus ponteiros sobre as horas sem que os mesmos parassem.

Eu andei procurando por alguma porta que me levasse a algum lugar. Até que me encontrei em um corredor com três delas, uma diferente da outra.

E agora? Por onde ir? Qual escolher? (Pensei indecisa). Parada diante delas, intuitivamente escolhi a que mais me chamou a atenção, uma azul que me lembrava a fechadura de uma maçaneta.

Ao abri-la e descobrir o que me aguardava meu corpo enterneceu... sentado poucos metros à minha frente numa poltrona preta luxuosa, completamente nu, o homem do sonho da noite passada me esperava.

— Eu estava ansioso à sua espera Lúcia... sua voz estava carregada de erotismo.

Eu engoli em seco, assistindo ele se levantar e caminhar em minha direção.

As feições sedutoras em contraste com a serenidade no olhar dele. Os ombros grandes destacavam-se conforme seus passos avançavam.

Eu não sabia seu nome, quem ele era, nem ao menos onde estávamos. Minha única certeza é que aquele homem me deixava fascinada a cada vez que eu estava em sua presença.

—Me diz quem você é...murmurei.

— Se lembre... ele sussurrou em meu ouvido.

O deus anônimo fixou a íris de seus olhos na minha e me despiu sem nenhuma objeção da minha parte.

Ele me beijou ávido, quente, agarrando meus cabelos pela nuca. O beijo em si implicava no resultado de puro desejo vindo em ondas que inundavam excitação em cada parte do meu corpo.

Ele me carregou até a poltrona onde há pouco eu o encontrei, me posicionou de joelhos, de costas para ele, meus braços apoiados no encosto do sofá.

Ele soprou seu hálito quente da minha nuca ao final da minha coluna, arrepiando todos os pelos do meu corpo.

Suas mãos apertaram descaradamente meus seios, meus mamilos, no mesmo momento em que lambidas úmidas e beijos tórridos eram depositados em meu pescoço até o final das minhas costas.

Abruptamente abriu minhas pernas. Eu gemi me preparando para o que ele faria em seguida.

O deus tão deliciosamente másculo, contemplou devoto minha bunda, apreciou-a, acariciou-a sem pressa até decidir abri-la com suas mãos grandes.

Foi então que senti sua língua lasciva, vagar minuciosa por meu ânus, encharcando-me com sua saliva, Depois introduziu delicadamente dois dedos, dizia palavras indecifráveis sussurradas em meu ouvido.

Após regozijar-se com meus murmúrios, dedicou-se a usar os dedos para "brincar" friccionando meu clitóris.

Meus gemidos ecoavam pela sala escura, mesmo sem ver seu rosto eu sabia que ele sorria.

Percebi que ele se alinhava para se meter em mim, fechei os olhos, meu sangue corria em combustão.

Minha buceta foi se dilatando, se abrindo, se adaptando, recebendo seu pau que invadia minha carne cada vez mais profundo.

Nessa hora minha alma saiu, meu corpo delirou, no entra sai pulsante do seu pau que me comia bruto e exigente.

Ele urrou, eu gritei, nossos corpos dançaram sincronizados, até o prazer sublime. Explodimos no prazer estonteante de um clímax conjugado.

Esmorecer, exausta, mas tão satisfeita de uma maneira que nunca havia sentido.

Meu desconhecido, gentilmente me levou até uma cama, coberta por lençóis macios e meu cheiro preferido... lavanda (a essência muito parecida com a da minha casa).

Ele se deitou ao meu lado, compenetrado deslizava seus dedos em meus cabelos.

— Você está bem? Me perguntou gentil.

— Mais do que você possa imaginar.

Ele sorriu.

Eu amo sorrisos... e o dele... o dele movia em meu coração uma paixão desconhecida, no sorriso dele haviam inúmeros sentimentos... ele me trazia paz, e um misto de tristeza ao mesmo tempo.

— Tenho muitas perguntas, eu disse enquanto via meu reflexo nos seus olhos.

— Nem todas, posso responder... infelizmente. *(eu comecei a me agitar com sua resposta).*

— Mas por quê? Quero saber seu nome pelo menos... Estamos no meu sonho? Você é minha imaginação?

Ele riu baixinho, riu com os olhos...

— Você vai descobrir por si mesma... descansa Lúcia, tudo tem seu momento.

Sua voz rouca estava suave e foi sumindo, desaparecendo até o final da frase.

De repente me vi sozinha outra vez na sala do relógio, com seu chão nebuloso.
Caminhei sem destino em um vazio, sem enxergar meus pés.
Até me dar conta de que o cenário transcorria de forma diferente. Avistei uma vila, cheia de casas lindas com belos quintais.
Algumas continham jardins incríveis, com estátuas, fontes, e arbustos e árvores podados de forma que lembravam animais.
O portão de uma delas estava aberto, em seu jardim havia pessoas que me olhavam sorridentes, vestidas de forma diferenciada, antiga talvez, eu passava por elas, ao mesmo tempo que acenavam, me cumprimentavam ou olhavam de uma forma como se me conhecessem.
Entrei em seu interior saindo e entrando de salas amplas e bem decoradas, confortáveis e aconchegantes.
Senti a incômoda impressão de andar por um labirinto... eu procurava por algo do qual não sabia o que era.
Só parei quando me vi em frente a uma grande parede com dois retratos pintados a óleo posicionados um do lado do outro.
Dois homens formosos e atraentes.
Um deles eu reconheci imediatamente era "o deus" que eu estava há pouco em seus braços. Perfeito, extraordinário, como aqueles dias em que a brisa bate fresca em seu rosto, como o colorido quente e intenso de um pôr-do-sol que rouba o azul do céu para derramar suas cores laranja e vermelha tanto sobre os arranha-céus quanto sobre as imensas montanhas.
O outro... eu não conseguia ver o rosto, nem distinguir suas feições.
Entretanto o esboço daquela imagem era forte o suficiente para trazer sensações profundas ao meu coração, emoções tão importantes a ponto de transpor a minha alma.
Ele era como o mar... imenso, assustador e ao mesmo tempo fascinante, radiante. Ele era simplesmente singular!
Lágrimas rolaram soltas pelo meu rosto, e desejei imensamente correr para ele.

....

Apanhei no armário minha xícara predileta (uma de porcelana branca, com o desenho de um urso sorridente, uma das patas levantada e um balão de diálogo escrito Hello).
Nela despejei o chá de melissa que Stella havia me presenteado.

Minha cabeça girava em um turbilhão de pensamentos.

Tentando decifrar o que seriam aqueles sonhos contínuos com o "deus" misterioso, transando insanamente comigo.

Pensava naquelas sensações impressionantes de que eu havia vivido tudo como se fosse real, e não apenas delírios sonhados nas noites anteriores.

Eu ainda conseguia sentir as pontas dos dedos do "deus" passando pela minha pele, brincando com os fios do meu cabelo.

Manter-me concentrada em minha realidade era uma tarefa árdua.

De verdade, esperava que o chá da Stella me trouxesse algum tipo de equilíbrio, pois eu tinha a sensação de que eu estava louca ou vivendo alguma categoria de experiência pós-traumática, resultado do meu relacionamento anterior, ou até mesmo algum padrão de carência ou sei lá o quê.

Da porta que ficava entre a lavanderia e o deck eu olhava distante o correr das águas do rio, tão certas de seu destino. Tão diferente das pessoas que nunca tinham certeza do seu.

O cheiro do chá de Stella estava maravilhoso, beberiquei um gole provando da bebida, o sabor era muito bom, leve, com suave aroma de limão.

Fechei os olhos concentrada no gosto, enquanto eu o bebia a impressão de me sentir satisfeita e tranquila, a cada gole do chá era praticamente imediata.

Olhei para o relógio, precisava ir para a livraria.

Entrei no carro.

Enquanto eu dirigia descendo a montanha me lembrei da conversa da Amarílis comigo, dizendo sobre as fórmulas "mágicas" da Stella.

Contando a tal história da tia bruxa queimada numa fogueira. Com certeza era uma estratégia de marketing da Stella para aumentar suas vendas.

Ri de mim mesma, tendo esses tipos de pensamentos fantasiosos, me questionei o porquê aquilo ficou na minha cabeça.

Chegando a frente da *Bookstore & Café*, destranquei a porta, olhei o interior da livraria verificando se a escada do sonho ainda estava ali me esperando.

Raizel chegou aproximando-se de mim nesse momento sem que eu anotasse.

— Oi Lúcia, bom dia!

Como eu estava distraída, me assustei e assustei a menina também.
— Ai que susto! (Respondi sobressaltada com a mão no peito).
— Desculpa Raizel, bom dia (sorri) não percebi você chegar.
— Estou vendo (ela riu) você escutou alguma coisa? Estava procurando o quê antes de entrar? Raizel perguntou com uma carinha zombeteira.
Tentei rir disfarçando:
— Ah.. nada... rsrs bobagem, só estava um pouco dispersa, vamos entrar.
— O que quer que eu faça? Raizel perguntou examinando a livraria enquanto eu ligava o forno, a estufa e a máquina de café.
— Pode ligar o computador da Amarílis e verificar as listas de compra, venda, recebimentos.
— Eu sempre fui apaixonada por livros, cresci admirando essa livraria toda vez que passava por aqui. (Raizel disse com adoração).
O sininho da porta tocou, anunciando a chegada de Stella.
— Olá meninas! Como estão? Ela entrou se aproximando do balcão do café.
— Oi tia Stella (Raizel acenou do balcão).
— Oi, meu amor! Ela cumprimentou a garota.
— Como passou a noite Lu? Gostou do bistrô da Bryanna? Stella se sentou em uma das mesas da livraria.
— Dormi como um anjo! (menti descaradamente... não podia dizer ali que estava a noite toda sonhando que transava com um desconhecido).
Stella sorriu.
— Quanto ao Bistrô, foi incrível de verdade. Desde o lugar até a comida fabulosa da Bryanna. Aliás, tudo aqui parece ser diferente de qualquer lugar.
— E isso é bom ou ruim para você?
Stella queria averiguar minha resposta.
— Eu acredito que ser incomum ou ter algum diferencial faz pessoas ou coisas serem especiais. (Eu colocava os últimos muffins na vitrine).
— Esses seus muffins, por exemplo, na minha opinião são os melhores, rsrs. Acho que vou comer esse de *blueberry* e tomar um cafezinho.
Separei o bolinho para Stella.
— Rsrs, que bom que gostou! Em falar nisso, ando um pouco ansiosa, tomei o chá que me deu, hoje pela manhã, nem sei dizer o quão bem me senti.

— Fico feliz!
Stella parecia uma criança apreciando a guloseima, como aquele bolo gostoso que só tem na casa das avós. (Eu ri).

— Hoje bem cedo falei com a Amarílis, ela me mandou um whatsapp. (Stella contou).

— É mesmo? Pra mim ela não mandou nada, até estranhei. Ela está bem?

— Está ótima, na companhia do filho. Ela me disse que tentou falar com você ontem à noite, mas não conseguiu. (A boca de Stella estava lambuzada de bolo como a de uma criança).

— Eu não vi nada, pode ser que foi quando eu estava no bistrô com vocês ou já estava dormindo. (Falei conferindo o celular).

— Não esquenta, a internet também é precária onde ela está. Menina!! Ainda não tenho seu número. (Stella passou o aparelho dela) coloca pra mim, por favor.

Enquanto eu digitava o número ela continuou:
— Você sabe que de amanhã até terça-feira a maioria do comércio não abre, né?

— Verdade... temos poucos turistas no início de semana. (Passei o celular para a mão dela).

— Em minha opinião, não vale a pena abrir nesses dias. Mudando o assunto, amanhã à noite vamos na casa da Bryanna comer uma pizza. Vem com a gente? Stella convidou.

— Humm... não sei... será que a Bryanna não vai se importar? Afinal é na casa dela, não no Bistrô.

— Tá louca, Lu? Você já faz parte do grupo. Não aceito uma resposta negativa, hein!

— Bom, diante do ultimato irei. Respondi rindo!

— Ótimo! Vou trabalhar... te passo um whatsapp depois te passando o endereço. Beijo meninas, bom trabalho.

— Pra você também. (Eu e Raizel respondemos ao mesmo tempo)!

Stella saiu jogando para trás o rabo de cavalo sedoso, penteado que ela usava sempre.

O dia passou despreocupado e Raizel se mostrou uma funcionária bem eficiente, ajudando não só na livraria como me auxiliando com o café.

Ela era muito atenciosa com todos os clientes que adentravam a loja.

Às 19 horas, encerramos o expediente, apenas limpando e ajeitando as coisas para reabrir na quarta-feira.

Enquanto Raizel guardava algumas louças do café para mim, quis verificar o "santuário" da Amarílis.

Abri a porta, olhando para dentro do jardim, acendi as luzes e entrei. Nenhuma escada... como eu já sabia que não haveria mesmo.

No entanto, me bateu uma pontinha de decepção por ficar evidente de que tudo não passava de uma mera fantasia da minha cabeça.

Olhei os livros que ficavam perto do balanço.

Um deles sobre mitologia grega me chamou a atenção, então folheei algumas páginas.

Parei quando encontrei uma foto de Amarílis mais jovem ao lado de dois garotos adolescentes, a foto era muito antiga, apesar das avarias feitas pelo tempo, conseguia distinguir bem as pessoas na imagem.

Os dois meninos eram bem semelhantes, pareciam ter uma diferença pequena na idade. Na foto todos sorriem, com Amarílis no meio deles. Um deles eu supunha que fosse seu filho, o outro garoto não imaginava quem seria.

Enquanto eu admirava a foto, Raizel entrou na sala.

— Já terminei Lúcia.

Ela respondeu notando a fotografia que estava em minhas mãos.

— Linda essa foto não Raizel? Sabe quem são os garotos com a Amarílis? Perguntei muito curiosa.

— São os filhos dela. (Raizel respondeu de pronto).

— Filhos? (Eu estava surpresa) achei que ela só tivesse um. O que ela está visitando na Suíça. Falei sem conseguir tirar meus olhos da foto.

— Minha mãe me disse que o mais novo desapareceu, pelo que sei uma história confusa e um assunto um tanto proibido pra ela.

— Que horrível... eu entendo que deve ser muito doloroso. Sabe o nome deles? Amarílis nunca me falou o nome nem do filho que ela está visitando.

— Acho que me lembro... ouvi por cima minha mãe falar algumas vezes, eles cresceram todos juntos. O da direita, de cabelos mais claros, é o que desapareceu. (Ela apontou para o menino). O nome dele era Cyro. O outro de cabelo mais escuro e cacheado é o que ela foi visitar, o Domênico.

— Cyro e Domênico... Repeti baixinho.
— Nós vamos agora?
Raizel perguntou me tirando do transe.
— Sim claro... vamos!
Ela sorriu virando para a direção da saída, e assim que ela não olhava mais para mim, enfiei a foto na bolsa sem que ela percebesse.
Apaguei as luzes e saímos.
— Quer uma carona pra casa? Perguntei para ela, enquanto trancava a porta.
— Não... não se preocupe vou a pé, minha casa é aqui do lado. Obrigada.
— Está bem então, eu que agradeço por tudo... Até quarta ou até nos encontrarmos por aí.
Dei um beijo em seu rosto, então seguimos em sentidos opostos. Eu para meu carro, Raizel para a casa dos pais.

....

Em minha sala, meu corpo se encontrava esparramado no tapete da sala.
O som estava alto tocando *Baby come on home* - Led Zeppelin
Minha mão esquerda segurava a foto roubada da livraria e a outra mão segurava uma taça de vinho.
Não sei por qual motivo trouxe a foto da Amarílis para casa! Simplesmente não resisti...
Era tão bom olhá-los...
Os garotos da foto eram tão iguais e diferentes, respectivamente.
A foto era antiga, os dois hoje eram homens feitos. Como estará hoje o filho mais velho de Amarílis? Domênico... um nome relacionado com o latim dominus, que significa "Senhor" ou "patrão", realmente combinava com ele, seu ar dominante, possuidor.
E o filho mais novo, Cyro... o que teria acontecido realmente com ele? Cyro que significava sol ou o eleito. Seus cabelos com fios dourados, de fato lembravam o sol, suas feições transmitiam um temperamento alegre e despojado.
Guardei a foto em uma pequena gaveta que pertencia a um móvel perto da porta de entrada do chalé.

Bebi da taça, provando de seu conteúdo brilhante. Já não sabia quantas taças eu havia ingerido duas, três?

O vinho sempre me relaxava, eu experimentava com ele uma versão minha mais descontraída.

Seu efeito fazia com que meu sangue aquecido pelo álcool corresse mais próximo da minha pele.

O efeito do vinho desconectou minha mente, e isso me levou a pensar no "deus" anônimo.

Será que ele viria essa noite?

— Onde você está? Perguntei em voz alta para o nada... você está me ouvindo?

Mas para quem estou perguntando? Devo estar bem louca, rs!

Tentei levantar, me senti um pouco zonza, vi que eu não iria muito longe, sem contar que eu ainda corria o risco de tropeçar na escada e cair.

Me acomodei no sofá, puxei uma mantinha que ficava em um cesto de vime próximo dele, resolvendo ficar por ali mesmo aquela noite.

....

Abri os olhos, acordei com a impressão de que não estava sozinha na sala.

Demorei alguns segundos para adaptar minha visão no escuro, procurando se havia mais alguém, além de mim no chalé.

— Estou aqui! Ele falou enquanto surgia das sombras se acomodando ao meu lado.

— Você veio, respondi incrédula.

— Sempre que me quiser por perto. Os lábios dele já estavam encostando-se aos meus.

Eu envolvi meus braços em seu pescoço, amassando sua boca na minha.

Simultaneamente, arrancamos o que vestimos. Meu sangue entrava em ebulição quando o "deus" me tocava, quando sua língua me percorria por inteiro.

Sentada no sofá, ele colocou meus braços para trás, segurando meu pulso com força.

Meu corpo tremia, ele me tocava, me encarando, seus olhos intensos carregavam devassidão e luxúria.

Minha vagina perfeitamente lubrificada pelo tesão esperava impaciente seu membro maravilhoso me penetrar.

Foi o que fez! A cabeça rosada do seu pau abria minha vagina para se enfiar inteiro em mim, sem pressa... enquanto eu esticava os quadris, me oferecia para que ele me enchesse.

Sua boca deliciosa sorria ao me ver me contorcer de excitação.

Por segundos que pareciam eternos ele ficou quieto, parado, apenas me preenchendo, me fazendo senti-lo inteiro dentro de mim, provocando, ouvindo meus gemidos, enquanto eu serpenteava em seu pau.

Ouvi seu rangido rouco quando ele iniciou suas investidas, o gingado do quadril, indo e vindo violentamente.

Seus olhos fechados, a boca entreaberta, o semblante aturdido pelo prazer.

Nosso gozo, nosso deleite veio descontrolado, potente e tão profundo, entrelaçado como nossas almas.

Assim que as batidas do meu coração se acalmavam lentamente nos braços dele, eu perguntei:

— Você existe? (Eu estava debruçada sobre ele) olhando para seus olhos escuros, profundos...

— Claro que existo, estou aqui, com você Lúcia!

Sua voz mergulhava em minhas emoções.

— Estou sonhando... um tonzinho de frustração estava instalado na minha resposta.

Suas sobrancelhas se ergueram

— Estou na sua vida, em suas lembranças escondidas, em suas memórias sigilosas, sou parte da sua história, estou aqui com você nesse momento.

— Como eu me esqueceria de você? Impossível!

Ele sorriu com minha resposta.

— Assim que puder, caminhe além do rio, vá até onde sua alma lhe chamar. Fique atenta Lúcia, às pistas, aos sinais. Eu estarei sempre ali com você.

....

Acordei com a claridade do dia no rosto.

Esfreguei os olhos me sentando no sofá.

Me dei conta que esqueci de fechar a persiana da parede de vidro da sala na noite passada, lembrei de ter dormido ali mesmo no sofá um tantinho embriagada.

O sol iniciava seu dia.

Sentei abraçando as pernas e apoiando meu queixo no joelho, aproveitando para assistir o espetáculo que acontecia lá fora.

O sol ostentava uma cartela de tons variados de rosa, fazendo uma apresentação grandiosa.

Me recordei de uma leitura onde mencionava a deusa do amanhecer... a deusa Eos.

Ela era encarregada de colorir o céu em diversas etapas do dia, também era responsável pelo brilho do sol. Surpreendentemente, tingia suas unhas de rosa. Esse detalhe em especial caracterizava o fato de que ela coloria o alvorecer com suas próprias mãos.

Essa história me encantava, eu imaginava Eos dançando, ornamentando o céu de cores rosadas.

Assim que a deusa finalizou seu show solar, subi para um banho.

Quando sai dele, enxuguei os cabelos me vendo no espelho. Recordando de todos os detalhes do sonho: os lábios, o gosto, os beijos, os braços, o cheiro...

Dessa vez ele não ocorreu em um lugar estranho, mas o "deus" veio até mim, estava no sofá de casa.

O que será que ele quis dizer com "ficar atenta aos sinais"? Ele também me falou para ir caminhar para além do rio.

Vesti uma camiseta, uma *legging* e tênis.

Preparei um café com um pouquinho de leite, comi uma tigelinha de cereais com frutas. Apanhei uma garrafa com água fresca.

Então saí pela porta que dava acesso ao *deck* caminhando até o rio, fiquei parada em frente a ele, as águas passando com espumas brancas entre as pedras.

O rio era estreito, e não parecia fundo.

Eu não queria me molhar. Fui andando à beira das águas, procurando um local melhor para passar pro outro lado.

Não muito distante de casa achei um lugar onde havia uma espécie de ponte improvisada com alguns troncos.

Bom... do jeito que eu era, (um tanto desastrada) passei com cuidado pra não me desequilibrar e cair.

Sem muita dificuldade, consegui passar ilesa e sem tombos.

Por uns quinze minutos, passeei ao redor sem encontrar nada demais, além de borboletas coloridas e vegetação. Foi nesse momento que vi uma cerca de arame farpado e uma trilha pequena de chão batido.

Provavelmente a divisão da propriedade.

Segui por ela, o mato alto dos dois lados, e eu continuei na companhia do cantarolar dos insetos.

Em outra situação eu nem passaria pela cerca de arame, no entanto as palavras ditas por ele no meu sonho me faziam seguir.

De onde eu estava, dava pra se ouvir o canto agudo de um pássaro, chegando próxima a um bosque vi a ave colorida que cantava.

Ela do alto de uma árvore, parecia entoar a canção para mim.

Passei por ela a observando admirada, ela parecia fazer o mesmo.

Mais uns passos avistei uma casa, havia muros que a cercavam, mas sem portões.

O jardim era lindo, preenchido por muitas flores.

Ao chegar mais perto, notei que na verdade não era bem uma casa, mas uma espécie de templo.

Uma construção pequena e arredondada, feita por várias colunas. No centro a estátua de uma mulher, seu tamanho era comparado ao de uma pessoa.

Seu vestido colado ao corpo evidenciava os seios, os quadris e as pernas.

Os cabelos presos em um coque trançado adornado por joias.

Em seus ombros e braços, pousavam estátuas de pássaros. Bem perto de seu rosto, estava um corvo de bronze.

Ao seu redor encontrava-se esculturas de raposas, lobos e leopardos. Abaixo dos seus pés uma placa com um nome: Circe.

Meus lábios pronunciaram suas sílabas pausadamente.

A energia daquele lugar era especial e diferente de todos os lugares que estive.

Acredito que eu demoraria horas, ali parada, olhando para ela.

Um vento frio começou a soprar, daqueles que anunciam chuva arrastando folhas consigo, bagunçando meu cabelo.

Quem é você, Circe? Perguntei para a estátua em meus pensamentos.

Uma revoada de pássaros passou me tirando dos meus delírios, e com ela caíram pingos gelados de chuva.

Olhei para Circe mais uma vez. O céu ficou cinzento me obrigando a fazer o caminho de volta para casa. Depressa... correndo antes que a chuva engrossasse.

....

Foi o tempo de abrir a porta dos fundos, e tirar os tênis meio enlameados dos pés, para o temporal cair.
Sentei no tapete da sala munida do meu notebook. Digitei Circe.
Dentre suas descrições no Google, essa era a primeira que aparecia:
"Circe era uma deusa feiticeira na tradição da Grécia Antiga. A deidade, como muitas outras presentes na mitologia grega, tinha uma natureza dualista: era deusa da Lua Nova, do amor físico, dos encantamentos e sonhos que revelam o futuro, mas também das vinganças, maldições e magias".
Em outra nota dizia que seu método preferido de vingança, consistia em transformar homens em animais.
No meu primeiro sonho em que meu desconhecido aparecia, a estátua de Circe estava presente no casarão abandonado em que supostamente ele morava.
O que tudo isso queria dizer? Por que ali no meio de um bosque na montanha existia um templo "escondido" da deusa Circe?
E qual seria a ligação da deusa Circe com o desconhecido favorito?
Como eu iria descobrir eu não sei...mas iria.
O horário do almoço já havia passado e a chuva caia substancial lá fora.
Deixei o notebook de lado e fui procurar algo para comer.
No congelador ainda restava uma lasanha de berinjela esperando para ser devorada.
Eu aguardava ela descongelar dentro do microondas quando meu whatsapp anunciou uma mensagem. Era de Amarílis.
— Lúcia, como você está aí, minha querida?
— Oiee! Tudo bem e você aí? Como está seu filho? (Digitei. Não sei porque perguntei do filho dela se eu não o conhecia).
— Está tudo perfeito. Consegui ajudá-lo no que precisava. Logo estarei de volta.
— Que ótima notícia! Estou com saudades.
Terminei de digitar e ela me enviou uma foto dela.
O lugar parecia saído de um filme. Amarílis pousava para a câmera

em frente a um lago de águas tão azuis, que pareciam emendadas com o céu, ao fundo uma ilha rodeada por montanhas, com construções de casinhas que me lembravam as presentes nos contos de fadas.

Respondi com uma reação de coração na fotografia e encerrei com "beijos, mande notícias".

Meu estômago roncou com o cheiro da lasanha.

Me servi de vinho, liguei o Spotify na minha seleção de favoritas e fiz minha refeição, me lembrando do convite da Stella para ir a casa da Bryanna comer pizza a noite.

Bryanna e Cristian moravam em uma casa que fazia fundos para o Bistrô deles.

Não queria aparecer de mãos vazias.

Então pensei em preparar uma sobremesa para levar.

Olhei nos armários e vi que dava pra fazer um pudim de leite. Era prático e rápido além de ser delicioso. Dificilmente alguém não gosta de pudim de leite condensado.

Bati os ingredientes no liquidificador, caramelizei a forma e coloquei o doce no banho-maria no forno.

Subi para o quarto a fim de conferir minhas opções para vestir a noite.

A chuva havia dado uma amenizada, mas o tempo dava indícios de uma noite fria.

Eu não era diferente da maioria das mulheres que eu conhecia. No meio de um guarda-roupas até que com uma quantidade razoável de alternativas, eu não conseguia encontrar nada que eu pudesse usar.

Aborrecida, resolvi ligar para Stella, que não demorou para me atender.

— Olha ela! (Exclamou toda teatral como era seu jeito de ser).

— Tudo bem Stella?

— Ai depende...

— Depende do quê? Eu ri.

— Se você não me ligou pra dar alguma desculpa para não ir se reunir conosco mais tarde.

— Não... (agora eu ria mesmo, imaginando as caras e bocas dela) na verdade liguei para você me ajudar com uma coisa...

— Pode dizer querida!

— Não sei o que vestir para ir a casa da Bryana.

Agora foi a vez dela gargalhar ao fundo.

— É sério (respondi) o que você vai usar?

— Eu ainda não me decidi, mas acho que um jeans, botas e um poncho. Mas Lu, é só uma reunião de amigos. Não esquenta com isso...

— Ta.. rs... só não quero estar deslocada.

— É mesmo? Nunca vi você assim. Muito pelo contrário! Querida... você estaria linda até vestida de chita!

Rimos as duas.

— Isso não é verdade... mas agradeço o elogio.

— Não sou de puxar saco Lúcia! Acredite! Mas amei sua ligação para se informar e pedir ajuda no que usar.

Você me fez sentir como se fossemos duas amigas adolescentes combinando o que vestir para um baile.

Eu sorri... conseguia ver em Stella essa amiga, vislumbrei a cena de duas garotas: Uma pintando as unhas do pé de vermelho, totalmente despreocupada ao telefone (essa seria a Stella) e a outra rolando na cama e correndo em direção ao guarda-roupa desesperada em encontrar a peça ideal (eu, claro).

—Estou assando um pudim para levar. Contei a Stella.

— Ai que delícia! Bryanna vai amar! Ela é apaixonada por pudim!

— Sério?

— Verdade! Sem contar que será algo que ela vai comer sem ter sido preparado por ela.

— Beleza então... nós nos encontramos mais tarde. Um beijo Stella.

— Até Lu! Beijos...

Senti o cheiro do pudim... desci para desligar.

....

Às 19 horas eu estava praticamente pronta.

O último detalhe para sair era desenformar o pudim em um prato de inox para bolo bem bonito.

Eu optei por usar um suéter preto de malha de lã, uma saia caramelo de couro, meia-calça preta e um coturno.

Quando me preparava para sair meu interfone tocou, vi pela câmera que era o Viking ruivo no portão.

Ele estava de costas para a câmera, com o cabelo alaranjado penteado para trás. Todo sofisticado, vestindo uma camisa mostarda, calça clara e uma jaqueta verde.

— Conrado?

Perguntei mesmo tendo visto que era ele.

— Oi Lúcia (ele acenou para a câmera) eu estava passando por aqui e pensei em ver se você aceitaria uma carona, já que somos vizinhos e estamos indo para o mesmo lugar, (ele sorriu matreiro).

Eu baixei a cabeça e ri... seria grosseiro não aceitar. Me recompus e respondi.

— Humm .. legal! Espera só um minuto, eu já estou saindo. Peguei a boleira com o pudim e uma bolsa, fechei a porta e saí.

Eu caminhei em direção da Renault vermelha estacionada no meu portão com o ruivo charmoso encostado do lado de fora da caminhonete me esperando.

— Oi! (Eu o cumprimentei com um beijo no rosto e um sorriso).

— Oi Lúcia! Fico feliz que tenha aceitado ir comigo. (Ele me avaliou de cima a baixo, depois abriu a porta do passageiro e seguiu para o lado do motorista).

— Por que eu não aceitaria? É como você disse, moramos próximos e vamos pro mesmo destino.

— Não sei... (ele ergueu as duas mãos) sorriu e fechou a porta do seu lado do carro.

— O que você gosta de ouvir? (Conrado me perguntou ligando o rádio do carro e abrindo seu aplicativo).

— Tem uma música que adoro, estava com ela na cabeça hoje, *I'll be your woman* - St Paul & The Broken Bones.

— Bom gosto!

Ele respondeu colocando a música para tocar, dando partida no carro.

Ao som da melodia envolvente descemos a montanha.

Conrado e eu conversamos sobre trivialidades, como a de sua paixão em ensinar e de sua vida como professor de música... ele falava com entusiasmo, acompanhado de seu sorriso espontâneo e cativante.

Quando chegamos à casa dos meus novos amigos, Conrado me ajudou a descer da caminhonete.

— Quer que te ajude com o pudim?

— Não... tá tudo bem, dá pra levar sem cair kkkkk (brinquei). Obrigada.

Ele caminhava ao meu lado.

— Parece que só faltávamos eu e você. Comentei com o Conrado quando vi estacionados o carro da Stella e o da Aurora.

— Mas eles que chegaram adiantados estamos no horário! Ele piscou para mim cheio de charme.

Conrado tocou a campainha, e Christian abriu a porta.

Nesse momento notei o olhar do Cristian saltar do Conrado para mim e de mim para o Conrado.

Uma expressão um tanto brincalhona se formou no rosto do anfitrião.

— Chegaram! (Ele gritou para as pessoas dentro da casa) depois se virou para nós:

— E na mesma hora! Seu comentário veio seguido de um "Seja bem-vinda Lúcia!"

Eu agradeci e entrei, assim que coloquei os pés na sala, notei o olhar de aprovação da Stella sobre meu *look*, logo depois ela esboçou um meio sorriso por me ver chegar ao lado do seu cunhado.

— Boa noite pessoal! Fui cumprimentando um por um. Trouxe uma sobremesa (levantei o pudim).

— Puxa! Lega ! A Bryanna está na cozinha, leva pra lá (Cristian sugeriu).

— Eu te acompanho (se adiantou Stella).

— Me fala... (ela sussurrou me empurrando para cozinha) você encontrou o Conrado na porta ou veio com ele?

— Vim com ele! Eu respondi baixinho também.

— Você sabe que ele está com os dois olhos em você, né? Ela continuou a cochichar e arregalou e apontou para seus próprios olhos pra expressar sobre os olhos do Conrado.

Eu só sorri (sem jeito, aliás) havíamos chegado na cozinha e a Bryanna estava lá preparando uns petiscos.

— Com licença Bryanna, estou invadindo sua cozinha. (eu entrei anunciando minha chegada para a dona da casa).

Ela demonstrou-se feliz ao me ver...

— Senti sua presença mesmo antes de sua chegada.

" Como assim?" pensei...Ela dizia coisas um pouco estranhas, me fazendo ficar pensativa, tentando entender o sentido de suas frases.

— Trouxe para você (mostrei o pudim).

— Muito obrigada! Não precisava ter se preocupado com isso, mas foi muito gentil de sua parte. Stella, coloca o pudim na geladeira, por favor? (Ela pediu a amiga).

— Claro! Stella respondeu enquanto eu passava a sobremesa para as mãos dela.

Bryanna arrumava uma bandeja com queijos variados: geleias, frutas e uma caponata de berinjela, de encher os olhos.

Aurora se juntou ao grupo na cozinha.

Então ficamos nós as mulheres reunidas naquele cômodo acolhedor e íntimo da casa. Para mim, a cozinha sempre foi o coração de um lar.

Os homens ficaram na sala.

Enquanto terminava sua preparação com os aperitivos, Bryanna me contava sobre seu amor pela culinária, coisa que herdara de gerações das mulheres de sua família.

Minha cabeça imediatamente recordou da história de Stella, muito parecida com a da Bryanna.

De sua tia distante ser uma bruxa com suas poções e hoje Stella trabalhar justamente com isso.

A essa altura minha cabeça estava em outra dimensão.

Uma frase escrita em um quadro na parede à minha frente, me fez voltar à terra ao lê-la.

....

No quadro estava escrito:

Quero lhe contar sobre o que não é magia, ela não chega com o raciocínio ou a compreensão.

Ela necessita ser conquistada, idealizada, buscada, segmentada, descoberta, macerada, preparada e aferventada, e então enamorada.

E ainda que assim elaborada, adverso dos deuses, é possível fracassar.

....

— Que interessante essa frase do quadro! Soltei o comentário do nada

As três pararam e me olharam.

— O que na frase chamou sua atenção? Bryanna perguntou com uma feição curiosa.

— A magia, respondi.

Os olhos de Aurora brilharam: — Continue...

(ela disse)

— A magia ser conquistada, idealizada, segmentada me parece que fala de você, principalmente que a magia é "preparada e aferventada" assemelha-se muito ao que faz.

— Exatamente! Eu acredito que cozinhar não é só uma arte, mas é magia! A magia de transformar os alimentos, de alterar, modificar naquilo que queremos. (Bryanna colocava seus pensamentos com emoção).

— A magia Lúcia, está em tudo o que fazemos... (falou a voz doce de Aurora). Quando transformo o papel, o barro e dou forma às esculturas, eu crio! Stella também com sua alquimia, misturando suas ervas chás que nos trazem bem-estar. Cada um de nós carrega a magia pulsando em suas veias.

—Já pensou que com você também pode ser assim Lúcia? Stella me questionou.

— Eu? Com magia? Não... (ri diante da possibilidade, eu e minha vida tão comum).

— Pare para pensar... (Bryanna dizia tentando me convencer). Você faz muffins incríveis que eu sei!

— Eu já espalhei...

Stella levantou a mão gesticulando, sendo caricata como sempre.

— Isso não é magia (respondi diante do que me parecia óbvio).

— Quem disse a você que não é? Acabamos de falar sobre isso. Bryanna chegou mais perto de mim e continuou:

— Se isso não é um tipo de fascinação que você desperta em quem prova do muffin, não sei o que é!

Sem contar seu carisma envolvente, que atrai as pessoas e as faz querer estar perto de você.

— Rsrs

— Isso tem um nome: "Encantamento" (a palavra que Bryanna pronunciou saiu cantada e melodiosa) e isso nada mais é que pura magia.

Nesse momento Plínio apareceu na cozinha arrancando-me dos meus pensamentos.

— E aí meninas? Vocês vão ficar aí? Estamos esperando vocês na sala com os aperitivos para então fazermos os pedidos das pizzas! Plínio chamou aflito, com cara de quem estava faminto.

Elas riram e se mexeram para levarem os petiscos, as taças e as bebidas para onde os "garotos" estavam. Eu também fui para sala, com meus pensamentos ali na palavra "magia" citada em toda conversa.. E no fato de que a frase do quadro estava assinada: Circe.

Muita "coincidência"? pensei.

Enquanto o papo seguia, eu às vezes me via um pouco absorta das discussões, bebericando de um gole do líquido que repousava em minha taça.

Observava a conversa entre os cinco, sorrindo vez ou outra, para sinalizar que eu participava dos conteúdos em questão.

Na sala confortável de Bryanna e Cristian as discussões variavam de economia, política, ciência, relacionamento, até coisas corriqueiras do dia a dia, em meio a uma garfada em um pedaço de pizza e um gole na taça de vinho.

Em um dos assuntos, Kaleo comentava que poucos dias atrás, havia estado fora de Alferes para comprar obra prima para as esculturas que ele e Aurora confeccionavam. Comentava que embora houvesse diversidade e variedade de materiais, lojas, e restaurantes, nos grandes centros, os transtornos como o trânsito, o lixo, a violência e baixa qualidade de vida era gritante comparada às cidades pequenas.

Em um dado momento Kaleo me perguntou:

— Lúcia, você que vem desse ambiente, o que tem achado de se refugiar no interior?

— Ah... sem dúvida a segurança que a vida interiorana traz é muito diferente. Poder sair à noite sem medo de ser assaltada a qualquer instante é maravilhoso! Adquirir novos hábitos além do contato com a natureza era o que eu mais procurava quando resolvi mudar para cá.

— A região da montanha, na minha opinião é a mais incrível (falou Conrado) viver mais próximos aos animais ... não há canção mais bonita do que a conversa incansável das folhas ao vento.

— Que poético isso Conrado! A música da natureza com certeza é mágica! (acrescentou Aurora).

"A magia outra vez", pensei tomando outro gole de vinho.

— O antigo chalé da Amarílis é um lugar encantador, um dos mais lindos da montanha, Plínio comentou. Estávamos sempre reunidos por ali. Lembram quando brincávamos perto do rio? A Amarílis quase enlouquecia! Ele riu comentando com o grupo de amigos.

Todos riram com ele, e Christian acrescentou:

— Cyro era o mais aventureiro, aprontava muito e o Domênico sempre levava a culpa! As risadas se intensificaram e alguns concordaram com a afirmação.

Ao ouvir os nomes de Cyro e Domênico meu coração disparou (não fazia ideia do por que daquela reação) imediatamente me lembrei da foto dos três, a que eu havia me "apossado".

Outra pessoa que nitidamente se incomodou foi Conrado. Ele se remexeu no sofá com a pronúncia dos filhos de Amarílis, sua expressão contente mudou para aborrecida.

Tive a impressão que Bryanna também notou o desconforto de Conrado e interveio tentando mudar o assunto:

— Você tem explorado a região Lúcia? Perto do seu chalé tem uma pequena cachoeira de uma beleza única!

— Eu não tive muito tempo disponível essa semana por conta da mudança e do café. Mas hoje cedo andei um pouco por ali. Para além do rio.

Nesse momento vi que Kaleo e Aurora trocaram olhares.

— E o que achou? (Bryanna insistiu curiosa).

— Lindo... tudo ali é muito encantador, acredito que encontrei algo mais interessante que a cachoeira da qual falou. Eu tremia um pouco, não sabia se contava ou não sobre a minha descoberta. Eles todos com certeza sabiam da existência do templo de Circe, cresceram ali, conheciam cada grão de poeira daquela cidade e a impressão que tive foi que a intenção da pergunta, foi saber se eu também o tinha visto.

Um segundo de silêncio pairou no ar, antes de Conrado perguntar:

— Conta o que foi Lu... (seu olhar era de incentivo para que eu falasse. Eles sabiam o que eu havia encontrado. A atenção de todos estava voltada para mim.

— Mais ou menos a um quilômetro da propriedade, depois de um cercado, me deparei com um templo de uma deusa grega, Circe. Notável por sinal, representa bem a essência dela, com seu jardim e as estátuas de animais.

—Você encontrou o templo? A voz de Stella saiu meio estridente admirada com o meu relato.

— Sim... rs. Ele era algum segredo? (Não sei se fui grossa, mas não conseguia entender o espanto de Stella).

— Não... (ela riu um pouco sem graça) não sabia que conhecia sobre a deusa Circe, só isso...

Percebi o levantar de sobrancelhas de Plínio para Stella (daquele tipo "fica quieta") o que me intrigou um pouco mais.

— De fato me causou certa estranheza o templo ali no meio do bosque e realmente, eu não a conhecia até encontrar o monumento. Pesquisei sobre ela no Google, muito interessante a sua história, respondi.

— Circe é uma deusa maravilhosa, ela foi considerada a feiticeira mais famosa de todas. Aurora respondeu fazendo um verdadeiro discurso sobre a deusa.

— Ela mudou seu quadro de decepção para a mãe, e da vivência à sombra de seus irmãos, mais poderosos e belos que ela, para a feiticeira que descobriu o poder de tornar um homem do qual se apaixonou em imortal, não através de algumas ervas, como ela acreditava, mas por intermédio de seus próprios poderes.

Ela se identifica com os humanos, é impulsiva e apaixonada. Depois de vencer a humilhação de sua família, ela se descobre uma bruxa poderosa, que encanta ervas e se comunica com os animais. Quando se tornou adulta, ela encontrou paz e se redescobriu em seu exílio.

A partir daí ela conhece os limites não somente de seus poderes como compreende melhor suas emoções.

Mesmo que limitada em uma ilha, ela abraça sua liberdade e soberania e se percebe, pela primeira vez, Circe permite se ver com os seus próprios olhos.

A sala se encontrava em silêncio absoluto ouvindo Aurora, até ela finalizar toda sua demonstração de devoção.

— Impressionante sua visão. Não a tinha enxergado sob esse ângulo, respondi realmente impressionada com seu fervor.

— Aurora falaria por horas a fio de Circe…

Comentou seu marido.

— Acredito que todos nós conversaríamos por muito tempo sobre nossa deusa, disse Stella.

"Nossa deusa" novamente uma expressão me chamava a atenção, será que eles faziam parte de uma seita? pensei.

O clima de descontração de repente estava sério.

— Gente! Quem quer pudim? (Bryanna corre tentar mudar o assunto).

O pessoal gritou, levantou a mão, e no mesmo instante tudo voltou ao que era antes. Menos eu, que pensava mil coisas.

Rapidamente Bryanna servia o pudim feito por mim, e todos elogiavam muito.

— Uau Lu! Esse pudim está espetacular, disse Kaleo.

— Realmente maravilhoso!, elogiou Aurora.

Eu agradecia, ao mesmo tempo que minha cabeça rodava, talvez fosse o efeito do vinho.

— Não vai provar seu pudim, minha linda?

Ouvi Conrado me perguntar me oferecendo um pedaço que estava em uma bandeja,

Saí do meu casulo e respondi:

— Acho que não Conrado, rs, acredito que o vinho me deixou um pouco alterada (sorri tentando disfarçar minha confusão).

O viking me entregou um dos seus melhores sorrisos. Ele piscou e disse:

— Vou te levar pra casa. O que acha?

— Sim! Obrigada. Respondi aliviada.

Logo depois pedi a Bryanna para usar o toalete a fim de tentar recompor meu aspecto para um mais sóbrio antes de irmos.

No momento em que eu saí do lavabo, vi Stella conversando discretamente em um canto com Conrado, a conversa parecia séria.

Disfarçadamente, deixei a porta encostada e esperei, para ouvir.

— Toma cuidado! Você sabe que pode se machucar feio nessa história (ela o alertava com um semblante apreensivo).

— Eu não sou criança Stella. Sei o risco que corro, sei exatamente o que pode acontecer, mas dessa vez não vou ficar parado, deixando tudo de mão beijada para aqueles dois irmãos egoístas e idiotas. Não dessa vez... (ele respondeu tentando não demonstrar exaltação).

De quem será que eles falavam? Os irmãos quem seriam? Os filhos de Amarílis? Um deles está desaparecido a anos.. não podia ser, pensei.

Deixa de ser bisbilhoteira Lúcia, não é da sua conta.

Saí fazendo um ruído na porta, então pararam e eu me aproximei.

— Oh Lúcia... o Conrado disse que você não está se sentindo muito bem...

Stella comentou assim que me viu.

— Tá tudo bem, só um mal estar leve mesmo... bebi taças de vinho além da conta rs. Respondi.

— O Conrado disse que vai levá-la.

Conrado olhou para Stella como quem diz "já chega, tá tudo bem só queremos ir pra casa".

Eu ri disfarçadamente.

— Sim... viemos juntos, lembra?

— É verdade! Rsrs bom descanso então Lu, obrigada por ter vindo. Foi muito bom.

Eu a beijei e fomos nos despedindo das demais pessoas.

— Espero que tenha se divertido. (Bryanna disse já na porta de sua casa ao me abraçar) mais uma vez, obrigada pelo pudim e sua presença que foi muito agradável. Te espero mais vezes. Você agora faz parte de nós!

Agradeci novamente, então eu e Conrado começamos a caminhar em sentido ao carro.

Um vento gelado soprava em nossa direção e eu me encolhi sentindo frio.

O viking percebendo, envolveu sua jaqueta em meus ombros. Seu perfume, absorvido pelo tecido era extremamente sedutor... e nesse momento estava sobre mim encantando meus sentidos.

— Obrigada, respondi sem encarar muito seus olhos.

Ele sorriu.

Ao chegarmos ao carro, Conrado abriu a porta para mim e depois tomou seu assento no banco. Deu a partida dirigindo em direção a montanha, em seguida ligou o aquecedor.

— Melhor assim? me perguntou atencioso.

— Está ótimo. Sorri novamente ao respondê-lo.

Enquanto ele calmamente dirigia, colocou *I Forgot to Be Your Love - William Bell* para tocar.

Em silêncio ouvimos um pouco da canção.

Pela janela havia apenas o ar gelado e o breu intimidador da escuridão da mata e mais nada.

— Gostou da sua noite? Ele quebrou nossa mudez.

— Foi bem legal. Eles são, aliás, vocês todos são muito acolhedores. (Ele olhou para mim com um sorriso no olhar). Ás vezes me sinto fora, porque conheço vocês há pouco tempo, vocês são amigos de longa data.

— É verdade, crescemos todos juntos, e isso faz tempo rsrs, mas você veio acrescentar, já parou pra pensar que poderia estar faltando você?

— Não, respondi, então sorrimos juntos.

— Posso te fazer uma pergunta? Eu disse reparando em seu perfil bem feito.

— Quantas quiser...

— Quando a Bryanna perguntou o que achei da região, todos queriam saber se eu havia encontrado o templo de Circe, não é?

Ele suspirou, depois crispou os lábios antes de responder:

— Pode ser que sim...

— Eu sei que esse era o real motivo. Só não sei por que não quer me contar, afirmei contrariada e também sonolenta.

— É uma longa história Lúcia. E pra você entender você precisa estar melhor. Quando estiver bem disposta para ouvir, posso te contar assim que desejar...

Quando terminou de responder ele desligou o carro. Estávamos na porta do meu chalé.

— Amanhã?

Perguntei fazendo um charme, com um olhar pidonho.

Conrado riu estreitando os olhos escuros, deixando evidente apenas os cílios clarinhos.

— Será um prazer te ver amanhã. Na hora do meu almoço te mando um whatsapp, tá bem?

— Tá bem. Obrigada por tudo. Tenha uma ótima noite.

— Ela já está sendo muito boa.

Eu me desatei do cinto de segurança e me aproximei para beijar seu rosto.

Com uma das mãos, me apoiei em um de seus ombros para o alcançar.

Ele era forte, e seu peitoral se elevava com sua respiração ansiosa.

Estremeci levemente ao ver seus olhos se concentrarem em minha boca.

Em seu olhar havia vontade, era notável sua excitação, e o esforço que Conrado fazia para dominar seus impulsos.

Seus lábios estavam parcialmente abertos, então me atentei em ser rápida, antes que nos beijássemos de fato.

Seu rosto estava quente como fogo, formigando meus lábios delicadamente ao tocá-lo.

Nos entreolhamos, então desci o mais rápido que pude do carro.

— Até amanhã, respondi.

— Até.. Entre por favor... só saio daqui quando te ver entrar.

Ele pediu, sua voz estava um pouco mais grave que o habitual, eu logo estava na parte de dentro do portão.

Conrado buzinou e partiu.

No momento em que entrei em minha casa, senti o cheiro de Conrado em mim. Eu ainda vestia sua blusa.

— A jaqueta... ele esqueceu ... pensei em voz alta.

Eu a tirei dos meus ombros, depois olhei fixamente para ela. Era tão... bonita.. não resisti em aproximá-la do meu rosto e aspirar um pouco mais do cheiro delicioso do viking. A carreguei para o quarto comigo.

Coloquei o pijama, meus olhos estavam pesados e eu já não conseguia pensar em mais nada.

Adormeci, e essa noite não sonhei com ele.

O deus desconhecido não apareceu.

....

Lentamente abri os olhos. Ouvi o barulho da chuva que caía forte, fora do chalé.

Ao levantar senti minha cabeça pesada, um gosto amargo dominava minha boca.

"Ai... que droga... pelo jeito amanheci com uma enxaqueca brava"

Segurando a cabeça, olhei pela janela o dia cinzento e frio.

As árvores pareciam felizes, até mais verdes com suas folhas encharcadas pelo aguaceiro.

Desci atrás de uma aspirina e voltei para cama.

Peguei o celular para ver que horas eram.

O painel marcava 10 horas de uma Segunda-feira. Meu Deus, tomei um susto!

Eu não conseguia me lembrar qual teria sido a última vez que me levantei tão tarde da cama, que dirá numa Segunda!

Nesse momento vi a notificação de mensagem do whatsapp.

Era o Conrado (sorri) ele havia dito que mandaria um whatsapp na hora do almoço, mas o fez bem antes... ele devia estar ansioso, RS.

— Bom dia moça linda, como você amanheceu?

— Bom dia! Com enxaqueca. Ressaca de ontem, rsrs. Logo passa. E você como está? (Digitei).

— Puxa Lu... que chato isso. Eu estou aqui dando aula. Posso te ajudar com alguma coisa?

— Não se preocupe, tô aqui na cama. Tomei um remedinho, daqui a pouco volto a descer e tomo um dos chás da Stella que tenho aqui.

— Ok. Voltamos a nos falar então? Você me dá notícias?

— Pode deixar, vou sobreviver !

Pude imaginar seu sorriso, logo depois ele respondeu:

— Tenho certeza que vai. Se cuida e até daqui a pouco.

— Até... um beijo.

— Outro, ele finalizou.

Coloquei o celular ao lado da cabeceira da cama, aí notei a jaqueta do Conrado.

Eu a trouxe pra perto de mim, várias imagens dele vieram à lembrança. Ele era um homem educado, bonito, atraente, inteligente, e não escondia seu interesse por mim.

Embora ele me despertasse desejo, esse não era o momento de me envolver com ninguém. Meu antigo relacionamento havia acabado há tão pouco tempo.

Eu precisava me reconhecer novamente, e era para isso que eu havia vindo de tão longe.

Mudado radicalmente minha vida.

Por outro lado, minha mente gritava que eu poderia estar desperdiçando a oportunidade de conhecer alguém legal.

Mas se eu permitisse a aproximação de Conrado e estragasse nossa amizade? Ainda mais com aquele ciclo restrito e tão fechado de amigos. Eu ficaria em uma saia justa!

Quero estar com Conrado, porque estar com ele é muito agradável, porém não quero me comprometer! Aí o que faço?

Sem contar na avalanche de sonhos que havia me acometido... eu simplesmente andava transando com um cara, enquanto durmo que ainda dizia me conhecer sabe Deus de onde!

Se bem que isso não pode ser considerado sexo né? Muito menos compromisso com um homem que existe apenas no meu subconsciente.

E essa história que ele me mandou passar além do rio? O templo de Circe no meio do bosque? O discurso inflamado de Aurora? Stella dizendo que ela era "nossa deusa" como se todos fossem membros de uma religião ligada à Circe!

Será que essa não seria a charada?

Isso não pode ser coincidência! De alguma forma tudo deve estar interligado.

Agora... eu realmente não sei onde me encaixo dentro dessa cronologia.

Eu preciso ficar bem, eu tenho algumas perguntas para o Conrado essa noite!

Desci novamente até a cozinha, comi uma pêra e fiz uma xícara do chá de melissa da Stella.

Abri a porta dos fundos do chalé, a chuva ainda estava forte.

Encostada na soleira da porta eu provei da bebida quente, olhando para além do rio pensando no templo.

Em dado momento tive a impressão de ver entre os arbustos ao longe a sombra de um animal grande.

Fiquei parada tentando ver se conseguia enxergar com clareza o que era, porém a cortina de águas estava densa, sem me deixar ver nada nitidamente.

Tive a impressão de que fosse o que fosse o "animal" me encarava do outro lado das árvores.

Achei por bem fechar a porta.

Apanhei o celular e fui pesquisar a história da cidade, quem sabe eu conseguisse encontrar algum registro ou até mesmo alguns arquivos de Alferes, que tivesse ligado a deusa.

Em vão... não havia nada, nenhum apontamento que pudesse me ajudar ou responder minhas questões.

Fiquei aborrecida... estava ansiosa, entediada..

Porém estava me sentindo melhor da dor de cabeça, desse modo decidi avisar o Conrado que eu estaria esperando por ele.

— Oi! Mandei um emoji sorrindo.

Não demorou para que ele visualizasse e me respondesse:

— Oi linda! Vc está melhor?

— Estou nova em folha rsrs!

— Isso é ótimo!

— Então... você vem hoje? (Perguntei)

— Irei! Você gosta de comida japonesa?

— Adoro!

— Sendo assim, levarei para nós! Não quero que se preocupe com nada.

— Posso fazer uns muffins para você?

— Só se você quiser está bem? Caso contrário não se incomode. Descanse o quanto puder.

— Eu quero ... preciso me ocupar rsrs

— Rsrs, faça como achar melhor! que horas você quer que o *Ifood* do Conrado chegue aí?

Ri alto com seu comentário.

— Que horas você consegue vir? Não sei o horário que fica bom pra você.

— Irei umas 20 horas. Nos vemos em breve linda. Um beijo

— Beijo - Digitei e um frio na barriga surgiu do nada.

Estaremos eu, o Conrado, a comida japonesa e os meus muffins de Blueberry. Suspirei...

Recordando do olhar do Conrado em minha boca.

Corri na minha minúscula adega, e para meu alívio eu tinha meu último Pegasus Bay Sauvignon Blanc Semillon (um vinho branco que harmonizava perfeitamente com peixes).

Depois vesti meu avental, separei os ingredientes dos bolinhos e coloquei literalmente a mão na massa.

Mas não antes de ligar o som em *Down in the Valley* - Otis Redding.

....

Ao cair da noite os muffins haviam terminado de assar. Pela parede de vidro já quase não se enxergava mais nada.

O céu, que passou o dia inteiro cinzento, escureceu rapidamente.

A chuva ainda insistia em continuar, e pelo visto, seguiria noite a fora.

Pouco antes de fechar a cortina, um vulto que aparentava ser o de um animal passou próximo do chalé me chamando a atenção.

Provavelmente era o mesmo animal que parecia me observar do outro lado do rio pela manhã.

Aparentava ser um cachorro grande, tentando se refugiar da chuva, e mesmo assim não consegui definir se era isso.

Devia pertencer a alguém da redondeza e fugiu de casa tadinho... sem mais avistá-lo fechei a persiana.

Depois de um banho vesti um jeans *destroyed* larguinho junto com uma camisa branca.

Os cachos do meu cabelo estavam bonitos, resolvi deixá-los soltos.

Passei um gloss nos lábios e uma máscara de cílios.

Voltei para a sala para finalizar a decoração do jantar, que procurei seguir na temática da opção escolhida por meu convidado.

Aproveitei uma mesinha retangular baixa que achei na lavanderia e a posicionei sobre o tapete.

Coloquei almofadas nas laterais da mesa, de maneira que ficassem uma de frente para a outra, elas seriam nossos assentos.

Em cima da mesa coloquei um jogo americano preto feito de madeira de bambu, louças brancas, de vários formatos e dois pratos quadrados.

Um para mim e outro para o Conrado. Duas taças para o vinho, guardanapos vermelhos e um vasinho pequeno de flores.

Com alguns acessórios específicos atingi o meu objetivo de uma decoração bem nipônica.

Acho que ele vai gostar! (Pensei ao concluir meu trabalho).

Como a chuva ainda caia intensa, mandei um *whatsapp* para o Conrado, pedindo para buzinar quando chegasse, assim eu abriria o portão e ele entraria com o carro para não se molhar.

Sentada no sofá um pouco ansiosa, ouvi a buzina do carro dele às 20h em ponto!

Acionei o controle e fui para a porta de entrada.

Ao me ver ele sorriu, então desceu do carro com uma caixa enorme.

— Oiii! (Eu disse enquanto ele se aproximava).

— Quanta coisa você trouxe!

— Dois rodízios! Não quero nem saber se está com fome. Vai comer tudo! Ele brincou sorrindo daquele jeito que deixa seus olhos apertadinhos.

— Prometo tentar. (Estávamos parados um na frente do outro, separados apenas pela caixa de comida japonesa).

— Não vamos ficar parados aqui rsrs. Entra por favor, seja bem-vindo a minha casa! Você é minha primeira visita. Eu indiquei com a mão para que ele entrasse.

— Quanta honra! Muito obrigado. Com licença...

Ele entrou primeiro e eu o segui.

Ainda com a caixa na mão, ele parou admirado com a mesa posta para o jantar japonês.

— Estou sem palavras! (Conrado disse, virando o rosto em minha direção) Você levou bem a sério o meu ifood de comida japonesa rs.

— Mas é claro! Você achou que seria de qualquer jeito? Ainda mais com a minha primeira visita? (Sorri) posso pegar a caixa?

— Hahaha! Lógico! (Ele respondeu enquanto entregava a embalagem em minhas mãos) Estou igual bobo até agora com a caixa de comida na mão, não é mesmo?

— Um pouco, hahahaha.

Rimos os dois enquanto eu coloquei a caixa sobre a ilha que dividia o cômodo.

— Deixa eu te cumprimentar direito agora... como você está, Lúcia?

— Estou bem melhor.

Ele se aproximou de mim me abraçando apertado. Dentro dos seus braços, mais uma vez inalei seu perfume inebriante, depois ele beijou de forma afetuosa o meu rosto.

Conrado como sempre estava perfeito.

Ele apareceu vestido com uma camisa de botão, despojada com listras grossas azuis, jaqueta e calça jeans e tênis branco, o cabelo alaranjado estava penteado de maneira descontraída e a barba impecável.

— Sente-se, por favor! Eu indiquei as almofadas para que ele se acomodasse.

— Obrigado! Ele se ajeitou quase não cabendo atrás da pequena mesa.

Seus olhos escuros brilhavam me observando colocar a comida em seus lugares corretos.

— Tá incrível! Você já trabalhou em algum restaurante japonês?

— Não... kkkkkk. Eu vi como montava a mesa no YouTube mesmo.

Eu ri me sentando em frente ao Conrado.

— kkkkk ficou melhor do que a do restaurante! Muito caprichado! Eu agradeço mesmo.

— Eu fico feliz por ter vindo. Você trouxe tudo... era o mínimo que eu podia fazer pra retribuir.

Seu sorriso agora era largo, seu semblante estava feliz, e eu também me sentia da mesma forma.

Não mais receosa como no dia em que jantamos pela primeira vez no bistrô da Bryanna na companhia dos nossos amigos.

Conrado pegou a garrafa de vinho.

— Posso fazer as honras? Ele me perguntou.

— Por favor!

Eu lhe passei o abridor de vinhos.

Ele entornou a bebida nas taças, em seguida a ergueu. Repeti seu gesto.

— Ao que brindaremos?

— A uma noite muito especial, ele respondeu.

Tocamos nossas taças e ao mesmo tempo provamos a bebida.

— Muito bom esse vinho, Conrado comentou observando o rótulo da garrafa.

— Eu amo vinhos como você deve ter notado nas últimas vezes que nos vimos.

— Rs, notei ... mas vinho é um hábito saudável.

— Pelo menos é o que dizem, rsrs. Essa comida está com uma cara ótima!

— Esse restaurante é muito bom! Fica perto da escola de música. O que quer provar primeiro? Ele perguntou se preparando para gentilmente me servir.

- Humm... acho que vou começar pelo temaki. A.d.or.o ! Pronunciei pausadamente.

Ele riu depositando um dos temakis em meu prato e em seguida se servindo.

— Há quanto tempo você tem a escola?

— Há muito tempo, rsrsrs.

Eu o olhei de uma forma para que ele fosse mais preciso enquanto eu mastigava. Ele entendeu.

— Tá, rs... desde moleques eu e o Plínio fomos apaixonados por música. Qualquer uma, não nos importávamos com ritmos, sempre fomos muito ecléticos. Instrumentos... aprendemos a tocar vários... Quando adultos, um se inspirando no outro, fomos estudar, cursamos o bacharelado de música praticamente juntos, nos formamos e por fim montamos nossa escola.

— Que top sua história! E essa união e interação com o Plínio, um irmão para partilhar assim a vida... coisa rara!

— O Plínio é um cara espetacular. Ele e a Stella fazem um bom par, ela é como uma irmã também.

— Isso é importante. Ela somar e não dividir vocês.

— Ah... essa atitude nem condiz com a Stella.

Não sei se porque ela sempre esteve presente... mas nem consigo imaginar ela assim. E você Lúcia? Você tem irmãos?

Minhas recordações invadiram minha mente, meu semblante com certeza se tornou melancólico, pois a saudade da companhia do meu irmão era dolorida.

— Eu tive um... Ele morreu há algum tempo.

Quando respondi ao Conrado, seu rosto também ficou triste.

— Sinto muito Lúcia (ele respirou fundo,) eu não sabia... meus sentimentos.

— Obrigada. Não precisa se desculpar, você nem tinha como saber disso, estamos conversando sobre esse assunto pela primeira vez . (Sorri comovida e continuei). O nome dele era Evandro.

Sofremos um acidente de carro durante uma viagem em família. No carro estávamos eu, ele, e nossos pais. Meu pai que estava ao volante, enquanto seguíamos contentes por uma estrada, sofreu um ataque cardíaco fulminante, desmaiou no volante.

O carro passou para a outra pista e bateu violentamente contra um outro veículo.

Fui a única que sobreviveu. Fiquei em coma por meses... não tenho nenhuma sequela. Nem sei como.

— Que triste Lúcia... quantos anos você e seu irmão tinham na época?

— Ele dezesseis e eu dezoito. Mas não quero mais falar de coisas tristes. Me conta uma coisa...você falou do Plínio e da Stella. Você nunca se casou?

Ele ficou pensativo.

— Nunca. Seu olhar era ilegível, fixo em mim.

— Mas nunca se apaixonou?

— Eu amei uma mulher, eu a amei mais do que a mim mesmo (ele provou do vinho novamente).

— E o que aconteceu? Estou sendo invasiva? Rs

— Não... de forma alguma... ela não me quis. (Nesse momento Conrado sorriu com um toque de amargura).

—Ah... de verdade eu sinto muito!

— Obrigado... Eu acredito que na época não era pra ser... eu não soube demonstrar esse amor. Na verdade eu não sabia o que fazer com meus sentimentos...

— Ela era bonita?

— Ela era especialmente linda,... (Ele me encarou novamente, seus olhos pareciam querer atravessar minha alma).

— E o que houve afinal?

Perguntei um pouco agoniada em assistir sua aflição.

— Havia dois irmãos, dois homens poderosos que disputavam o coração dela.

Ela não sabia que eu a amava... quando eu percebi sua predileção por um deles, eu simplesmente desisti... não lutei por ela.

Suspirei, me lembrando da dor de descobrir que eu também não havia sido a escolha de quem amei um dia.

— Te entendo perfeitamente.

— Só para concluir, não sou mais aquele Conrado.

Ele sorriu, um sorriso tranquilo ao terminar sua história.

— Sempre temos a oportunidade de nos tornarmos versões melhores de nós mesmos.

Falo que a minha atual é a melhor, e a de amanhã será melhor que a de hoje.

— Então, diante dessa declaração tão bela eu proponho um brinde às nossas melhores versões.

Conrado encheu nossas taças novamente e brindamos.

— Às nossas versões atualizadas, rsrs.

Eu provei de um gole generoso da minha taça, enquanto sem tirar o olhar dos meus movimentos, Conrado bebia seu vinho lentamente.

A fisionomia de Conrado às vezes se tornava misteriosa e nesses momentos meu coração disparava.

—Fiz os muffins de blueberry para você!

Disparei...

— Além de tudo. Além dessa mesa fabulosa ainda fez uma sobremesa para mim!

Ele pausou por alguns segundos, depois concluiu:

— Vou te alertar sobre algo a meu respeito.

Enquanto ele falava me levantei retirando parte do que havia sobrado na mesa.

Eu olhei pra ele sorrindo.

— Me alertar?

— Isso mesmo... ele riu também. Se levantou me acompanhando e começou a me ajudar, recolhendo o restante da mesa.

— Ok, o que eu devo saber?

Perguntei, ao mesmo tempo em que retirava os muffins da forma, e os colocava em um pires.

— Me acostumo facilmente com mimos, rs.

Ele ostentou um sorrisinho irônico.

— Hahaha, sinto te dizer que somos dois!

Ele se sentou na cadeira em frente a ilha/balcão. Eu ofereci o pires com o doce, ele o puxou para si.

Liguei a máquina de café.

— Um cafezinho acompanha, Senhor?

— Seria ótimo! Vai abrandar o álcool.

Rimos. Eu lhe entreguei a xícara de café.

— Lúcia, tudo está muito melhor que imaginei...

Ele provou do café e prosseguiu: — Mas sei que você me chamou até aqui, para conversarmos sobre suas dúvidas.

Eu assenti com a cabeça.

— O que quer saber ? Ele perguntou.

Eu me aproximei e sentei na cadeira ao seu lado.

— É que algumas coisas ficaram estranhas.

(Eu não podia contar ao viking sobre os sonhos, nem dizer que o cara que transou comigo loucamente, me pediu para ir até o bosque e ficar atenta a pistas que eu não fazia ideia do que se tratava. Formulei outra coisa para dizer a ele) — eu senti que precisava atravessar o rio, e num determinado momento encontrei o templo de Circe, a energia que senti lá, é indescritível!

Ele me escutava em silêncio. Fui adiante com os relatos, um pouco modificados.

— Eu sonhei que estive em um templo abandonado, onde havia uma estátua muito parecida com a que encontrei nesse templo no bosque, Na verdade acho que uma outra versão dela. Depois vieram as frases da Bryanna parecendo ter duplo sentido, o quadro na parede da casa dela falando de magia e o discurso idolatrado da Aurora, enfim tenho a impressão que uma série de coisas estão interligadas querendo me dizer alguma coisa que não sei o que é.

Você está me entendendo?

Ele afirmou com a cabeça, me olhava sério, uma das mãos no queixo, compenetrado no que eu dizia.

— O que a Stella quis dizer com "nossa deusa" depois da fala da Aurora sobre a deusa Circe? E porque a Bryanna me perguntou, o que eu havia achado nos arredores do chalé?

Vocês me interrogaram para saber se eu havia encontrado o templo, não é?

— Eu acredito que essa foi a intenção sim…

— Mas por quê? O que tem de especial?

Vocês são integrantes de alguma seita?

O viking levantou as duas sobrancelhas e deu um sorriso amarelo.

— Lúcia… nossos ancestrais, pessoas que foram os fundadores desta cidade, cultuavam a Circe.

Eles eram abençoados por ela, e tudo era feliz, próspero e abundante para eles.

Nessa época havia um templo enorme, que era o lugar onde esses antepassados adoravam a deusa.

Entretanto, houve uma tragédia entre eles.

E após esse ocorrido alguns de seus membros muito entristecidos partiram daqui para sempre.

Conforme os anos se passaram o grande templo foi abandonado, e após outro período de tempo suas ruínas desapareceram. Algumas gerações depois construíram esse templo menor para que nunca se esquecessem de Circe e continuassem a adorá-la.

Nós, quando falo nós, me refiro aos nossos amigos, fomos quem mantivemos algumas tradições desses ancestrais. Acreditamos na proteção da deusa Circe. Isso nos foi passado de geração em geração.

Porém, esse pequeno templo que você nos contou que encontrou, desapareceu misteriosamente, e... a deusa Circe apenas permite que algumas pessoas o vejam novamente. Você o viu. Por isso o espanto de Stella.

— O que você está querendo me dizer? Que tive uma visão de algo que desapareceu, e que só deixa ser permitido encontrar por pessoas "escolhidas" por Circe?

O viking contraiu os lábios afirmando quieto.

— Isso é loucura, falei incrédula.

Ele permanecia sério atento a minha reação.

— Meu Deus, você realmente está falando sério!!! Me levantei da cadeira espantada.

Olhei para ele descrente.

— Tá... kkkk (ri de nervoso). Vamos dizer que hipoteticamente, isso que você está me contando seja verdade... porque EU vi esse templo?

— Aí é que está Lúcia. Isso é algo que só você tem a resposta! Nós não sabemos te dizer...

Eu dava passos pra lá e pra cá com as mãos na cintura. Enquanto Conrado assistia a minha reação.

— Desculpa. Estou tentando assimilar essa história. Porque não tenho a resposta, como você disse que eu tenho.

—Você tem, só não descobriu ainda.

Suas palavras saíram sinceras, suas feições transmitiam verdade.

Me aproximei novamente dele.

Eu estava me sentindo abalada pelas informações que ele havia me levado.

Conrado pegou minha mão de forma carinhosa e depositou um beijo, na esperança de me tranquilizar.

Senti um desejo enorme de estar envolvida pelos braços dele. Vi que esse era o desejo dele também quando seus olhos encontraram os meus.

O viking me puxou para ele, satisfazendo meu anseio. Fechei meus olhos. Me permiti sentir sua proteção.

Ouvindo seus batimentos cardíacos, eles pulavam uma canção avassaladora e ao mesmo tempo tão tranquila.

Conrado estreitou o abraço, como se ele quisesse fazer com que eu soubesse, a tempestade que residia em seu peito.

As aspirações que rasgavam sua alma.

Ele ambicionava me revelar no calor do aconchego de seu peito largo o que dilacerava suas emoções.

Minhas mãos passearam pelos cabelos arruivados de sua nuca.

Foi quando nesse exato minuto o abraço se afrouxou por alguns instantes, tempo apenas para testemunhamos mutuamente o latente desejo de ambos, aflorar descomedido.

Acompanhei suas pálpebras fecharem, seus cílios se tocarem e a partir daí o controle se perder no infinito daquele momento.

As mãos de Conrado prenderam-se em meus cabelos.

Senti a corrente de calor dos lábios do viking invadirem os meus.

Nossas línguas se encontraram. Conrado passeava em minha boca, saboreando o meu gosto, constatando meu prazer desregrado.

—Conrado... (eu sussurrei) eu...

— Se você não quiser... eu entenderei.

Ele disse ainda agarrado a mim, sua testa encostada na minha, suas mãos segurando meu rosto.

— Eu... estou com medo, confessei.

— Com medo de mim? Ele perguntou perplexo olhando dentro dos meus olhos.

— De você não, de mim mesma. De estragar tudo.

Ele sorriu.

— Não vai estragar nada! Somos adultos, sabemos o que queremos. E eu de verdade jamais vou magoar você.

Eu olhei dentro de seus olhos.

— Vem aqui (ele me puxou para o meu sofá) Espere um minuto... fique exatamente aí.

Sem entender nada, eu o vi sair pela porta da sala.

Conrado voltou em menos de um minuto, com um violão na mão e sentou ao meu lado, tirou o instrumento de dentro da case e se virou para mim .

Nesse momento ele sorriu e começou a dedilhar uma canção, ao mesmo tempo, disse: é para você.

Com a floresta marrom de trigo
With the wheat brown forest

Ao meu redor
All around me

Você se transformou em um sussurro
You turned into a whisper

Nenhuma alma à minha vista
Not a soul in my sight

Não foi possível ouvir além das árvores
Couldn't hear past the trees

eu estava começando a te esquecer
I was starting to forget ya
E então eu acordei esta manhã
And so i woke up this morning
E eu fiz meu caminho de volta
And i made my way back

Para a cidade em que vivemos
To the city we lived in

Já faz um tempo desde que você fez as malas
It's been a while since you packed up

E estabelecido para o mundo
And laid down for the world

Como um peão de seus planos
Like a pawn of your plans

E eu fiz exatamente o mesmo
And i did just the same
Todos os meus estão ficando sem graça

All mine are coming up bland
E desde que você saiu, eu tenho me entediado
And ever since you left, I've been boring

Eu estive sentado em minhas palavras
I've been sitting on my words

Como se eu estivesse esperando que você alcançasse e puxasse para fora
Like I'm waiting for you to reach right in and pull em out

Desde que você partiu,
Ever since you left,

Eu tenho mastigado minha língua,
I've been chewing off my tongue,

Tentando não te dizer errado
Trying not to tell you wrong

Eu não sou eu desde que você me deixou em dúvida
I'm not me since you left me in doubt

Eu encontrei um corpo nas árvores
I found a body in the trees

Ele foi murcho em pedacinhos
He was withered down to smithereens

Sua alma o deixou em algum lugar a meio caminho de laramee
His soul left him somewhere halfway to laramee
Rumores dizem que seu espírito anda por essas ruas
Rumor says his spirit walks these streets

E te ensurdece com um grito assombroso
And deafens you with a haunting scream

Se isso te mantém fora, deve ser um sonho
If it keeps you out it must be a dream

Sobre você eu não consigo ouvir nada
Over you i can't hear anything
Oh, ele pode me arrastar para o inferno

Oh he can drag me down to hell

Eu ainda espero que você esteja bem
I still hope you're doing well

Espero que você ligue seus discos às vezes e pense em mim
Hope you turn your records on sometimes and think of me

Porque em breve serei o homem que anda por essas ruas
Cause soon I'll be the man who walks these streets

Yellin fora meus desejos e necessidades
out my wants and needs

Espero que você me ouça à distância gritando
I hope you hear me in the distance hollering
eu serei seu fantasma
I'll be your ghost

Eu sempre vou te amar
I'll always love you

Eu vou esperar nesta floresta
I'll wait in these woods

Cantando esta música quebrada
Singing this broken tune

eu serei seu fantasma
I'll be your ghost

Eu sempre vou te amar
I'll always love you

Você não vai voltar pra mim, volte para mim, volte para casa
Won't you come back to me come back to me, come back home

      (Laramee, de Richy Mitch & The Coal Miners)

 Os últimos acordes vibravam do violão, enquanto meus olhos marejaram, tocada pela canção.

Conrado parou ao ver uma lágrima escorrer pelo meu rosto.
— Lúcia... você está chorando?
Sua expressão era de surpresa.
— Não... apenas me emocionei... enxuguei os olhos e sorri.
Conrado colocou o violão ao lado encostado no sofá.
—- Ah minha linda... Eu... o que posso fazer por você?
Ele estava tão próximo novamente, eu não conseguia piscar meus olhos, minha alma ardia.
— Me beije!
Ele urgente me atendeu, seu beijo mergulhava em minhas emoções, era inadiável, ávido...
Nos necessitávamos, o prazer estampado em cada traço do rosto do Conrado me tornava cativa, me impulsionava a querer mais dele.
Nossos lábios, rapidamente foram comprimidos um no outro pelo encantamento.
Conrado se livrava da camisa sem tirar sua boca da minha. Murmurava o meu nome e mais mil palavras que eu não discernia.
Depois ele parou passeando seus dedos pelos meus cabelos.
Seu olhar me desnudava carregado de tesão.
Devagar ele desabotoou minha camisa, ao tirá-la, ele me beijou novamente, descendo seus beijos por meu pescoço e meu colo.
Sua língua deleitava-se devagar passando sobre a minha pele.
Sua mão tocou meus seios por cima da renda do sutiã. Tremi... ele gemeu...
Ele retirou a peça de lingerie com delicadeza, se curvou na altura dos meus seios, e os abocanhou saboreando-os demoradamente como se fossem sua fruta predileta.
Enquanto isso minha vagina pulsava, meus dedos seguravam seus cabelos laranja.
Nos beijamos mais, então foi minha vez de encher de beijos e lambidas lânguidas o peitoral dele.
Eu me ajoelhei...
Conrado gemeu alto quando passei minha língua por sua barriga definida, sentindo seu cheiro natural, masculino, viril... seu pau rígido pulsava apertado pelo jeans.
Eu desabotoei sua calça, desci o zíper acariciando seu membro gentilmente com minhas mãos.

Conrado me fitava com olhos brilhantes de volúpia enquanto minha língua percorria a base do seu pênis subindo devagar até chegar a sua glande.

Sua cabeça pendeu para trás, ao mesmo tempo que ele pronunciou meu nome.

Nesse instante, sua respiração arfante era a canção.

Eu engoli seu pau, sugando, salivando em cada milímetro do membro deliciosamente grosso e potente.

Nossos gemidos se confundiam... Ele gemeu rouco e alto enquanto esfregava meus seios em seu pau.

— Quero você, quero você, pronunciou em delírio.

Com movimentos alternados engoli seu pau novamente, subindo e descendo minha boca, esfregando nele minha língua.

— Quero comer você! Conrado falou alto e imperativo.

Devagar retirou seu pau da minha boca, se livrando do jeans.

Me ergueu até ele, tirando minha calça.

Me olhou enlouquecido, hipnotizando pelo desejo.

— Você é tão maravilhosa….. tão perfeita.. tão linda…

Me cobrindo de beijos, me deitou no tapete, retirando minha calcinha.

— Quero foder você… ele disse, eu gemi.

E ele continuou — Você é minha! Vou penetrar você, marcar você, comer você, porque você é minha!

Ele alternava palavras doces como a de um anjo e infames como a de um demônio.

Conrado abriu minhas pernas afundando o rosto entre elas.

Sua língua quente me lambeu de baixo a cima.

O calor de seus lábios me incendiava, minhas pernas tremeram.

Ele a cheirava, tocava, sentia.

Ele gemia e eu suplicava por ele.

Prestes a ser penetrada ele me encarou, nossos olhares se cruzaram cheios de sensações indescritíveis.

Conrado entra em mim, nossos corpos se fundem, encaixados plenamente, integralmente, em um êxtase avassalador.

Selvagem, ele se mexe, com estocadas impiedosas.

Nos remexemos, nos misturamos sintonizados.

Saliva, suor, e nossos fluidos banham nossos corpos.

Ele vocifera e estremece dentro da minha carne eu grito saltando num abismo de delícia e satisfação.

Exaustos ficamos um ao lado do outro.

Conrado sorriu, acariciando meu rosto, meus cabelos, ao mesmo tempo em que eu me admirava refletida na profundidade escura dos seus olhos.

— Não fique com medo do que vai acontecer daqui para frente tá bom? (Ele quebrou o silêncio) não vou pressionar você. Deixa as coisas acontecerem.

Eu apenas o abracei, enterrando minha cabeça em seu peito. Ficamos assim um tempo.

— Conrado, preciso de um banho.
— Claro... rs.
— Vem comigo?
— Vou sim.

Nós subimos os degraus da escada, liguei o chuveiro e tomamos esse banho juntos.

Ele lavou meu cabelo, meu corpo, vagueando por minhas curvas, seu toque era suave e gentil, meu prazer acontecia ao ver o desejo nos olhos do Conrado.

Seu pau estava ereto, com a mão ensaboada eu o toquei. Seus lábios se entreabriram, suas pálpebras se fecharam, os fios molhados de seus cabelos derrubaram pingos de água, enquanto minha mão agia.

Devagar, meus dedos afagavam a cabeça sensível do seu pênis, ele estremeceu.

Conrado abriu os olhos, agarrou meus pulsos e me virou contra ele, logo depois entre gemidos, mergulhou seus dedos úmidos em meu clitóris.

Entregue, apoiei minha cascata de cachos em seus ombros. Quando percebi, seu pau me abria, me preenchendo, me penetrando profundamente.

Me apoiei na parede inclinando meus quadris para ele.

Uma de suas mãos segurava minha bunda e a outra continuava a esfregar minha vagina.

Eu voava livre, sem controle, apenas guiada por suas mãos, invadida por seu corpo, subjugada pelo prazer que ele me proporcionava.

Quase caí quando minhas pernas fraquejaram atingidas pela intensidade do meu êxtase. Ele me segurou firmemente em seus braços, gemendo como um animal selvagem tomado de satisfação.

Conrado me virou para si, me beijando a boca com paixão.

Saímos do chuveiro, ele me enxugou tão amorosamente fascinando minha alma, me deitou em minha cama, deitando-se ao meu lado.

Fechei os olhos lentamente debaixo dos beijos carinhos depositados em meu cabelo, pelos lábios do Conrado.

....

Me levantei da cama, por alguns instantes observei Conrado dormir profundamente, seu semblante terno, descansando entre os lençóis. Um toque de felicidade estampava seu rosto.

Nua desci as escadas, como se meus pés caminhassem tão leves que não tocavam o chão.

Sai pela porta dos fundos passeando pela madrugada fora. A brisa gelada da noite não atingia meu corpo, não arrepiava meus poros.

Atravessei o rio, o cachorro meio lobo que me cercou durante todo aquele dia aguardava por mim parado entre os arbustos. Sua feição me lembrava feições humanas, seus olhos eram bondosos e tristes.

Seguimos juntos a trilha até o templo, iluminado apenas pelas estrelas, pois a face da lua estava apagada em sua fase de energia criadora.

As estátuas de animais pareciam ter ganho vida no jardim de Circe andando ao seu redor e entre as flores.

Eu passava por todos eles, afagando os pelos do lobo que seguia ao meu lado.

Admirando o brilho que o monumento da deusa exibia naquela noite, estremeci de temor quando diante de mim ela criou vida.

A deusa abriu os olhos, seus braços e pernas se moveram ao mesmo tempo em que ela caminhou em minha direção.

Todos os animais, como o lobo, se curvaram perante ela.

Meus olhos arregalados e espantados contemplavam tudo, meu corpo sequer obedecia a algum comando meu.

Ela se tornou em forma humana, muito maior do que eu, me circulou examinando-me atenciosamente.

Quando enfim falou tomada de uma voz poderosa e sobrenatural:

— Eu me lembro de você!

Imediatamente me curvei.

— Pode se levantar, Lúcia, ela ordenou.
Abismada pela pronúncia do meu nome me levantei sem tirar meus olhos imersos nos dela.
— Você atendeu ao meu chamado.
Quero dizer-lhe algumas coisas:
A primeira delas é: Cumpra sua missão, descubra seu destino, para isso você voltou.
A segunda: lembro a você que ele também acompanha e se molda a suas vontades, seja fiel a você mesma! A quem você se tornou ao longo de sua jornada.
E a terceira e última: mesmo que linhas cruzadas e sinuosas cruzem seus passos, siga o caminho da sabedoria em suas escolhas, o oculto que abrirá os teus olhos, a verdade a alcançará.

....

Me remexi agitada na cama, abri os olhos sem ter certeza de onde estava.
— Lu.. tá tudo bem... foi apenas um sonho.
Conrado estava ao meu lado tentando me acalmar.
— O que houve?
— Você estava sonhando desassossegada...
Eu o abracei.
— Quer conversar?
— Não... (respondi pensativa).
— Tá bem. Descansa um pouco, logo amanhece, está de madrugada ainda.
—Vou tentar.
Envolvida na segurança dos braços do Conrado, não demorei para adormecer novamente.
A manhã daquela terça-feira chegava ensolarada, bem diferente da chuvarada do dia anterior.
Apenas o vento, passava gelado como ontem, típico de dias de outono. Ainda mais no alto da montanha, onde sempre era mais frio.
Eu havia me levantado antes do Conrado e passava um café quando ouvi seus passos descerem a escada.
Já estava devidamente vestido como tinha chegado ontem a noite.

Seu rosto logo cedo continuava com a mesma beleza de sempre.

— Bom dia! Ele disse sorrindo.

— Bom dia (sorri de volta) passei um café para você, tenho muffins, frutas e pão caseiro também se desejar.

— Estou abusando de sua hospitalidade, rs, você vai me colocar pra correr jajá e nunca mais me chamar para vir jantar com você.

— Hahaha, para com isso Conrado. Sente-se comigo e tome seu café.

— Eu disse que me acostumo fácil com mimos. (Conrado respondeu se sentando e enchendo uma caneca com o café fresco).

— Que horas irá para a escola?

Perguntei enquanto passava um pouco de manteiga em algumas fatias de pão, e os colocava na frigideira.

— Hoje irei às 11 horas. Plínio abre a escola às terças. O que você fará hoje? Tem algo planejado?

— Eu vou ao centro, preciso resolver umas coisas lá, vou passar na livraria também, depois vou voltar para casa. Por quê?

— Nada rsrs... só curiosidade, já que você abrirá a livraria apenas na quinta, não é?

— Isso mesmo, na quinta.

— Tá...eu vou falar... (ele abriu um sorriso gigante apenas para me encantar) se você não quiser tudo bem, rs.

— Assim você me deixa curiosa... fale!

— Eu... gostaria de mostrar um lugar a você amanhã... Não precisa responder agora. Só pense com carinho, tá? Rsrs

— Vou pensar, posso te responder até amanhã?

— Pode me responder sim até amanhã. Assim, se você aceitar me programo melhor. Sorrimos e terminamos nosso café.

Ao se despedir, eu acompanhei o Conrado até a porta, ele me envolveu em seu abraço carinhoso e sedutor, afagando meus cabelos, ele encostou seu rosto no meu.

Eu imaginei que ele se despediria com um beijo em minha boca. Mas para minha surpresa, ele beijou minha testa.

— Obrigado por tudo Lúcia. Estou no aguardo de sua resposta.

Eu sorri sem dizer nada.

Ele entrou no carro.

— Se cuida minha linda! (Ele piscou ao dizer).

— Pode deixar!

Respondi ao mesmo tempo que acionei o botão que abria os portões.

Antes de virar a rua, ele ainda me deu uma última olhada sorrindo e acenou.

No momento em que eu virei as costas para entrar no chalé, quase caí com o susto que tomei. Meu coração bateu em minha garganta ao me deparar com um cão enorme em minha porta.

Por alguns instantes ficamos parados olhando um para o outro.

O cachorro me lembrava muito um Husky siberiano, só que bem maior.

Eu não sabia o que fazer até que com as orelhas abaixadas e meio cabisbaixo ele se aproximou.

Ainda receosa eu acariciei seus pêlos, muito macios.

Ele era o animal de ontem que me observava e também o cão do sonho.

— Hei! Tá perdido?

Apoiada em meus calcanhares me agachei ficando na altura dele.

Ele esfregou o focinho na minha mão.

— Você estava no meu sonho, não é? Foi me escoltando até o altar de Circe.

Ele se aproximou mais e eu o abracei.

— De onde será que você vem garoto?

Suspirei... era impressionante como ele me olhava nos olhos, como se quisesse me dizer alguma coisa.

Levantei me dirigindo até a porta, enquanto ele esperava pelo que eu faria.

— Vem... eu o chamei e ele em seguida entrou comigo no chalé.

Seus olhos percorriam todos os cantos.

Aquela manhã eu tinha planos de tentar achar mais alguma coisa na internet sobre Circe e a cidade. Com tudo o que Conrado havia me relatado na noite passada, o comportamento deles fazia muito sentido para mim.

Eles não eram apenas amigos de infância, eles acreditavam em algo juntos.

Uma irmandade... que através de seus antepassados levava adiante a crença e o culto à deusa Grega. Pelo menos era isso o que eu havia entendido.

Abri a gaveta de uma mesinha na sala onde eu guardava meu *note-*

book, a foto de Amarílis com os filhos adolescentes estava em cima dele. Apanhei os dois me sentando no tapete.

Nesse momento o "lobo" veio sentar-se ao meu lado. Segurei a foto nas mãos, olhando para eles por alguns segundos.

O lobo ao ver a imagem grunhiu tristemente.

Espantada, olhei do animal para a foto e da foto para o animal.

— Você conhece eles? (Ele latiu alto).

Que loucura!!! Será que o lobo pertencia ou pertenceu à família?

Mas se pertenceu, porque não está com a Amarílis? Será que ele fugiu após ter viajado?

Não poderia ser... ela não deixaria o cão sozinho em sua casa. E também havia o fato de sua casa ficar longe dali.

Guardei a foto na gaveta novamente e liguei o notebook.

Pesquisei e não achei nenhuma ligação da cidade ou de religião entre o local e Circe.

Eu estava enlouquecendo...

Então me ocorreu de ir à cidade e procurar alguma coisa na livraria.

Mas por que não pensei nisso antes?

Como se soubesse das minhas intenções, o lobo latiu e pulou afoito.

Calcei um tênis, peguei minha bolsa e as chaves do carro.

O lobo me acompanhou.

Quando entrei no carro, ele parou me encarando novamente.

— E agora? O que farei com você?

Ele grunhiu.

— Você quer vir comigo?

Ele latiu várias vezes.

— Tudo bem, sobe aí, abri a porta do passageiro pra ele, e o lobo subiu, quase tapando minha visão com todo aquele tamanho e quantidade de pelos.

Passei o cinto de segurança nele e rumei para a livraria.

....

O lobo me acompanhava pela calçada, chamando a atenção das pessoas que trafegavam pelo centro. Muitas com medo atravessavam para o outro lado da calçada quando se deparavam com ele.

Poucos comércios estavam abertos. O movimento da cidade estava muito tranquilo.

Abri a porta da livraria. O lobo à vontade entrou na minha frente.

Tranquei a porta, havia uma parte da livraria que era uma espécie de biblioteca, pois os livros estavam lá para empréstimo.

Comecei pela seção de história. Revirei várias estantes, o lobo acompanhou todos os meus movimentos.

Depois de um período eu já estava exausta de procurar em vão.

Me sentei de frente ao lobo olhando em seus olhos.

— Não encontrei nada... o que eu faço agora?

Ele latiu diversas vezes, foi nesse momento que uma ventania, vinda não faço ideia de onde, invadiu a livraria, chacoalhando as louças do café, derrubando vários exemplares.

Uma brochura contendo poucas páginas, voou de uma das prateleiras até o chão. O vento folheava suas páginas até que da mesma forma repentina como ele chegou, ele partiu...

Ajeitei meus cabelos completamente bagunçados e apanhei o livro do chão. Suas folhas estavam amareladas do tempo, era uma espécie de manuscrito.

Na capa havia o desenho de Circe, eu o examinei cuidadosamente, mas não entendia nada do que as páginas continham, estava escrito em outra língua, talvez grego.

Eu o coloquei sobre o balcão e coloquei todas as coisas bagunçadas pela ventania em seu devido lugar.

Guardei o manuscrito em uma pasta de documentos vazia que encontrei na mesa da Amarílis.

Peguei a pasta e minhas coisas e abri a porta para sair.

Nesse momento, o lobo correu disparado em minha frente pela rua tão rápido, que logo o perdi de vista.

"Então tá lobo, obrigada até aqui" pensei alto.

Dentro da minha bolsa o whatsapp soou. Era a Stella:

— Oi Lu, boa tarde! Está em casa?

—Oi Stella, estou na porta da livraria, vim verificar umas coisas.

— E o que vai fazer agora?

— Vou para casa.

Respondi e fui caminhando até onde meu carro estava estacionado.

Outra mensagem apitou. Entrei no carro e verifiquei

— Ah... se não tiver nada de importante, vem aqui em casa. Coloquei um empadão para assar agora mesmo.

Essa era uma oportunidade de verificar se as informações de Conrado bateriam com as de Stella, e saber se ela teria algo a acrescentar. Mas não vou mencionar sobre o manuscrito, não ainda, até descobrir o que está escrito nele. (Pensei).

— Tá bem! Estou indo.

— Oba! Te espero.

Eu guardei o celular na bolsa e dirigi em direção a casa da Stella.

Stella e Plínio moravam logo na entrada da cidade, sua casa se assemelhava muito às casinhas antigas de arquitetura inglesa, com seus tijolinhos vermelhos janelas em guilhotina, fachada com colunas clássicas e frontão emoldurando a entrada principal.

Estacionei meu carro ao lado de sua cerca de madeira branca, que antecede um gramado extremamente verde e flores coloridas na entrada.

Não precisei tocar a campainha, logo que saí do carro, Stella apareceu na porta para me receber.

— Quem bom que veio Lu! (Stella disse me abraçando após me dar um beijo estalado no rosto).

— Obrigada minha amiga.

— Venha... vamos entrar ! Ela me convidou.

Embora o exterior da casa fosse da aparência de uma construção inglesa da data de 1860, seu interior conectava o passado e o presente em uma bela decoração contemporânea.

As paredes claras, o espaço *clean* e os ornamentos elegantes das pare-des somada a linda lareira da sala, traziam uma sensação aconchegante ao ambiente.

— Linda sua casa Stella. Comentei enquanto atravessamos a sala e nos dirigimos para a cozinha.

— Você gostou? Quando eu e o Plínio a reformamos, optamos em manter a fachada com sua identidade preservada, rs.

— Ficou muito bom!

A cozinha era prática, havia alguns utensílios pendurados ao alcance das mãos em uma barra dourada. As paredes da cozinha estavam pintadas de azul turquesa apagado destacando com o preto dos armários e eletrodomésticos. Os poucos móveis eram antigos deixando o cômodo muito charmoso.

Uma porta ampla dava acesso para um jardim.

Além do cheiro bom do salgado que assava em seu forno, a casa de

Stella exalava um perfume muito agradável.

Eu me sentei em uma cadeira, enquanto Stella observava a torta.

— Fiz um empadão de alho poró, muito bom!

Stella comentou alegre, acendendo a luz do forno para mostrá-lo.

— Está com uma cara ótima! Mas preciso dizer que o aroma de sua casa é maravilhoso.

— Ah... Lu! Obrigada.. é um dos meus óleos essenciais, é de laranja, tangerina e alecrim. Esse perfume é para trazer alegria!

Stella fez uma cara exagerada de felicidade, em seguida prosseguiu.

— No Domingo, na casa da Bryanna, te achei um pouco distante, depois apagadinha. Você está melhor?

Ela se sentou ao meu lado.

— Eu fiquei um pouco grogue com o vinho, rsrs, e.. pensativa também.

— Mas o que estava te afligindo?

— Ando tendo sonhos um tanto estranhos...

— Como assim? (Os olhos de Stella se estreitaram junto com suas sobrancelhas).

— Sonhei que eu precisava ir até o outro lado do rio, depois achei o templo como você já sabe. É que além disso, fiquei sabendo que ele não aparece para qualquer pessoa.

— E quem lhe contou esse fato é quem eu estou pensando que foi?

— Não sei em quem você está pensando, rs.

— Ora Dona Lúcia! Não banque a desentendida. Na companhia de quem você saiu da casa da Bryanna? Aliás você chegou com ele também e nem me contou nada!!!

— Rsrs (sorri sem graça) é... foi o Conrado... ele apenas me ofereceu uma carona porque moramos próximos, íamos para o mesmo lugar...

— Uhum... (Stella fez uma careta de boba).

— Não se aborreça, eu o pressionei para me contar. Mas por que guardar esse segredo, já que o templo apareceu para mim?

— Não é isso Lúcia... não queremos seu mal, muito pelo contrário... mas não temos certeza de muitas coisas para encher sua cabeça!

— Me diga... vocês fazem parte de uma seita? Pode falar... eu guardo segredo!

— Hahahaha (Stella riu alto) não diria uma seita... apenas reconhecemos Circe como uma divindade que protegia nossos ancestrais e mantemos algumas tradições em respeito a eles. (Ela chegou mais próxima a mim, me olhando nos olhos) — Mas isso você já deve saber... o Conrado com certeza também deve ter te contado.

Stella se levantou, indo retirar a torta do forno.

— Você quer chá ou café?

— Chá! Você tem aquele seu que é calmante? Rsrs (sorri e ela também sorriu).

— Tenho! Como eu não teria? O que mais Conrado lhe contou?

Ela estava me sondando!

— Mais nada... quando perguntei o motivo de tudo isso estar acontecendo comigo, ele disse que somente eu tenho a resposta.

— E ele não mentiu... (ela respondeu séria).

— Só que aconteceu mais um fato.

— O que aconteceu? (Seus olhos estavam arregalados).

— Ontem um cachorro, mais parecido com um lobo, me sondou o dia inteiro. (Stella ouvia com atenção).

— Um cachorro... parecido com um lobo?

Ela repetiu minha fala pausadamente.

--- A noite sonhei com ele. Ele no sonho me levou até Circe, ali ela criou vida e falou comigo.

A xícara que Stella segurava quase se estatelou no chão com espanto diante do que eu relatava.

— Pelos deuses do Olimpo!!! (Ela exclamou) e o que a deusa Circe lhe disse? Você pode contar?

— Pra resumir, ela me disse: para cumprir minha missão, descobrir meu destino, e por que estou aqui. Que o destino se molda às nossas vontades, para que eu fosse fiel a quem me tornei, e que linhas cruzadas e sinuosas cruzam meus passos Que eu seja sábia em minhas escolhas, e que a verdade me alcançará.

Foi basicamente isso.

— Eu realmente estou impressionada! Foram poucas as pessoas que conheci na vida que tiveram uma experiência dessa magnitude. Acredito que você é de verdade muito especial, como sempre suspeitei que você era.

— Em que me encaixo nisso tudo? Vim pra cá apenas para mudar minha vida que estava esbagaçada!

— Existem tantas coisas que desconhecemos minha querida! Coisas ocultas que nem imaginamos. Eu acredito que veio consertar sua vida, mas não da maneira que você está pensando.

— O problema é que não sei qual é essa maneira, e com isso me sinto perdida.

— Tenha calma e paciência minha amiga! Não podemos colocar o carro na frente dos bois. Conhece esse ditado não?

— Sim... eu conheço.

— Pois então! O momento certo de você descobrir vai chegar. E nós estaremos aqui, do seu lado.

— Obrigada. Mas você não sabe o que é?

— Desconfio de algumas... mas infelizmente não posso lhe dizer. Isso não cabe a mim.

Sua resposta me fez suspirar aflita...

— Lúcia... não fica assim .. já te disse, tudo tem seu momento!

O chá ficou pronto, e Stella nos serviu de seu empadão, que estava divino.

— Lu, vou te fazer uma pergunta, e você é livre para responder ou não.

— Ok ! pode perguntar.

— Você e o Conrado ficaram juntos?

Ela sorriu maliciosa, sabendo da resposta.

— Ficamos sim, rs.

Nós duas rimos juntas.

— Eu desconfiei! Você sabe que ele está apaixonado por você, não é?

— Será?

— Ah Lúcia! Você é mais esperta que isso. Até um cego enxerga esse fato! Basta observar como ele olha para você.

— Não quero me machucar, nem machucar ele. Muito menos causar algum tipo de mal estar no grupo.

— Olha, o Conrado é um homem espetacular, posso te garantir. Conheço ele de uma vida inteira. Ele também é grandinho para arcar com os riscos de uma paixão. Escute o conselho da deusa! Existem caminhos sinuosos à sua frente. Mas, suas escolhas moldam seu destino. Faça boas escolhas, minha amiga. É o que posso te dizer.

Ela segurou minha mão com carinho.

— Obrigada! Agradeço sua recomendação.

Nós terminamos nosso lanche e nossa conversa. Então me despedi.

— O que precisar estou aqui, tá bom? Não esqueça! Stella reforçou encostada no portão da sua casa enquanto eu abria a porta do carro.

— Vamos nos falando.
— Mais uma vez obrigada e até quinta.
Eu entrei no carro e antes de seguir para a estrada dei um último aceno a Stella.

....

O céu já estava escuro quando cheguei no chalé. A primeira coisa que fiz ao entrar, foi pegar a pasta com o manuscrito.

Suas poucas páginas estavam escritas com uma caligrafia perfeita e muito harmônica, quase uma obra de arte. O desenho da mulher na capa cercada de feras como ursos, leões, lobos e aves de rapina era da própria Circe.

O idioma era impossível de decifrar.

Abri mais uma vez o notebook, na lupa de pesquisa do Google, escrevi "tradutores de grego para o Português".

No mesmo instante apareceu:

"Pérgamo traduções" cliquei imediatamente no anúncio, que dizia:

Referência no mercado de tradução, prezando sempre pela transparência, confiabilidade e relação de parceria com seus clientes. Solicite um orçamento, no final estava o telefone para contato. Era um número fixo e o DDD era da região, o que me deixou felicíssima.

Digitei o número no painel do meu celular, esperando com certo frio na barriga a pessoa atender do outro lado da linha.

— Alô?

A voz masculina respondeu a chamada.

— Boa noite! Meu nome é Lúcia, vi o anúncio de vocês no Google sobre tradução. Com quem estou falando?

— Boa noite Lúcia, eu sou Hiparco, meu avô era quem fazia as traduções.

— Fazia? (Minha voz saiu com um toque desesperado).

— Isso, ele quase não enxerga mais, está muito velho para esse trabalho Sinto muito.

No momento que eu agradecia completamente sem esperança, e iria finalizar a ligação, ouço a voz de um velhinho ordenando ao fundo:

— Hiparco!!! Passa esse telefone pra mim!

O rapaz resmungando entregou o telefone para o Senhor.

— Quem está falando? Ele perguntou.

—Boa noite, eu sou a Lúcia! Vi seu...

— Sim sim, ouvi parte de sua conversa, dona, (ele me cortou) o que quer que eu traduza?

O velhinho do outro lado parecia animado.

— Um manuscrito com poucas páginas, ele é antigo e me parece estar escrito em grego. Quando o Senhor pode me atender?

Houve um silêncio do outro lado da linha.

— Alô?

— Essa próxima quinta-feira, depois de amanhã, umas 16 horas.

— Perfeito! O Senhor pode me passar seu endereço, por favor?

Ele informou precisamente o local onde ficava sua moradia. O senhor poderia até estar quase cego, mas estava mais lúcido do que eu. Ele residia em um bairro vizinho, a uns 7 quilômetros do chalé.

— Quinta estarei aí, muito obrigada! Qual é o seu nome?

— Higino. Eu estarei te aguardando.

Desliguei o celular empolgada com meu progresso. Com a brochura nas mãos, eu novamente observava suas páginas.

— Em breve... vou descobrir o que você quer que eu saiba Circe! Eu falei sozinha em voz alta.

Guardei o documento e subi para o andar de cima do chalé

Assim que meus pés pisaram o assoalho do quarto, senti o cheiro do Conrado no ar.

Estava espalhado entre os lençóis, nos travesseiros... seu perfume estava inserido na toalha do seu banho.

A cama revirada por nós dois somada às lembranças da noite passada fizeram com que um arrepio percorresse minha pele, passeando por minha coluna, agitando todo meu corpo.

Nossos gemidos e súplicas repletos de prazer.

E como um ímã meus pensamentos atraíram Conrado, porque imediatamente o celular avisou uma mensagem dele no *whatsapp*.

— Passando aqui para desejar uma boa noite.

Estava pensando em você.

Eu sorri ao ler sua confissão.

— Fico feliz! (Respondi sem dizer a ele que isso acontecia comigo também).

— Não esqueça que amanhã quero te levar a um lugar. Se quiser é lógico, rs.

— Sim, me lembro. E irei.
— Agora quem está feliz sou eu! (Eu li e então em minha mente visualizei seu sorriso).
— A que horas você passa por aqui?
— Umas 14 horas, tudo bem?
— Estarei pronta. Boa noite Conrado.
— Boa noite, minha linda. Bons sonhos!

Desliguei o celular olhando a foto do seu perfil, o seu olhar instigante, tinha a capacidade de externar as emoções de sua alma.

Coloquei o aparelho para carregar, ajustei o horário para despertar, tomei um banho e adormeci.

....

Me vi em frente a um labirinto feito de grandes paredes de arbusto de cipreste.

Apesar de não achar nada agradável se perder dentro de um monte de árvores com vários becos sem saída e diversos caminhos, eu precisava entrar ali e saber o que aquele lugar tinha para mim.

Respirei fundo, coloquei de lado meus receios e iniciei o trajeto sinuoso de vielas enganosas considerando seus muros bem acima da minha cabeça.

Com uma das mãos apoiada entre os arbustos eu caminhei, meus pés descalços sentiam a umidade da grama rasteira do chão.

A cada esquina que eu virava, mais misterioso e desafiador o caminho se tornava.

Naqueles corredores não havia nada que não fosse eu e o verde da floresta. Até que em um dado momento encontrei o lobo que esteve comigo no dia anterior, ele estava tristonho, solitário e amuado em um canto..

Ao notar minha presença ele se levantou e correu a minha frente sem que eu tivesse chance de alcançá-lo, ele uivava como se quisesse me orientar para onde ele estava indo.. De repente seu uivo cessou.

Em outra curva, cruzou o meu caminho o "deus dos meus sonhos" ele passou por mim, sorrindo brevemente, eu chamei por ele, mas ele não me ouviu, a cada passo que eu dava eu ansiava achá-lo, o perdendo de vista novamente em cada momento que eu conseguia chegar próxima dele.

Os corredores se tornavam a cada instante mais úmidos e escuros, me fazendo sentir frio, medo, angústia...

Num determinado momento em que me encontrava distraída vi o Conrado passar por mim, tentei gritar seu nome, pedir sua ajuda, mas minha voz não me obedeceu.

"Preciso encontrar a saída" pensei,. eu mal sentia meus pés, congelados pelo frio.

Um falcão passou em um voo rasante sobre minha cabeça soltando seu grito.

"Circe deve estar perto" deduzi. Tomei novo fôlego ignorando o frio que fazia meu corpo tremer.

No momento em que prosseguia ouvi o barulho de animais silvestres por perto.

Contornei mais algumas alamedas e me deparei diante do que o labirinto queria me mostrar.

Perplexa, vi diante de mim, um altar, Circe em carne e osso, com o falcão pousado em seu ombro e um corvo descansando no outro, duas raposas deitadas aos seus pés.

Atrás da deusa, um grupo de pessoas vestia uma túnica escura, seus rostos estavam cobertos pelo capuz que o manto possuía.

Do lado esquerdo de Circe estava o " Deus dos meus sonhos" seus fios dourados reluziam como a luz do sol. Ele olhava diretamente para mim, com seu posicionamento ousado e atrevido.

A sua direita estava Conrado, sua expressão era indecifrável, seu olhar era penetrante e intenso, seu aspecto era agitado, como a de um guerreiro pronto para o combate.

Subitamente surge de um dos caminhos do labirinto, um homem absolutamente enigmático.

Alto e elegante, me senti totalmente encantada, levada cativa por sua presença e sua postura confiante. Ele sabia de todo seu poder envolvente.

De sua cabeça saia uma ondulação de fios castanho escuro que chegava a altura de seus ombros, olhos escuros, seu rosto estava liso, o que permitia ver nitidamente o delineado preciso de seu maxilar e a perfeição dos seus lábios.

Ele se aproximou de mim tranquilamente contemplando meu deslumbramento. Fechei meus olhos para identificar com clareza o quanto aquele homem tocava minha alma.

Aos poucos senti como se eu caísse, como se fosse sugada para dentro da terra. Eu mergulhava no abismo das minhas emoções, eu afundava na profundeza dos meus sentimentos.

....

Acordei à procura de ar. Mesmo de olhos abertos tateei o colchão até me dar conta de que estava em minha cama. Na aparente tranquilidade da minha casa.

Mas eu não estava tranquila. Aqueles sonhos buscavam me dizer algo relacionado a minha vida. Circe colocou na minha frente três homens. O que me visitava nos devaneios do meu inconsciente, o que era real e me mostrava sua paixão, e um terceiro, um desconhecido que me trazia emoções inexpressáveis.

Havia um motivo para eu estar ali, e a causa eu tinha que descobrir... e logo!

O despertador tocou em seguida, me arrancando de minhas suposições.

Vesti um chambre de seda por cima do pijama e prendi o cabelo em um coque.

Desci as escadas em busca de um café quentinho, ouvindo o burburinho festivo dos passarinhos no quintal e o ruído das águas do rio, que estava elevado naquela manhã.

Procurei não pensar em mais nada e acalmar meu coração para o bem da minha sanidade até descobrir o que estava escrito no manuscrito.

Como a maioria do comércio da cidade (principalmente os que trabalham com entretenimento e cultura) abririam apenas a partir do dia seguinte, busquei preencher minha manhã o máximo possível. Até por volta das 13 horas quando começasse a me arrumar para encontrar o Conrado para o passeio misterioso.

Às 13h50 ouvi o whatsapp, era uma ligação do Conrado.

— Oi Conrado!

— Oi, minha linda, estou aqui no seu portão. Desculpa, cheguei um pouco adiantado.

— Sem problemas... são apenas dez minutos de antecipação e isso pouco interfere... mas eu ainda estou terminando de me arrumar. Você se importa de entrar um pouco?

— Claro que não. Mas se for te atrapalhar espero aqui no carro mesmo.

— Não atrapalha em nada e acho melhor você entrar do que ficar aí no acostamento, na estrada.

Eu conversava no viva voz tentando me apressar para não fazê-lo esperar muito.

— Tem razão, você abre o portão para que eu entre com o carro então?
— Vou abrir.

A ligação ficou em *stand by* enquanto apertei o botão do controle automático do portão que estava na minha bolsa em cima da cama.

Peguei o celular na mão e observei da janela ele estacionar a caminhonete, acionei novamente o controle para fechar o portão. E o esperei descer do carro.

— Entrei... ele disse com o celular no ouvido ao mesmo tempo em que olhava para a porta de entrada da casa.

— Estou vendo. Olhe pra cima...

Com o celular ainda no ouvido, ele olhou em minha direção e ao me ver, me ofereceu seu sorriso mais bonito.

Conrado como sempre (e posso afirmar que de propósito) estava tentadoramente belo.

Eu sorri de volta me atentando aos detalhes de sua roupa: a camiseta preta tinha uma abertura com botões até próximo ao meio do peito, por cima da camiseta ele vestia uma jaqueta de couro. Da cintura para baixo, ele usava um jeans mais justo com a barra dobrada e um tênis.

— Me espera aí na sala, a porta está aberta.

Ele entrou com um sorriso de orelha a orelha.

— Quer que eu continue ao celular rsrs?

Ele perguntou, se sentando no sofá.

— Se você desejar.... Vou deixar a ligação no viva voz novamente para terminar de me vestir... Eu menti fazendo charme. Na verdade, eu já estava vestida, um *body* de estampa animal *print* com decote V e mangas compridas e calça pantalona preta, faltava apenas calçar o sapato, uma bota de salto quadrado e bico fino.

— Está se vestindo? Desse jeito vou ficar tentado a subir. (sua voz era maliciosa).

— Tarde demais... já vou descer, rsrs.

Conrado desligou o celular, se levantou do sofá e me esperou no final da escada.

No inicio da mesma, eu parei por um segundo olhando para ele, desci os degraus devagar, apoiando uma das mãos no corrimão de ferro.

A cada degrau que meus pés atingiam, meus cachos movimentavam-se com graciosidade próximos ao meu pescoço.

Os olhos de Conrado estavam fixos em mim reparando cada minuciosidade dos meus movimentos.

Em seu rosto, o sorriso estava fixo.

— Não há uma só vez, que eu não me sinta encantado quando olho para você. Você está linda, Lúcia!

— Obrigada! Agradeci envaidecida.

— Quero muito fazer algo.

Quando eu ouvi Conrado anunciar seu desejo, eu já sabia o que ele faria... eu notei seus olhos saborearem cada centímetro do meu corpo, e eu... eu sentia prazer em identificar o desejo dele.

— O que...

Não terminei a frase, ele me calou nesse momento, agarrando minha cintura, me levando para seus braços, esmagando meus lábios contra os seus, deliciando-se com minha língua enroscada na dele.

Senti seu pau endurecer, enquanto um gemido quase inaudível escapou da minha boca.

Muito a contragosto, fui encerrando aquele beijo intenso porque se continuássemos daquele jeito não iríamos a lugar algum.

— Ainda bem que você é uma mulher equilibrada, rsrs (Conrado falou com a boca ainda conectada à minha) não podemos perder a hora onde levarei você. Eu não iria parar.

— Sei que não, rs. Respondi enquanto Conrado me encheu o rosto de pequenos beijinhos.

— Então vamos?

— Vamos!

Segurando minha mão, Conrado me puxou até a porta.

No momento em que entrei na Renault, perguntei para ele:

— Você não vai mesmo me dizer onde vamos?

— Hum hum (ele emitiu o som com os lábios cerrados). Logo você saberá.

Seguimos a estrada em direção a saída da cidade. Minha curiosidade estava nas alturas enquanto Conrado dirigia cantando *Slip Away* - Clarence Carter.

Eu ri achando engraçado aquele comportamento dele, ele estava feliz, e essa felicidade era contagiante.

Em cerca de uns 20 minutos, chegamos em um prédio onde a placa indicava "Teatro Íon de Quios".

Teatro numa quarta-feira à tarde? pensei estranhando. O estacionamento estava bem cheio para um dia de semana.

— Um teatro? Perguntei olhando para o Conrado, que ao mesmo tempo destravava o cinto de segurança.

— Isso mesmo! Espero que goste do que vai assistir, ele sorriu entusiasmado.

— Confesso que estou no mínimo curiosa.

Conrado abriu a porta do carro para mim perguntando:

— Posso pegar na sua mão senhorita?

Aquele pedido era inegável diante daqueles olhos espremidos por seu sorriso gigante.

Apenas sorri de volta, então caminhamos de mãos dadas, até o interior do edifício.

Quando entramos reparei em muitos adolescentes e familiares todos cumprimentando Conrado felizes e cheios de respeito.

Um senhor de cabelos brancos, com carinha bondosa chamou por ele:

— Professor Conrado, boa tarde!

— Senhor Príamos, como vai?

Conrado lhe estendeu a mão.

— Estou muito bem, obrigado por perguntar. É uma honra termos seu recital em nosso espaço, Príamos respondeu.

— Obrigado! Permita apresentar-lhe minha convidada de honra (ele me puxou para o seu lado) Lúcia!

— Prazer Lúcia, é uma alegria tê-la conosco.

O homem segurando minha mão a beijou respeitosamente.

— A senhorita também é musicista?

— Não (sorri), quem dera eu fosse. Sou apenas uma apreciadora de boa música.

— Então seja bem-vinda e aproveite a audição. Já está tudo pronto Professor, fico no seu aguardo.

— Vou mostrar o assento da Lúcia e já me encontro com o Senhor.

O Senhor Príamos assentiu com a cabeça, pediu licença e saiu.

Caminhamos então, eu na frente e Conrado me guiando com uma das mãos em minhas costas, a outra segurando minha mão ao mesmo tempo que as pessoas o cumprimentavam por onde passávamos.

O teatro não era muito grande, mas muito bem estruturado.

O palco de madeira escura tinha um formato arredondado, próximo ao teto despontavam pesadas cortinas vermelhas, havia também jogos de luzes no teto e no piso, as cadeiras também eram estofadas de vermelho, distribuídas dos dois lados do palco.

Conrado me posicionou logo na primeira fila.

Havia pessoas bem vestidas e eu fiquei aliviada por ter escolhido uma roupa apropriada já que eu não tinha noção para onde o Conrado me levaria aquela tarde.

— Eu já volto, ele disse me beijando a testa.

— Você não vai se sentar comigo?

— Daqui a pouco. Então, ele saiu apressado me deixando em frente a cortina fechada.

Logo as luzes se apagaram e a música instrumental tocou baixinho.

As cortinas se abriram e em cima do palco havia um piano de cauda e um contrabaixo ao lado. O senhor Príamos entrou no palco com uma ficha nas mãos.

As pessoas bateram palmas para ele.

— Senhoras e senhores, amigos, pais, alunos e convidados, muito boa tarde, é com imensa satisfação que apresento nosso primeiro recital musical em nosso teatro, organizado pela Escola de música Music Minds.

Esse recital é o primeiro a apresentar uma musicista muito especial,

A música ambiente cessou.

— Senhoras e senhores recebam com muitas palmas nossa primeira apresentação da tarde: a aluna de piano Miciela Conti orientada por seu professor Conrado Daskalakis.

As pessoas aplaudiam, assobiavam.

Um misto de alegria e surpresa tomou conta de mim quando Conrado entrou no palco, se colocando de pé ao lado do contrabaixo aplaudindo visivelmente emocionado junto com todos da plateia a aluna que também entrava.

Trazida pelas mãos do Senhor Príamos, linda e sorridente uma garota de aproximadamente quinze anos, elegantemente vestida em tubinho azul turquesa e sapatos clássicos de salto.

Imediatamente me choquei ao ver que ela usava óculos escuros.

Miciela era deficiente visual.

Todos se sentaram silenciosamente.

Miciela e Conrado tomaram suas posições e começaram a tocar: *Paint It Black* (Rolling Stones - Brooklyn Duo).
A plateia foi à loucura... meus olhos encheram de lágrimas.
Logo em seguida tocaram mais duas músicas, a clássica: *Canon i D* (Canção de Johann Pachelbel- Brooklyn Duo) *e River Flows In You* (Canção de Yiruma - Brooklyn Duo).

....

Após a apresentação impressionante e comovente de Miciela e Conrado, ele se sentou ao meu lado.
Eu o abracei, ele me deu um selinho e segurou forte minha mão.
— Parabéns! Eu disse baixinho, e retomamos a assistir as outras apresentações de outros alunos.
Quando o recital terminou muitas pessoas vieram falar com o Conrado, parabenizando sua aluna e seu trabalho. Eu procurei ficar mais distante, mas Conrado insistia em me colocar próxima a ele.
Uma jornalista da cidade vizinha veio entrevistar o Conrado:
— Professor Daskalakis, boa noite! Meu nome é Evanora e trabalho para a revista digital Mundo Conectado. Poderia contar para nossos leitores sobre seu trabalho inclusivo a deficientes visuais com a música?
— Será um prazer.
Ele atendeu solícito a jovem jornalista, me abraçando junto a ele.
— Quando surgiu o projeto para introdução de pessoas cegas dentro de sua escola de música?
— A partir do momento que notei essa dificuldade com pessoas cegas, ou parcialmente cegas a ter acesso a musicalidade, a cegueira é uma condição diferente e não um problema inábil.
Eu ouvia com atenção sobre a empatia ao próximo.
Um fotógrafo também da revista fazia alguns *clicks* de Conrado.
— E qual o método que você usa para ensinar essas pessoas com essa condição? A Jornalista perguntou.
— Usamos o método da Musicografia Braille como recurso de aprendizagem para as pessoas com deficiência visual. Através desse processo inicia-se uma trajetória de aprendizado e crescimento mútuo.. É uma troca incrível. (Conrado olhou para mim com ternura, eu estava muito orgulhosa em estar ao lado daquele homem).

— Uma última pergunta, professor: E como funciona esse método?
— O código musical Braille foi desenvolvido inicialmente por Louis Braille no século XIX e possibilita aos cegos, assim como na partitura, definir a notação universalmente através das marcações de células com ponto em alto relevo, característico do Braille. Permite ao músico cego ensinar, compor, interpretar e aprender através de uma notação padrão.

Conrado respondeu enquanto algumas pessoas aguardavam para tirar uma foto com ele.

— Obrigada Professor! Parabéns pela iniciativa. Hugo, faz uma foto nossa aqui (a jornalista chamou o fotógrafo) eu ia saindo de fininho quando Conrado me chamou.

— Não Lúcia, tira essa foto comigo!
— Sim! (Disse a jornalista, a namorada também faz parte do apoio).

Devo ter ficado roxa de constrangimento, até eu explicar que não era namorada, apenas sorri e olhei para a câmera. Diante da minha timidez, Conrado me abraçou mais forte.

Ele ainda fez fotos com outras pessoas e com sua aluna, a pianista da noite Miciela.

— Terminamos aqui... você está com fome?

Conrado me perguntou se aproximando.

— Um pouco... em que você está pensando?

(Perguntei interessada).

— Te raptar pra minha casa,... Só um pouquinho, prometo te deixar cedo na sua.

— Humm... Brinquei fazendo uma careta que estava analisando a proposta. Se for só um pouquinho, tudo bem...

Ele sorriu e imediatamente partimos para sua casa.

Enquanto subíamos a estrada da montanha eu o agradeci.

— Eu amei a surpresa! Não esperava algo tão extraordinário!
— Você gostou mesmo? Ele me olhou feliz.
— Nem tenho palavras pra dizer o quanto, estou muito impressionada! E sua sintonia, sua sincronização com a pianista sua aluna. Foi algo indescritível, fiquei emocionada de verdade.
— Eu amo a magia da música, esse é o meu dom. Usar a magia da musicalidade para encantar e trazer alegria e bem estar.

Sempre que ouvia Conrado, Stella e todos os outros usarem a palavra magia em suas falas, meu coração se agitava querendo me dizer alguma coisa, então resolvi perguntar:

— O que é a magia para você?

Ele parou uns instantes para responder, enquanto passávamos pela porta do meu chalé, ele ligou a seta subindo a montanha a direita.

— Bom... meu ponto de vista é que a magia é uma ciência, ou uma prática, até uma manipulação se é que posso colocar assim, de influenciar os acontecimentos. Hoje, todos se sentiram tocados, encantados, arrebatados pela delicadeza da Miciela ao piano, isso é magia!

— Pode ser... respondi diante da resposta pela tangente do Conrado.

— Então me responda você Lúcia, o que é a magia? Seu olhar era analítico.

— Qualquer atividade que exerce ou manuseia poderes mágicos, extraordinários e sobrenaturais.

— Acha que sou Ron Weasley?

— Quem é Ron Weasley, rsrs ?

— Não acredito!!? Você não assistiu ou leu Harry Potter? Ron Weasley era o amigo ruivo dele! Kkkkkkkk

Rimos juntos... Conrado sabia sair de conversas que o pressionava a dar respostas mais conclusivas.

Chegamos! Conrado abriu os portões de sua linda casa: a última da montanha.

Depois de estacionar o carro, subimos umas escadas de pedras que terminavam na casa, em volta dela árvores e a grama verdinha e rasteira.

Metade da casa estava construída no chão para o lado da montanha, a outra parte da casa era apoiada em pilares de concreto que ficava na encosta do morro, ela era toda avarandada. O que permitia ver de todos os lados a paisagem cinematográfica do lugar.

— Seja muito bem-vinda, minha linda... ele abriu a porta gigantesca, sua casa tinha uma estrutura estilo *loft* mais extensa e plana, praticamente sem divisões. As janelas bem amplas e a tubulação à mostra dando um ar industrial, ao mesmo tempo confortável e elegante. O piso era de madeira, as paredes de cimento queimado e havia muitos itens metálicos.

Ao lado de uma das enormes janelas ficava um tapete felpudo cinza, em cima do tapete um piano e um violão.

O sofá preto reto de 5 lugares ficava no meio do , junto com duas poltronas claras, e passadeiras cinzas em volta. Uma salamandra ficava ao lado esquerdo do sofá para aquecer nos dias gelados.

Um painel de televisão servia para separar o quarto e a sala de estar. Uma mesa de jantar rústica com cadeiras pretas modernas fora adequada como bancada para separar a cozinha.

Conrado me agarrou me envolvendo num abraço apaixonado. Cheirou minha nuca.

—Estou feliz que veio, disse entrelaçando seus dedos nos Cachos da minha nuca.

— Também estou, obrigada por tanto carinho.

Ele sorriu apertando os olhos.

— Deixa eu te alimentar primeiro, rsrs.

Ele se afastou indo em direção ao *cooktop*.

— Fica à vontade para se sentar onde quiser.

— Você vai cozinhar, rsrs? Perguntei admirada, ao mesmo tempo que olhava em volta o ambiente e a decoração da casa.

— Sim! Rsrs, ficou com medo por isso?

Conrado conversava comigo ao mesmo tempo que retirava os ingredientes dos armários e da geladeira, ele apanhava algumas panelas e utensílios. Organizado, ia separando tudo que ia utilizar na pia.

— Por que eu ficaria com medo? Sei de muitos homens que são verdadeiros *chefs* de cozinha.

Parei de falar quando me deparei com uma raridade do lado esquerdo do sofá.

Em cima de um móvel estava uma Vitrola Toca Disco Vinil Retrátil de Madeira.

—Meu Deus!! Você tem uma vitrola!

— Você gosta?

— Acho o máximo! Há quanto tempo não vejo uma!

— Essa na verdade é uma réplica, é moderna, ela é USB e *Bluetooth*. Achei na internet.

— Fantástico! Você precisa de ajuda aí? Me afastei do aparelho indo na direção do viking.

— Tá tranquilo, mas não vou negar que você pertinho é muito bom.

Eu ri, fiquei nas pontas do pé, depositando um beijinho em seu pescoço.

— - Você fez isso por que estou ocupado não é? Rsrs. Espere eu terminar.

— Rsrs, quer que eu ponha a mesa?

— Quero! No armário em cima, primeira porta à direita tem pratos e as taças de vinho, na mesma direção na parte de baixo tem uma gaveta onde ficam os talheres.

Eu colocava a mesa sentindo o aroma maravilhoso da comida que o Viking preparava.

— Que cheiro maravilhoso! (Não pude deixar de comentar).

— Risoto de alho poró com parmesão, minha especialidade.

— Você tirou o dia para me impressionar?

— Não... passe os pratos para mim, por favor, minha linda, já vou servir.

— Se você não queria me impressionar, funcionou de forma reversa.

Ele depositou os pratos na mesa com um sorriso pregado no rosto, e tanto o visual do risoto quanto o aroma enchiam os olhos.

Conrado apanhou o vinho, se sentou de frente a mim, nos servindo da bebida.

— Não quero apenas impressionar você... quero conquistar você!

O viking falou de uma maneira tão firme e decisiva a ponto de fazer passar um frio em minha espinha. Ele propôs um brinde:

— A nós!

Tocamos nossas taças e provamos do vinho.

Tudo estava maravilhoso!

Enquanto jantávamos meus pensamentos corriam nas promessas do que ele faria comigo logo mais, estavam refletidas no olhar cobiçoso de Conrado por mim.

Ou talvez fosse apenas eu percorrendo o corpo dele cheia de desejo.

Retiramos a mesa e eu me preparava para lavar a louça. Nossas mãos se tocaram.

— Agora não... não se preocupe com isso.

Tenho planos melhores para nós.

Ali mesmo, ele me beijou urgentemente, seus dedos que transitavam suaves pela minha cabeça, de repente chegaram à minha nuca agarrando-os firmemente em suas mãos e puxando com força minha cabeça para trás, em seguida sua língua quente e úmida lambeu várias vezes o meu pescoço.

Gemendo, o viking puxou as mangas do meu *body* para baixo, meu seios saltaram para fora desejosos por sua atenção. Suas mãos agarraram os dois, enquanto ele os engolia sofregamente.

Mordi meus lábios contendo meus gemidos.

Ele parou para desabotoar seu jeans e arrancar a camiseta.

Seu membro estava duro, mal cabendo dentro da boxer branca.

Sem poder e nem querer resistir, enfiei uma das mãos dentro da cueca acariciando seu pau maravilhoso. Ele pôs a cabeça para trás passando a mão pelos cabelos.

— Você é muito deliciosa... ele me puxou pela nuca novamente, dessa vez me trazendo para seus lábios macios. Em seguida, o viking ruivo arrancou minha roupa me deixando apenas de fio dental.

Ele me ergueu pela cintura, me colocando em cima da mesa de frente para ele, logo depois Conrado se abaixou, colocou minha calcinha pro lado, introduzindo sua língua entre minhas pernas, esfregando seus lábios em mim, provando minha essência.

Ele lambeu seus dedos e os introduziu em minha vagina, continuou a provocar meu clitóris com sua língua, me preparando para a entrada prazerosa de seu pau em mim.

Quando gemia enlouquecida de prazer, o viking me virou de costas para ele, deitando meu tronco sobre a mesa, minha bunda ficou empinada para ele.

Conrado baixou minha calcinha, abriu minhas pernas, lambendo meu centro mais uma vez. Deliciando-se com cada segundo, ele me penetrou de uma vez só.

Eu gritei... Meus olhos se fecharam, quando agarrei a beira da mesa com força.

Conrado começava a mexer seus quadris rapidamente, com intensidade.

Suas mãos agarraram as minhas, ele me trouxe pra mais perto dele esfregando seu pau em mim, me penetrando, saindo, gemendo, seu suor escorria em meus ombros, seus cabelos encharcados se misturavam aos meus...

Suas estocadas cada vez mais fundas alternavam o ritmo. Meu prazer atingiu o ápice, eu gritei por Conrado, minhas pernas bambearam . Eu sentia seu pau convulsionar dentro de mim... sua voz rouca gemia baixinho agora.

Ele me levou para o sofá e ficamos ali juntinhos por algum tempo, nus, abraçados, apenas em silêncio. Exaustos, satisfeitos, conectados.

Dormi em seus braços, sentindo seu cheiro, nesse momento sem diferenciar se era no corpo dele ou no meu.

Não sei dizer quanto tempo permanecemos assim.

Acordei com Conrado me olhando passando a mão em meu rosto.

Eu o agarrei mais forte.

— Que horas são?

— Umas 22 horas. Ele respondeu sem tirar os olhos de mim.

— Como sabe? Rsrs

— Olhei há poucos instantes antes de você acordar... Ele sorriu, depois seu sorriso tocou os meus lábios.

— Preciso ir Conrado. Amanhã preciso abrir o café.

— Tem certeza que não quer ficar? Te deixo cedo em sua casa. Ele fez uma carinha pidona.

— Hoje não... quem sabe outro dia. Respondi afagando seus cabelos, que ficavam lindos revirados depois de fazermos amor.

— Vou cobrar, ele riu tocando o dedo indicador na pontinha do meu nariz.

Nos vestimos, entramos no carro e minutos depois eu estava na porta de casa.

Conrado desligou o carro.

— Vejo você amanhã?

— Vamos nos falando, tá bem?

— Tá bem... ele segurou meu queixo, deixando um beijo suave cheio de carinho. Obrigado por hoje.

— Eu que agradeço.

Saí do carro, abri o portão, fechei. Conrado buzinou e saiu desaparecendo na escuridão.

Eu entrei em casa, joguei a bolsa no sofá. Subi para meu quarto, pensando no dia de hoje e claro, em Conrado.

Eu sabia... estava me apaixonando... era o que eu mais temia!

Tomei um banho, me atirei na cama.

Pensei no manuscrito e no senhor Higino.

Eu teria que esperar até às 16 horas para saber o que continha aqueles escritos. Seria um dia arrastado para passar... apaguei as luzes.

....

O dia amanheceu ensolarado na montanha, o sol estava a pino às oito da manhã, fazendo parecer que o dia seria quente apesar da brisa fria do outono.

Depois de tomar meu café, vesti uma saia azul envelope com babados na barra, uma camiseta bege claro fininha de mangas ⅞, e botas estilo coturno de couro marrom.

Prendi o cabelo em um coque baixo deixando alguns fios soltos próximo do meu rosto, finalizei meu visual passando apenas um *gloss*.

Conferi se o manuscrito estava na minha bolsa então entrei em meu carro.

Quando cheguei a *Bookstore & Café*, Raizel já havia aberto o estabelecimento e recebido os doces e salgados do café. Ligado ao computador da livraria e limpo tudo.

— Bom dia, Raizel!

Ela sorriu respondendo:

— Bom dia, Lúcia! Como você está? Como foi a semana?

— Bem! Melhor agora, olhe isso! Você já colocou os salgados para assar e colocou os doces na vitrine! Muito obrigada. (Sorri agradecida)

— Imagina… gosto de trabalhar aqui.

— É mesmo? Você tem me ajudado muito Raizel! Você gostaria de ficar aqui, sem ser um emprego temporário?

— Você está me oferecendo um emprego fixo? Raizel perguntou animada.

— Claro! Você me ajudaria aqui na delicatéssen.

— Puxa que joia! Eu adoraria…

— Então, estamos combinadas! Assim que possível vou conversar com os seus pais.

Mas por mim está tudo arranjado.

— Ahhhh! Raizel deu um gritinho animado batendo palmas e em seguida me abraçou. Obrigada Lúcia, não vou decepcionar!

—- Kkkkk Eu sei que não… Você agora me lembrou a Stella! Kkkkk

— É, tia Stella é entusiasta! Ela sempre faz festa para qualquer ocasião.

—Verdade… eu a admiro por isso.

Logo voltamos ao trabalho, assim que alguns clientes adentraram a livraria.

Pouco depois do horário do almoço, por volta das 15 horas, eu olhava o relógio da parede da livraria a todo instante. Logo precisaria sair para encontrar o tradutor, o Sr Higino.

Nesse instante vi Stella atravessar a rua em direção à livraria.

— Lúcia! Ela entrou. — Olá Raizel!

Raizel a cumprimentou de volta.

— Senti sua falta Lúcia! Não nos falamos mais... Stella fez uma expressão dramática.

— Stella.... Rsrs, nem faz tanto tempo assim...

— Minha queridaaaa! (Ela disse observando os doces na vitrine) para mim um dia ou dois é muito tempo. Eu ia te chamar, mas não quis te perturbar no whatsapp.

— Por que perturbar? Podia ter chamado. (Respondi).

— Nãoooo, eu sabia que você havia ido com o Conrado ao recital, rsrs.

— Rsrs, ah... ele te falou?

— Siiim! Você gostou? Ah amiga, me dá esse banoffe, a cara dele tá deliciosa! .

Eu apanhei o doce, o colocando no prato de porcelana e servi Stella, depois me sentei ao seu lado.

— Amei! Fiquei bem sensibilizada. Que projeto incrível esse de vocês! Parabéns!

— Humm... tá ótimo esse banoffe menina! (Ela comia a guloseima com tanto gosto que dava vontade de provar também).

— Então.... Esse projeto não é "nosso", é do Conrado mesmo.

O Plínio prefere ficar com a parte administrativa da escola. Conrado é a mente criativa e sensível.

É quem cuida e ensina com carinho dos alunos, ele prefere as crianças e adolescentes, e quando os pais de Miciela procuraram a escola para ver se era possível ensinar a filha deles, que como você viu é deficiente visual, Conrado agarrou o desafio e o cumpriu com maestria.

— Conrado é incrível... respondi pensativa.

— Hum... vejo olhinhos brilharem em pronunciar o nome dele? Rsrs, ela brincou.

— Talvez. (Sorri).

Nessa hora ouvimos o som do sininho da porta, anunciando a chegada de alguém.

Para nossa total surpresa, era Amarílis que havia chegado de sua viagem.

— Olá meninas! Estou de volta! (Ela saudou feliz).

— Amarílis!!! (Eu e Stella pronunciamos o nome dela juntas).

— Que surpresa! Quando chegou?
Me levantei para abraçá-la.
— Hoje cedo. Foi isso mesmo que quis fazer, uma surpresa!
Ela respondeu abraçando Raizel e Stella.
— Como estão as coisas por aqui?
Amarílis quis saber.
— Tudo correu muito bem, eu e Raizel tiramos de letra. Raizel é muito competente. Respondi para Amarílis.
— Eu não esperava menos de vocês!
Amarílis sorriu esfuziante. Havia uma felicidade genuína em seu semblante.
— E como foi lá na Suíça, Amarílis? (Stella perguntou) — Como está o Domênico?
— Suíça é sempre maravilhosa! Quanto ao Domênico, tenho uma notícia espetacular, ele veio comigo passar uns dias na cidade, deve entrar pela porta a qualquer momento.
Stella imediatamente olhou para mim, com olhos apreensivos, em seguida olhou para a porta.
Todas olhamos para porta, como um filme em câmera lenta o sininho tocou, meu coração de repente e inesperadamente bateu descompassado.
Quando a porta finalmente abriu revelando aos poucos o filho de Amarílis, minhas pernas estremeceram, senti meu sangue fugir do rosto.
— Olha ele aí! (Amarílis anunciou) Lúcia... esse é meu filho... Domênico!
Estática, vi o homem que entrou na livraria com um leve sorriso no rosto, alto, magro, os cabelos castanhos e ondulados, repartidos ao meio e caindo na altura dos ombros, o maxilar marcado e olhos profundos, seu ar dominante e possuidor. Ele era o homem do quadro nos meus sonhos, o de feições que eu não conseguia distinguir, ele era o homem que Circe me mostrou chegar ao lado do outro homem que também fazia parte dos sonhos e também ao lado de Conrado.
Domênico, o filho mais velho de Amarílis era o terceiro homem que Circe me apresentou no labirinto.
Ele me encarou nos olhos, suas feições demonstravam fascínio.
— Oi Lúcia...
Domênico se aproximou sem que eu conseguisse me mexer...

— É um prazer conhecê-la, minha mãe falou muito a seu respeito.
Ele estendeu a mão para mim.
As minhas mãos estavam frias como o gelo, eu mal as conseguia sentir, mecanicamente estendi a minha.
— Prazer... minha voz saiu como um sussurro.
— Lúcia! Você está bem? Está pálida!
Stella me chamou preocupada, me tirando do estado de transe que eu me encontrava.
Amarílis corria o olhar com certa expectativa entre mim e seu filho.
Olhei para Stella de volta sem entender o que era tudo aquilo. Foi quando o alarme do despertador do whatsapp me lembrou que era chegada a hora de sair para encontrar o Senhor Higino.
— Por favor me dêem licença, preciso sair.
Imediatamente apanhei minha bolsa, visivelmente assustada e confusa.
— Mas já? Aconteceu alguma coisa?
Amarílis me perguntou ansiosa.
— Só um compromisso inadiável, não é nada demais, mas infelizmente não posso ficar, me desculpem. Eu já havia planejado este encontro antes de saber que você estava de volta.
Domênico parado não tirava os olhos de mim nem por um segundo.
— Com licença, nos vemos amanhã, Amarílis, fico feliz que voltou.
Respondi saindo apressada da livraria sem olhar para trás.
Enquanto eu caminhava atordoada pela calçada, escutei Stella correr atrás de mim, chamando meu nome.
— Lúcia! Lúcia espera!
Ela apressou o passo até me alcançar.
— O que aconteceu? Ela perguntou aflita enquanto eu trêmula tentava abrir a porta do carro.
— É uma longa história, conversamos mais tarde, tá bem?
Entrei no carro, baixei o vidro da janela da porta ao meu lado, coloquei o cinto de segurança, em seguida coloquei a chave na ignição.
— Mas aonde você vai? Quer que eu vá com você?
Stella insistiu quase entrando no automóvel pela janela.
— Preciso resolver isso sozinha, Stella. Mais tarde chamo você.
— Tudo bem então... (ela se afastou um pouco) mas vou esperar você me ligar.

Eu consenti com a cabeça, e sai com o carro em direção a solucionar o que estava acontecendo comigo.

....

A residência do senhor Higino era arquitetada em madeira, estava pintada de amarela e ficava atrás de uma cerca de arbustos e uma cerca branca de madeira, o piso era feito de tijolos vermelhos.

O senhor Higino me aguardava sentado em uma velha cadeira de balanço junto aos arbustos.

Eu desci do carro, observando o senhor que estava de cabeça baixa olhando seu gatinho correr atrás de um velho novelo de lã.

Seu cabelo era branco feito algodão, ele usava óculos do tipo "fundo de garrafa" de tão grossas que eram suas lentes.

Ele estava vestido com uma camisa de listras vermelhas verticais bem finas, gravata borboleta vinho, calça social azul escura e um suspensório.

— Senhor Higino? (Chamei por ele).

Ele levantou a cabeça ajeitando os óculos no rosto.

— Sou eu! E você?

— Sou a Lúcia, conversei antes de ontem com o Senhor ao telefone.

-- Ah sim, me recordo, a Lúcia do manuscrito.

Ele se levantou da cadeira e caminhou na direção do portão.

— Isso mesmo. (Respondi enquanto ele abria o portão para mim).

— Entre, entre...

Ele caminhava devagar, abrindo a porta de sua casa. Eu o seguia:

— Com licença, respondi observando a velha sala, com móveis antigos, fotografias mais antigas ainda de pessoas que deviam ser ou foram muito queridas espalhadas em porta-retratos.

— Pode sentar-se aqui Lúcia, e me passe o que quer que eu traduza.

Ele se sentou em uma cadeira antiga atrás de uma mesinha parecida com uma escrivaninha, eu sentei ao seu lado. Abri a bolsa lhe entregando a pasta.

Com as mãos um pouco trêmulas pela idade, ele a abriu, ajeitou os óculos novamente, verificando o manuscrito atentamente.

— Onde você o encontrou?

Ele me perguntou um tanto admirado, se concentrando para o desenho e o dialeto da escrita.

— O senhor acreditaria se eu lhe dissesse que sonho com a deusa Circe desde que cheguei a Alferes?

Ele parou me encarando nos olhos.

— Eu acredito, ele disse firmemente.

— Eu abri um café na livraria da Amarílis, o senhor sabe quem é a Amarílis?

— Eu a conheço sim, ela e toda sua família.

Ele respondeu sério depois de um longo suspiro.

— Pois bem, um husky siberiano gigante, que apareceu em meus sonhos junto a Circe, também apareceu em carne e osso na casa que eu comprei da Amarílis. A casa que moro hoje.

Ele me acompanhou até a livraria, eu procurava entre as prateleiras da biblioteca, algo que me desse pistas sobre o que estava acontecendo, quando sucedeu uma ventania sem explicação, fazendo surgir o manuscrito em minhas mãos.

Ele balançou a cabeça em afirmativo e se voltou para o livro explicando:

— Esse documento está escrito em dois dialetos arcaicos do grego Koiné e homérico.

O Grego Koiné é fundamentado em outro dialeto, o Ático. Esse dialeto Ático foi usado para escrever obras como a Odisséia de Homero a Ilíada. O homérico é a versão arcaica do grego jônico.

Mas vamos pular esses detalhes.

Ele pegou uma lupa, folheando as páginas, observando o papel.

— Eu conheço esse manuscrito!

Ele respondeu surpreso.

— Conhece? Perguntei espantada.

— Meu pai começou a escrevê-lo e não o terminou, eu era o livreiro da biblioteca do pai da Amarílis. Sei o que ele contém decor e salteado. Esse manuscrito está desaparecido há muito tempo.

— E o que ele escreveu?, perguntei aflita.

— É a história da formação da "Irmandade", eles eram chamados Filhos de Circe.

Meu coração disparou diante da palavra irmandade. Lembrei perfeitamente do dia em que Bryanna me disse que eu era bem-vinda à Irmandade.

— Continue, por favor... (pedi).

— Foi há tempos longínquos, os Filhos de Circe tiveram seu início em uma linhagem de descendentes da deusa, eram magos poderosos que lideravam Alferes, fundada pelos próprios magos para se infiltrar e conviverem em harmonia com os humanos comuns.

— O senhor disse Magos?

Perguntei cética sobre o que Higino me contava.

— Sim, Magos! A deusa Circe tornou-se a primeira pharmakis (traduzindo... uma bruxa) da mitologia grega, na verdade, um elo da totalidade divina e cósmica e as características da natureza humana entre os mistérios do universo. Portanto a magia de Circe estava intrínseca em seus descendentes.

Eu o ouvia com o coração aos pulos.

—Eles dedicavam-se aprendendo, estudando e aprimorando seus dotes dia a dia, entre a pequena população do vilarejo.

Eram considerados meio-imortais, graças a capacidade de temporizar seu envelhecimento e até alterar a realidade.

Viviam discretamente sem levantar suspeita entre os moradores.

Realizavam benfeitorias às pessoas através de seus dons.

Os magos da irmandade eram divididos em classes por suas habilidades.

Tinham grande destaque: os Alquimistas, os líricos, os artífices e os Direcionadores.

Minha cabeça rodava diante das revelações do senhor Higino.

—E o que mais está escrito?! Perguntei inquieta.

— Os Alquimistas usavam seus conhecimentos para a fabricação de poções, elixires, soros além de itens encantados.

Os líricos se utilizavam da música para criar tipos específicos de magias.

Os artífices: eram os artesãos que usavam suas criações e seus feitos como mágicas.

E os Direcionadores, esses possuíam uma natureza dualista, tinham uma linha tênue entre o bem e o mal, decidindo em qual lado estariam. Eram os líderes que carregavam um poder supremo, devido ao seu grande potencial de possuir muitos dons, além de grande força.

Meus pensamentos juntavam as peças numa realidade difícil de acreditar.

— Posso lhe fazer uma pergunta? (Eu tremia ao concluir a frase).

— Se eu puder lhe responder o farei!
Ele disse convicto.
—- Como eles possuíam o poder de retardar seu envelhecimento e eram considerados "meio-imortais" quer dizer que continuam entre nós?
— Continua, ele afirmou. Os nomes deles estão nessas linhas... você não notou?
— Não vi ....
Higino às apontou para mim e os leu em alta voz:
— Os Alquimistas: Stella Chapman, Bryanna Alexiou e Christian Henderson.
— Os Líricos: Conrado e Plínio Daskalakis.
— Os Artífices: kaleo Haru e Aurora Floros.
— E então os líderes: Os Direcionadores, a família Megalos: Heitor, Amarílis, Domênico e Cyro.
O chão me faltou assim como o ar... era o que eu cogitava sem acreditar que seria possível.
A Irmandade não era uma seita que adorava Circe, eram os descendentes meio imortais dela!
Meus amigos não eram descendentes de antepassados que continuam uma tradição de ensinamentos, eles eram os seres meio-humanos que fundaram Alferes desde sempre.
— Lúcia? Senhorita Lúcia! Você está bem? Quer uma água? A senhora está pálida feito cera!
Voltei a mim, me levantando devagar com medo de desmaiar ali mesmo, na frente daquele senhor.
— Está tudo bem... quanto lhe devo?
Perguntei atônita, enquanto ele também se levantava de sua cadeira.
— Não me deve nada Lúcia, quando recebi seu telefonema, eu sabia que precisava fazer algo pela senhorita. Essa era a minha última missão aqui. Vá prosseguir o que veio fazer em Alferes. Cumpra o destino que a deusa lhe reservou.
Ainda trêmula, eu abracei o senhor Higino agradecida.
Entrei no meu carro e peguei o celular.
Havia três ligações da Stella e duas ligações e um áudio do Conrado.
Coloquei o áudio no viva voz enquanto dirigia.
— Lúcia, você está bem? Meu bem, eu te liguei, você não atendeu. Me

liga quando ouvir o áudio. Beijos.

Lágrimas escorreram do meu rosto, porque ele não me contou a verdade?

Em seguida, na tela do celular surgiu outra ligação da Stella.

— Alô, respondi com a voz embargada.

Um misto de sentimentos tomava conta de mim.

— Até que enfim você atendeu! Onde você está Lúcia?

— Voltando para o centro de Alferes.

— Aconteceu alguma coisa?

Ela perguntou desconfiada.

— Sim... (me limitei a responder).

— Tá bem, nós precisamos conversar Lúcia!

Stella parecia aflita. Mas não mais do que eu estava.

— Concordo, suspirei contendo o choro.

— Vem pra casa da Bryanna, estamos te esperando.

— Estou a caminho.

Respondi desligando o celular. Tinha muita coisa por detrás daquela história, e dessa vez "A Irmandade" iria me contar.

....

Já estava escuro quando toquei a campainha da casa da Bryanna e do Christian.

Foi o Christian quem abriu a porta. Meus olhos estavam vermelhos e ele notou.

— Entra Lúcia..

Eu entrei em sua casa sem dizer nada.

Na sala, o clã estava reunido em volta da mesa de jantar. Stella, Bryanna, Plínio, Kaleo, Aurora e Conrado, atrás de mim estava o Christian que havia se levantado para abrir a porta.

Eu olhava para todos eles me sentindo irritada, triste, traída, enganada...

Abri a bolsa tirando o manuscrito e o colocando em cima da mesa.

— Por que não me contaram a verdade desde o início?

Eles se entreolharam. Aurora estava com o rosto de quem havia chorado (assim como eu) Stella parecia perdida e Plínio estava abraçado a ela.

Conrado pegou o manuscrito, deu uma olhada, depois suspirou cabisbaixo. Kaleo e Christian o folhearam também.

Bryanna me olhava diretamente nos olhos.

— Vocês não vão dizer nada?

Falei alterada.

— Pois bem Lúcia (Bryanna se levantou) somos a irmandade, somos os Filhos de Circe como você já sabe.

— Vocês não tinham o direito de esconder isso de mim! De me enganar todo esse tempo. Você, Conrado.

Quando pronunciei o nome dele, ele se angustiou, tentando se aproximar e eu recuei um passo.

— Lúcia... como iria contar algo assim pra você? Diríamos o que? Que somos o que já sabe? Você acreditaria em uma palavra do que disséssemos?

Ponderei em silêncio procurando me acalmar.

— Você com certeza acharia que seríamos um bando de fanáticos alucinados, pior... feiticeiros tentando enganar pessoas indefesas!, Falou Stella.

— Por que vim para Alferes? Vocês podem me dizer?

Perguntei na esperança de que algum deles me respondesse.

— Ainda não temos uma certeza absoluta, disse Aurora.

— Você se parece com alguém que viveu entre nós. Mas estamos confusos porque... ela morreu... (Kaleo completou).

— Como assim? Tipo a reencarnação de alguém?, perguntei tentando compreender.

— É uma hipótese (disse Bryanna) Você nos contou sobre seu sonho e a aparição do templo. Esse foi seu primeiro sonho?

— Não... me sentei ao lado de Conrado, desabando na cadeira.

Ele me abraçou, deixando um beijo em meus cabelos.

— Como tudo começou? Nos conta para podermos ajudar você, Lu!

Stella falou buscando uma solução.

— Eu também não contei toda a verdade...

Eu... eu fiquei envergonhada, porque os sonhos expõem minha intimidade. (Respondi olhando nos olhos de Conrado).

Ele passou as mãos em minhas costas, me incentivando a falar.

— Tudo começou quando a Amarílis me mostrou sua sala particular de leitura. Depois disso sonhei com uma escada que dava em um lugar que eu não via o fim.

Na noite seguinte subi a escada, e ela me levou até um templo abandonado, tinha uma estátua de Circe e escadas para vários cômodos no andar de cima.

Todos olharam entre si...

— O primeiro templo! Você esteve no primeiro templo. (Aurora falou com olhos espantados).

Então continuei:

— Lá, eu encontrei, escondido entre as sombras, um homem... ele ficou tão perplexo quanto eu ao me encontrar, disse que se lembrava de mim, seus olhos eram expressivos e as sobrancelhas douradas como seu cabelo.

Durante o meu relato, Stella levou as mãos à boca, eles estavam atentos e assombrados com o que eu dizia.

— Ele realmente parecia familiar, mas não conseguia recordar de nada... eu estava hipnotizada por ele, meu único desejo era estar com ele naquele lugar. Daí... ficamos juntos.

Conrado abaixou a cabeça e parecia nervoso. Mas se eu quisesse solucionar o que estava acontecendo, eu precisava contar tudo.

— Na noite seguinte, ele apareceu novamente em meus sonhos. Nós ficamos juntos mais uma vez, eu me sentia como parte dele. Ele me fazia ter sentimentos... como paz e tristeza juntos. Depois eu encontrei uma casa enorme, com várias pessoas, muitas salas, até me deparar com o retrato de dois homens.

Um era o homem com quem eu andava sonhando e que não me revelava seu nome. O outro não vi o rosto. Chorei quando vi esses quadros numa angústia torturante.

Depois disso, encontrei na livraria uma foto dos filhos de Amarílis, fiquei obcecada pela foto deles. Carreguei a foto para minha casa.

Nessa noite foi a antepenúltima vez que sonhei com o homem misterioso, ele apareceu em sonho no meu chalé. Quando perguntei mais uma vez quem ele era, ele apenas me disse que ele era parte da minha história, e que eu precisava descobrir sua identidade, eu precisava estar atenta às pistas. Foi ele quem me pediu para atravessar o rio.

— Lucia, você já tem ideia de quem é esse homem?, Christian me perguntou.

— Um manipulador barato é quem ele é!, respondeu Conrado furioso.

— Calma Conrado! Plínio pediu olhando nos olhos do viking.

— Deixem ela concluir a história!

(Bryanna advertiu) pode finalizar Lúcia...

— Os sonhos mudaram um pouco... não mais sonhei com o desconhecido. Mas o lobo que lhe contei Stella, rondou minha casa e apareceu nesse outro sonho.

— Um lobo? Aurora perguntou.

— Com certeza era a lua nova! Stella respondeu.

Então prossegui:

— No sonho foi ele quem me levou até o templo desaparecido de Circe. O templo mais recente. Sua estátua ganhou vida e falou comigo.

— Isso é extraordinário!!! (Plínio comentou mostrando espantou). O que ela lhe falou?

Suspirei continuando:

— Que se lembrava de mim, que eu cumprisse minha missão, e descobrisse meu destino. Todos me falam isso e não sei do que se trata.

— Os sonhos terminam aí? Conrado me perguntou.

— Houve um último, o mais intrigante deles.

Na noite em que te questionei Conrado...

Ele baixou a cabeça, os lábios encerrados numa linha.

— Eu me vi em frente a um labirinto. Andei por ele por muito tempo, encontrei o lobo mais uma vez e no final do labirinto, vi a deusa Circe tão viva quanto um de nós.

Atrás da dela, pessoas que vestiam uma túnica escura, não consegui distinguir quem eram.

Do lado esquerdo de Circe estava o desconhecido dos sonhos, o de cabelos claros olhando para mim.

À direita da deusa, estava Conrado e então apareceu o homem que entrou na livraria hoje. Nesse momento descobri que o terceiro homem que apareceu era o Domênico, filho mais velho da Amarílis.

E é isso... Ah... o lobo voltou uma última vez... ele me acompanhou no carro até a livraria, uma ventania derrubou esse livro quase em cima de mim (eu apontei para o manuscrito em cima da mesa) nesse momento o lobo fugiu misteriosamente. Foi assim que encontrei o manuscrito. Fui atrás de um tradutor e encontrei o Senhor Higino, o pai dele escreveu o manuscrito. Então ele apenas me contou sobre o teor da história escrita nele.

Plínio se levantou andando pra lá e pra cá e respondeu:

— Eu não tenho mais dúvidas! Vocês tem alguma? (Ele se referiu ao grupo).

Conrado então falou olhando para mim:

— Lembra que comentei com você que na época, em que havia o grande templo, e que eu ocultei de você, que invés de nossos antepassados, éramos nós que adorávamos a deusa ali, e que nessa época houve uma tragédia? E que após isso a irmandade foi praticamente extinta?

— Conrado... Não...

(Christian o chamou a atenção).

— Ela precisa saber disso!

(Conrado esbravejou, dando um soco na mesa).

Eu me assustei com aquela reação, no mesmo momento ele me olhou com ternura e mansidão.

— Essa tragédia envolve você Lúcia. (Ele disse tristonho) envolve os filhos da Amarílis...

— Conrado! (Stella gritou) mas ele não deu ouvidos...

— Nessa tragédia você morre Lúcia! (Lágrimas escorreram dos olhos de Conrado.) Por isso ficamos em dúvida se era você...

Bryanna sacudiu a cabeça em negativa.

Eu estava tão assustada que não sabia o que perguntar ou o que dizer...

— Mas... se eu morri, não posso ser a mesma pessoa e... eu... eu sei de onde vim, sei quem são meus pais e meu irmão...

— Essa é a questão Lúcia! (Plínio parou de andar pra lá e pra cá) e falou: Estamos tão confusos quanto você! Você tem o mesmo nome, é exatamente igual a ela! Talvez seja a reencarnação dela!

— A deusa disse que se lembra da Lúcia!

Stella disse colocando a mão na cabeça...

— Ela não se enganaria... EU não me enganaria... ela me olhou com lágrimas nos olhos ... e continuou:

— Sempre fomos amigas Lúcia! Sempre!

Plínio colocou uma de suas mãos no ombro de sua mulher.

— Qual foi a tragédia? O que houve afinal? (Eu perguntei esgotada).

Nesse instante, a campainha da casa de Christian e Bryanna tocou.

— Vocês estão esperando alguém? Kaleo perguntou desconfiado.

— Não ... claro que não! Bryanna respondeu.

—- Vou verificar quem é.

Christian abriu a porta e então, na frente de todos nós, estava Domênico.

— Boa noite. Não fui convidado para estar aqui com vocês... mas essa história também me inclui...

Ele falou calmamente. Nesse momento, meu coração parece que se partiu em mil pedaços ouvindo sua voz.

— Você não vai entrar aqui Domênico, como você mesmo acabou de dizer, você NÃO foi convidado.

Conrado vociferou alterado.

Meus olhos saltaram de Domênico para Conrado.

— Conrado... deixe ele explicar para Lúcia, ele é a pessoa mais adequada para isso. Bryanna pediu.

O clima estava tenso, estávamos todos apreensivos.

Domênico entrou e se aproximou de mim, seu rosto estava triste, amargurado...

— Lúcia, (ele começou) sei que não tivemos tempo para conversar essa tarde quando nos vimos na livraria. Presenciei o quão abalada você ficou ao me ver. (Ele suspirou profundamente).

Eu assenti, meu coração era uma cavalgada disparada e sem controle em meu peito.

— Uma das últimas vezes que nos vimos, muito tempo atrás não foi muito bom.. (ele baixou a cabeça, depois trincou o maxilar) e depois... quando eu, bom... vou contar a história do início...

— Todos nessa sala, tirando você Lúcia, crescemos juntos. Nós éramos a irmandade e minha família, meu pai, Heitor, na verdade era o nosso líder. Ele valorizava a cada um de nós. Nos estimulava a sermos comprometidos com nossas missões. Nos inspirava, transmitia confiança, motivação e aliança.

Mas infelizmente meu pai não soube liderar os filhos egoístas.

Eu e o meu irmão Cyro sempre fomos competitivos, disputamos por tudo. Desde um brinquedo bobo na infância a atenção total de nossos pais.

Carregamos esse comportamento para nossa vida adulta, infelizmente. Um dia você chegou com sua família a Alferes, você era uma garota linda, tão linda quanto você está hoje.

Conrado olhou para Domênico com fúria após essa frase.

—Você não tinha o conhecimento da irmandade, e assim como a maioria das pessoas que habitavam a cidade, tornou-se nossa amiga.

Em pouco tempo você frequentava nossas casas, nosso círculo de amizades.

Eu olhei para o rosto de todos eles, Bryanna e Aurora sorriram, Stella segurava o choro, Kaleo acenou.

— Logo começou a ter aulas de música, na escola que naquele tempo já era do Plínio e... do Conrado.

Você cantava e tocava muito bem e era muito dedicada.

Plínio assentiu, concordando.

Conrado sorriu desgostoso ao meu lado, sua cabeça estava baixa, seu olhar estava direcionado para a mesa, seus braços apoiados na mesa, as mãos juntas.

Domênico prosseguiu:

—Conrado, desde aquela época, caiu de encantos por você. (A revelação feita com um tom de desprezo por Domênico me fez lembrar da noite com Conrado em minha casa).

....

— Ela era bonita?

— Ela era especialmente linda,..

— E o que houve afinal?

— Havia dois irmãos, dois homens poderosos que disputavam o coração dela.

Ela não sabia que eu a amava... quando eu percebi sua predileção por um deles, eu simplesmente desisti... não lutei por ela.

....

Eu olhei para o Conrado, meus pensamentos encaixavam as peças daquele quebra-cabeça.

— Cara... isso não é assunto seu, limite-se a contar a sua história. Meus assuntos com a Lúcia eu mesmo converso com ela.

Conrado respondeu furioso.

— Domênico, por favor!!! (Christian pediu). Não é hora de provocar o Conrado, ok?

Domênico passou um segundo pensativo e continuou:

— Eu e o Cyro também nos apaixonamos por você... (nesse momento ele olhou diretamente dentro dos meus olhos).

Stella levantou-se da mesa, ficando de costas para o nosso narrador.

— Daí você pode imaginar que houve uma guerra por seu amor, entre eu e meu irmão.

Só que havia um problema. Nesse mesmo período eu estava comprometido a me casar com Agnes, uma feiticeira jovem mas poderosa, em nossa irmandade. Ela ocupava um cargo de elevada importância. Agnes era a guardiã do poderoso espelho de Circe, guardado a sete chaves no antigo templo. O acordo desse casamento havia sido feito pelos pais de ambas as famílias.

Portanto eu não tinha nenhum sentimento por Agnes, já ela, era diferente disso.

Nesse momento Stella furiosa se virou de frente para o Domênico e o interrompeu:

— É verdade... você não foi honesto com a Agnes em nenhum momento. Aliás, nem com a Agnes e nem com a Lúcia que se angustiou muito, sentindo-se sobrecarregada de dúvidas e medo em tomar uma decisão errada. Tanto com as suas investidas e as de Ciro cada vez mais intensas sobre ela!

Domênico ficou quieto por alguns instantes então respondeu Stella, tentando ter controle sobre suas emoções:

— EU estava seguro dos meus sentimentos em relação a Lúcia e TERMINEI meu noivado com a Agnes !

Nessa hora, olhando fixamente para Domênico o questionei:

— Então, enquanto você estava noivo de outra pessoa, você também estava atrás de mim tentando conquistar meu amor, minha confiança?

Conrado olhou para mim balançando a cabeça em afirmativa à minha pergunta, depois bateu o dedo indicador sobre a mesa:

— Exatamente isso, Lúcia! Conrado respondeu.

— Não foi bem assim!

Domênico estava claramente impaciente tentando se defender.

— Deixem-me terminar de contar o que aconteceu. Depois continuem a me julgar, como fizeram por todos esses anos!

Todos se calaram e a narrativa continuou:

— Com essa atitude Lúcia, seu coração se decidiu por mim, para o completo desgosto de Cyro e o desespero de Agnes.

Nós nos amávamos! EU a amava!

Quando a data do nosso noivado foi marcada. Cyro procurou Agnes e os dois bolaram um plano para nos separar.

Eu precisei me ausentar por uns dias com meu pai para uma viagem importante a fim de resolver assuntos do clã.

Esse foi o momento oportuno para colocarem o plano deles em ação. Agnes violou uma ordem com sérias consequências! Ela deu a Cyro pleno acesso ao espelho da deusa Circe.

O espelho era algo perigoso e proibido até mesmo entre os deuses pois concedia que qualquer pessoa que refletisse sua imagem nele pudesse alterar (por um período curto) as suas características para as de outra pessoa.

Cyro ficou idêntico a mim.

Então, os dois mandaram um mensageiro avisar a você, para ir o mais rápido que pudesse até um local onde você e eu nos encontrávamos sempre, pois eu havia chegado antes do esperado de minha viagem e desejava ansiosamente te ver.

Domênico passou a mão pelos cabelos em total angústia, provavelmente revivendo tudo o que se passou.

— Assim que recebeu o recado, você correu para me ver, mas ao chegar no lugar, encontrou o falso Domênico com Agnes nos braços em um longo beijo. Não era eu.

Levei minhas mãos ao meu rosto, perplexa com o que eu ouvia.

— É claro que você acreditou (ele olhou para mim novamente) quando de fato retornei, tudo entre nós acabou. Sem entender nada, fiquei deprimido me encerrando em meu quarto.

Tanto eu quanto você estávamos destruídos, sofrendo sem saber a verdade dos fatos. Foi aí que Cyro aproveitando-se de sua fragilidade investiu em conquistar seu coração novamente e você vulnerável e magoada cedeu ao magnetismo e a sedução próprias dele.

Ao tomar conhecimento disso, eu parti para outro lugar para que meu sofrimento não me destruísse. Agnes se sentiu frustrada porque eu não a procurei como ela esperava que acontecesse. Cyro não a ajudou como ela queria.

Só que havia algo a mais nessa história que ninguém imaginava.

Você estava grávida! Você gerava um filho MEU!

Ouvir aquilo foi como levar um soco no estômago, fiquei pálida e trêmula.

Conrado olhava para mim de soslaio, atento às minhas reações.

Domênico deu prosseguimento a todo aquele sofrimento:

— Quando você se deu conta do bebê, revelou tudo a Cyro que prontamente afirmou que cuidaria da criança como sua.

O tom da voz de Domênico estava carregado de cólera.

Agnes ficou furiosa com o casamento de vocês dois e da minha rejeição a ela, então lançou uma maldição secreta sobre você e o bebê.

Dias antes da criança nascer, no período em que a lua mudava de fase, Agnes pediu a Cyro, para se encontrar com ela, pois ela precisava conversar com ele.

Como ele se negou a ir até ela, ela ameaçou contar a toda irmandade tudo o que fizeram para separar você e eu.

Acuado, Cyro foi até Agnes, e ela o transformou em um cão, muito semelhante a um lobo por toda fase da lua nova, sem tirar sua consciência humana.

Os fatos se encaixam, as informações dadas por Domênico iam fazendo sentido em minha cabeça.

Cyro só conseguiu voltar para casa 5 dias depois, na forma de um cachorro sem que ninguém soubesse que era ele, ao mesmo tempo em que todos procuravam por seu paradeiro.

Dois dias após a volta de Cyro, a maldição de Agnes chegava para você e nosso bebê.

Você caiu doente, uma doença misteriosa. Entrou em trabalho de parto e não resistiram, nem você e nem o bebê.

Domênico relatava com olhos perdidos, sem direção, inundados de lágrimas.

Stella e Bryanna choravam assim como eu.

O olhar de todos era de devastação.

Enxugando os olhos Domênico concluiu:

— Cyro, sem sua forma humana, assistiu a tudo e nada pôde fazer, ouvindo seu choro, enquanto dava a luz, febril, ora chamando por ele, ora chamando por mim, o último nome dito por você antes de partir.

A notícia de sua morte e de nosso filho chegou até mim no mesmo dia, eu voltei imediatamente e quase enlouqueci ao te ver morta. Era tarde demais...

Quando coloquei meus olhos no bebê sem vida, quando peguei seu lindo corpinho em meus braços, soube que aquela criança era meu filho.

Na mesma noite, passado o período da lua nova Cyro voltou a forma humana.

O resultado foi que eu e Cyro nos degladiamos por dias até que fraco e exausto Cyro perdeu a luta.

Não tive coragem de matar meu irmão diante do desespero de minha mãe, dessa forma eu o encarcerei em um lugar, onde nunca ninguém o encontrou.

Dizem que Cyro no período da lua nova, ainda se transforma em um cão, e desse jeito consegue sair de seu cárcere, vagando pelas ruas e bosques. Quando passa esse tempo, ele volta à forma humana e necessita retornar para a clausura.

Agnes como castigo por suas maldades foi jogada em um abismo e morreu.

Eu desapareci pelo mundo por anos, sem jamais colocar meus pés novamente aqui.

Meu pai adoeceu pelo desgosto vindo a morrer, deixando o clã de magos a esmo.

Os Filhos de Circe não tinham mais a mesma força.

E cada mago seguiu por si mesmo.

Alguns do clã resolveram ficar e continuar da maneira que podiam a irmandade.

Domênico terminou olhando para cada um que junto comigo ouvia sua história, a minha suposta história...

Christian se aproximou de Domênico dando leves tapinhas em suas costas o consolando.

— O homem que apareceu em seus sonhos e o lobo que se revelou para você Lúcia, era o Cyro.

Exausto, Domênico concluiu sentando-se em uma cadeira, totalmente abalado.

— Eu ... (comecei a falar sem ter certeza de minhas palavras) eu não sei o que dizer, não sei como agir diante disso tudo. (Soluços me vieram à garganta, e as lágrimas caiam como um rio dos meus olhos). Vim para Alferes para começar uma vida nova. Fui enganada pelo homem de quem eu era noiva. Me ofereceram o chalé de Amarílis para comprar e me refazer, e aqui, vocês me apresentam essa história.

Não sei se sou a mesma Lúcia que conheceram um dia, se sou só alguém que voltou como ela, mas percebi que talvez minha sina seja ser enganada sempre!

— Não fala isso Lúcia... Stella implorou chorando.

Todos olharam para mim sem saber o que dizer, havia somente silêncio, e dor...

Eu suspirei e me levantei da mesa.

— Se me derem licença, eu estou cansada e gostaria de ir embora.

— Não vá Lúcia... fique aqui, tenho um quarto de hóspedes para fosse ficar se desejar, pelo menos essa noite. (ofereceu Bryanna).

—- Não é o momento de ficar sozinha, estamos com você, disse Stella.

Eu caí em prantos me sentando novamente.

Domênico quis se levantar e vir em minha direção, mas Conrado que estava ao meu lado, ao perceber sua intenção o olhou de forma ameaçadora, deixando claro para que Domênico não chegasse perto.

— Lúcia... (disse Conrado) minha linda, você não está em condições de dirigir. Se não quiser ficar, eu a deixo em casa. Você pega seu carro amanhã. Você me permite levá-la?

Eu o abracei: — Eu aceito.

O rosto de Domênico se entristeceu mais do que já estava.

Bryanna foi até a cozinha e voltou com um embrulho o estendendo para mim.

— Leve para casa, é um dos chás calmante e revigorante da Stella. Vai te ajudar a dormir, a refletir.

Stella enxugou as lágrimas e sorriu levemente para mim.

Eu aceitei o chá e me despedi.

— Obrigada. Vamos Conrado?

— Vamos! Ele afirmou me erguendo da cadeira. Ele passou um de seus braços pelo meu ombro, enquanto saímos.

Não tive coragem de olhar nos olhos do Domênico.

Na porta Stella pediu ao Conrado:

— Cuide dela, e nos dê notícias assim que puder.

Ele assentiu e então saímos.

Caminhamos silenciosos até o carro. Conrado abriu a porta do passageiro para mim, depois entrou e dirigiu.

Meu olhar distante acompanhava no vidro da janela fechada, o vulto das árvores passarem por nós, a silhueta de suas folhas desenhadas no escuro da noite.

Talvez essa fosse a forma que eu estivesse me sentindo: a sombra de alguém que eu desconhecia quem era.

— Lúcia... (a voz de Conrado quebrou o silêncio consistente).

Eu olhei em sua direção.

— Eu sinto muito por tudo o que houve. Na época assisti as coisas acontecerem tão perto e ao mesmo tempo tão longe de você. Eu era imaturo, inseguro. Não achei que algum dia você pudesse ter olhos para o garoto sardento e franzino que dava aulas de música. Ou que eu pudesse fazer algo por você.

— Não foi culpa sua, respondi.

Ele parou o carro em frente ao portão do meu chalé.

— Quero que saiba de uma coisa: Sempre amei você, Lúcia. Nunca mais fui capaz de amar nenhuma outra mulher como amo você. Mas eu também entendo que esse não é o momento de pressioná-la de maneira alguma. É provável que agora que você sabe o que lhe aconteceu em sua vida aqui no passado, o Domênico e o Cyro, seja lá onde ele estiver e de qual forma isso acontecerá, irão procurá-la para resolver nos dias atuais a situação que ficou no passado. Esse seguramente seja o motivo pelo qual voltou, então ... então quero dizer que... que quero deixá-la livre para tomar a decisão que achar melhor para sua vida. Não quero coagir você a nada em relação a nós dois. Não quero influenciar você a tomar nenhuma decisão, enquanto está frágil. Eu a deixo aqui na porta de sua casa, mas estou ao seu lado, quando e na hora que precisar, basta apenas me chamar.

— Obrigada. (eu agradeci sorrindo fracamente) agradeço por compreender e por estar presente. Tenha uma boa noite, Conrado.

Eu beijei seu rosto com carinho. Notei seus olhos se fecharem, e seu esforço em me deixar partir sem pedir para ficar comigo.

Desci do carro, entrei em minha casa, enquanto ouvi o motor da caminhonete do Conrado desaparecer na estrada.

Ao andar por minha sala, não acendi as luzes. Apenas tateei até a cozinha no escuro.

Através dos vidros da janela, eu analisava o brilho da lua que iluminava parte do cômodo em que eu estava.

Seu brilho era tênue e difuso, sua luz cinza era como as cinzas incandescentes que queimavam meu coração.

Apenas uma parte reduzida da lua podia ser vista, pois era lua crescente e nessa fase ela não apresenta sua totalidade.

Decerto, eu estava como ela, com minha totalidade encoberta até que eu atingisse o ápice da minha universalidade na descoberta de quem sou de verdade.

Desembrulhei o chá oferecido por Bryanna e manipulado por Stella.

Elas também eram mulheres como eu, e o chá era um conforto, uma forma de dizerem que entendiam minha tristeza.

Preparei o chá, o coloquei na xícara, e me sentei no sofá.

Bebi lentamente, divagando em meus pensamentos, eu não sei o que Circe espera de mim agora, certamente seja que enfim eu desate os emaranhamentos que me prendem e seja livre para ser quem posso ser de fato.

Minhas pálpebras estavam pesadas agora, o chá com certeza começa a agir e me fazer relaxar.

Subi as escadas que levavam ao meu quarto e apaguei profundamente entre os lençóis.

....

O vilarejo onde eu caminhava não era muito diferente de como Alferes estava agora.

Apenas o tempo não era o mesmo.

Eu pude ver a mim mesma caminhar por suas ruas cheias de encanto e detalhes.

Me vi entrar na antiga casa de Amarílis, pude assistir e então sentir como seu coração estava amargurado, na dúvida de realmente saber se estava sendo uma boa esposa e mãe.

Seus meninos queridos nunca pareciam se entender, a competição entre seus filhos era muito maior que toda a dedicação e esforço que ela lhes dedicava integralmente, parecendo falhar o tempo todo em formar uma família perfeita e harmoniosa como lhe era requerido.

Seu coração tinha muito medo e muitas dúvidas sobre o futuro daqueles filhos.

Observei Heitor, ele era a personificação da autoridade, porém seus olhos não estavam voltados para seus filhos. Estavam focados em sua posição

A rivalidade entre eles era vista pelo pai como algo natural, ele os tratava de forma igual, porém desconhecia a necessidade individual de cada um deles. De alguma forma, para aquelas crianças algo parecia ser injusto e a distância entre os dois irmãos crescia a cada ano que se passava.

Enquanto eu passeio, o cenário muda sem eu esperar para a casa de Agnes.

A menina que se vê responsável desde cedo por coisas que ela não tinha a compreensão real. A percepção da tarefa que lhe era imposta e o preço a ser pago por ela.

Não existia tempo para "frivolidades" como amizades verdadeiras e horas de descontração. Apenas a necessidade de atender aquilo que a sociedade em que vivia esperava dela.

Em sua vida não havia espaço para o carinho e o apoio de uma amiga sincera que pudesse ouvir seus anseios ou aconselhar em momentos de aflição e incertezas.

Havia apenas a necessidade de ser a melhor!

E na vida adulta onde se casar era o mais apropriado, ela estava diante de um casamento com um dos homens mais bonitos e poderosos da cidade, ela era a esperança de uma aliança cheia de sucesso e domínio.

Como confiar em outras mulheres perante um bem tão escasso quanto o amor de um homem? Ela estava envolta em desconfiança e julgamento, sem a oportunidade de conhecer um tipo de amor, carinho e cuidado muito especial. Ela só tinha a si própria!

Meu campo de visão muda para outra cena.

Ouço risos alegres de carinhas felizes, vinham da amizade entre quatro meninas reunidas em um jardim cheio de flores.

Entre si ofereciam seu amor e cumplicidade dividindo suas alegria e sonhos.

Stella, Aurora, Bryanna e Lúcia criando vínculos baseados na empatia, na igualdade e até nas diferenças.

Me vejo entre elas ... feliz por possuir essa dádiva.

Uma verdadeira ameaça, uma intimidação a tudo que Agnes conhecia.

A força que existe dentro da amizade.

Deixando o cenário das adolescentes para trás considerei minha inocência, na descoberta do primeiro amor, minha pouca capacidade de enxergar que algumas situações na vida são verdadeiras armadilhas, e nos induzem ao erro.

Nos esquecemos que estamos sujeitos a nossa capacidade de pensar e nossas limitações. Sempre existe uma associação de razões ou motivos em qualquer decisão.

O quão errada fui em decidir pela paixão do Domênico?

Quanto me enganei em me deixar levar pela atração e o desejo do Cyro?

Como não enxerguei o amor do Conrado?

Meus passos me levaram ao velho templo, bonito e impactante como nos tempos em que reinava brilhante.

No fim dos degraus de sua escadaria estava ele, Cyro.

— Olá Lúcia...

— Cyro... finalmente descobri quem você é...

— Você sabia desde o início quem eu era, só não se recordava mais, e minha obrigação era te ajudar.

Agora que reconheceu quem fui e como infelizmente errei com você no passado, estranhamente e sem que eu esperasse, fui liberto do meu cativeiro.

Posso voltar para casa e recomeçar, se é que ainda tenho algum lugar para ir.

Mas não posso partir antes de pedir seu perdão. Durante tanto tempo sozinho aqui cheguei a conclusão de quão egoísta, são as sensações da paixão, da qual o fundamento é um sentimento de posse onde se crê que o outro só terá felicidade junto de si, todavia isso contradiz o amor, onde a base é a bondade onde você anela a felicidade da pessoa amada mesmo longe de você, a sua felicidade é ver o seu amor bem, independentemente de estar com você ou não. Me perdoe, essa foi a maneira que escolhi te encontrar, aqui como antes, em seus sonhos.

— Fico feliz que possa ser assim para você. Você não precisa me pedir perdão, acho que já pagou por sua sentença. Quanto a mim, resta ainda descobrir quem sou.

— Você é a Lúcia! A determinada, forte e corajosa Lúcia que sempre foi. Quero que seja feliz, de todo meu coração.

Cyro se aproximou, me deu um beijo leve nos lábios, e mesmo que sua atração por mim estivesse no íntimo dele, sua ação foi quase fraternal.

....

Abri os olhos bem devagar. O som do rio... eu conseguia ouvir o curso das águas.

O dia havia começado, mas eu não queria começar apesar de estar em paz depois de me encontrar com o Cyro em meus sonhos.

Hoje seria um dia apenas para mim, pegando o celular em minhas mãos, olhei o whatsapp cheio de mensagens, mas não quis abrir nenhuma.

Procurei pelo contato de Raizel, e digitei:
— Bom dia Raizel! Hoje eu não irei até o café.
Na verdade não sei quando volto, acredito que demoro alguns dias. Você pode ficar em meu lugar? Tomar conta da delicatéssen esse tempinho para mim?
— Bom dia, Lúcia! É claro! Fique tranquila quanto a isso. Nós já havíamos combinado meu emprego fixo, lembra? Se precisar de mais alguma coisa, estamos aqui. Minha mãe está te mandando um beijo. (Raizel digitou).
— É verdade... obrigada querida! Manda outro pra ela.
E assim desliguei o celular.
Olhei no espelho, meu reflexo era péssimo. Mas decidi que não tiraria o pijama.
Fiz um coque desgrenhado nos cachinhos, calcei um par de pantufas e desci para fazer um café.
Abri a porta dos fundos do chalé indo sentar à beira do *deck*.
Além do rio, estava o templo de Circe.
Pensei nela e em seu exílio.
Quando Circe foi isolada na ilha de Eana, o que parecia ser uma penitência era na verdade uma travessia para sua maturidade, para sua descoberta.
Então, eu agora entrava em meu próprio exílio, em minha jornada em busca da Lúcia.
Realmente não me lembro dessa vida que vivi aqui no passado.
Tenho apenas as recordações próprias da minha infância, da adolescência ao lado dos meus pais e do meu irmão mais novo, muito longe daqui.
Mas mesmo não tendo essas memórias, os sentimentos por tudo o que dizem que eu vivi estão latentes na minha alma.
Eu os sinto de alguma maneira, claros como a luz do dia.
Minha conexão com esse lugar, com cada pessoa que conheci da Irmandade é genuína, íntima!
Olhei para minha barriga, imaginando-a grande, gerando uma vida inocente que não sobreviveu. O filho que gerei sem conhecê-lo. Ele pagou com sua vidinha pelo ódio e pela mesquinharia de outros.
Penso na dor que devo ter sentido, na angústia e no medo.
Ao mesmo tempo, penso em Agnes...

Essa mulher que também estava ferida tão profundamente a ponto de desejar a morte de alguém.

Uma chaga que a consumiu de uma forma tão terrível que culminou em sua própria morte também...

Sim... Quantas mortes tivemos diante dessa tragédia!

Foi muito difícil para mim, quando descobri a traição do Rafael.

Eu dedicava meu amor para ele, meu trabalho, mas isso não foi o suficiente para sustentar nosso relacionamento.

Penso que ele poderia ter sido honesto, e mesmo assim eu teria me ferido. Muito menos do que fui é claro, mas haveria cicatrizes, sempre há!

Não posso julgar Agnes, apenas sei uma parte do que deve ter sentido quando descobriu que o homem prometido a ela, o príncipe poderoso no qual ela sonhou para se casar, sonhava com outra pessoa.

Penso em nós mulheres, que vivemos muitas vezes em função de sermos reconhecidas, amadas, buscando nosso valor dentro dessa sociedade patriarcal, dominada pelos desejos efêmeros dos homens, esquecemos de nós mesmas, jogando nossa felicidade nas mãos de outra pessoa.

Não demorou muito para que eu ouvisse o motor do meu carro parar em frente a garagem.

Quando olhei na câmera ligada no interfone do portão vi Stella, Aurora e Bryanna.

— Lúcia! (Stella acenou para a câmera).

Trouxemos seu carro!

— E bolo e sorvete também! (Aurora levantou uma embalagem linda de bolo e uma sacola com meu sorvete preferido Ben & Jerry´s).

— Você já deve ter se dado conta que não vamos embora enquanto não abrir o portão, não é? (Bryanna disse rindo). Não é justo esse exílio pertencer só a você. Tem que ser um exílio coletivo!

As três amigas olhavam para a câmera esperando uma resposta minha. Eu ri.

— Entrem suas malucas, rsrs. (Respondi enquanto abria o portão).

Elas passaram pelo portão parecendo um grupo de garotas adolescentes chegando a uma excursão.

— Oi Lúcia!

Stella me cumprimentou sorrindo, ela conseguia se mostrar entusiasmada mesmo diante do meu rosto meio apático.

Chegou me abraçando tão apertado que parecia querer extinguir qualquer sentimento ruim do meu corpo com um aconchego espremido.

— Rs... oi meninas.

Correspondi ao abraço de Stella me sentindo confortável nele. Stella passou por mim se acomodando no sofá.

Aurora sempre foi gentil, me ofereceu um sorriso amável. Ela me entregou um bolo maravilhoso de chocolate e pistache em minhas mãos, dizendo:

— Eu não fiz o bolo... Foi a Bryanna, rsrs (ela riu, olhando em direção a amiga) mas fui eu quem escolheu o sorvete, é melhor guardá-lo no freezer antes que ele derreta. Ela entrou com o pote nas mãos.

— Fica à vontade Aurora, a geladeira se encontra bem ali. (Apontei para a cozinha indicando a geladeira).

As duas entraram enquanto Bryanna estava na porta, me olhando nos olhos.

— E aí menina? Podemos lhe fazer companhia? (Bry perguntou).

— Por favor... (respondi ao mesmo tempo em que ela também me abraçava).

Juntas entramos na sala. Então fechei a porta atrás de nós.

— Ainda não tinha visto o chalé depois da reforma, comentou Aurora. Ficou impressionante!

Ela estava sentada ao lado de Stella acariciando as almofadas que estavam no sofá.

Bryanna também arrumou um cantinho no sofá para se sentar. Eu joguei algumas almofadas no chão, em cima do tapete e me sentei sobre ela e em frente às minhas amigas.

Foi Bryanna quem começou a falar:

— Lúcia, sei que está passando por um momento delicado. Queríamos que soubesse que não está sozinha.

— Eu agradeço vocês, de verdade!

— Como você está depois de receber aquela avalanche de informações?

Stella perguntou colocando uma das mãos no queixo.

— Me sentindo perdida, respondi olhando para baixo.

Elas ficaram em silêncio apenas me observando, daí continuei:

— Mesmo que as coisas em parte me foram esclarecidas, o que devo fazer agora?

— Precisamos descobrir o que aconteceu depois da sua morte, porque você não consegue se lembrar, Aurora respondeu.

— Sonhei com um turbilhão de coisas essa noite, entre elas sonhei com Cyro. (Revelei a elas).

— E o que ele lhe disse? Stella perguntou.

— Me pediu perdão pelo que fez e disse que não sabe como, a maldição imposta pela Agnes e depois por Domênico foi quebrada assim que eu descobri a verdade.

— Perdão!!? (Stella exclamou com indignação) Isso é muito pouco não?

— E o que mais ele pode mudar ou fazer Stella? (Bryanna perguntou) tanto tempo se passou...

— Há quanto tempo isso aconteceu? (Perguntei indagando todas elas).

— Cento e dois anos. (Aurora revelou).

Suspirei admirada e respondi:

— Uau.. é tempo demais... isso é tão surreal...

— Uma coisa me parece bem clara (Stella expôs sua opinião) existe uma espécie de reparação ou até mesmo uma absolvição entre os dois irmãos e você.

— Pode ser, respondi pensativa.

— Quando você viu o Domênico ontem, achei que você iria ter um treco. (Stella continuou).

— Eu também achei... foi estranho. Não sinto raiva dele, também não sinto que o amo ou que algum dia amei. Apenas vivencio uma tristeza profunda quando o vejo. (Ao mesmo tempo em que eu respondia Stella, eu buscava analisar os meus sentimentos).

— Mesmo que no início ele não tenha te contado que estava noivo da Agnes, e depois rompido com ela para estar com você, ele também foi uma vítima nessa história absurda. (Opinou Aurora).

— Você acha que ele me amava de verdade? Perguntei para ela depois que Aurora colocou o que pensava.

— Eu acredito que sim! (Ela afirmou convicta).

— Muito tempo se passou após a tragédia, a vida seguiu, as coisas mudaram, respondi.

— E quanto ao Conrado? (Stella sondou).

Meu coração falhou uma batida ao ouvir seu nome.

— O que tem o Conrado? (Perguntei de volta a Stella).

— Lúcia... Sabemos que ficou com ele esses dias. O Conrado sempre te amou, o tempo correu, muitas coisas mudaram. Mas o amor do Conrado, permaneceu intacto por você.

Stella concluiu certa de suas palavras.

— Eu... eu ainda não sei... (Respondi) vou precisar de um tempo para descobrir.

— E se ele te ama de verdade, vai entender e respeitar esse tempo!

Bryanna falou se levantando do sofá e indo até a cozinha.

Ela apanhou o sorvete no freezer e a embalagem do bolo em cima do balcão.

— Vocês querem bolo ou sorvete?

Nos voltamos todas para Bryanna, me juntei a ela ao seu lado, abri a geladeira, segurei uma garrafa de vinho e a levantei.

— Bolo, sorvete e vinho?

— Siiiiim! Dissemos as quatro em uníssono.

Se algum dia eu esquecesse pedaços da minha vida, assim como aparentemente me esqueci da que vivia um século atrás, essa tarde jamais será esquecida.

Nós compartilhamos potes de sorvete, engolindo enormes colheradas dele, devoramos bolo de chocolate com pistache até não aguentarmos mais, sem nos preocuparmos se no bolo havia glúten ou qual nível de gordura e açúcares ingerimos.

Esvaziamos algumas garrafas de vinho, rimos de bobagens infinitas nos divertindo como meninas do ensino médio que mataram aula no colégio.

Rodamos de mãos dadas, pulamos e dançamos ao som de *Lucille* - Little Richard.

Por não sei quanto tempo esquecemos de nossos afazeres e obrigações de nossas vidas adultas e apenas demos atenção para fazer feliz a menina que existe dentro de cada uma de nós.

Quando nos demos conta, lá estávamos nós jogadas pela sala, vencidas pela exaustão.

O cenário da minha sala era: Aurora deitada no chão entre as almofadas com Bryanna sentada próxima aos seus pés.

Eu estava deitada de bruços no sofá com a cabeça apoiada nas pernas de Stella.

Olhei para a parede de vidro a minha frente e tive a impressão que lá fora o mundo havia anoitecido, eu não tinha certeza pois a persiana que a cobria estava fechada.

Acredito que nesse mesmo momento em que Stella me viu olhar fixo para a parede, se deu conta do tempo, pois logo em seguida nos perguntou:

— Meninas, que horas devem ser?

— Não faço ideia (respondeu Aurora).

Stella se levantou procurando por seu celular, quando o achou na cozinha veio correndo nos contar com seu jeito escandaloso:

— Vocêeeeees não vão acreditar! São 22 horas! Estamos aqui na Lúcia há exatamente 12 horas! (Seus olhos estavam arregalados, ela colocou uma das mãos na boca sem acreditar).

Depois disparamos todas a rir.

Bryanna se levantou rapidamente:

— Bom garotas...já passou da hora de irmos.

— Eu juro que não sei como Kaleo não me ligou! Aurora respondeu ao mesmo tempo que trançava o cabelo.

Stella havia calçado um pé do par de seu tênis e procurava pelo outro enquanto respondia a Aurora.

— Provavelmente os meninos estão com o Plínio. Devem ter pedido pizza e cerveja. Eles sabem que estamos com a Lúcia.

— Obrigada meninas por virem, foi importante para mim (Me dirigi às minhas amigas enquanto elas terminavam de se arrumarem para sair).

— Não precisa agradecer, sabe que estamos juntas, não é? Stella me abraçou.

— Sim, eu sei. Respondi sorrindo.

— Vai ficar bem aqui? (Aurora perguntou).

— Vou sim, preciso só de mais um tempinho. Eu a respondi lhe deixando um beijo no rosto.

— Todas prontas? Bryanna perguntou já na porta da sala.

— Eu acompanho vocês... eu saí junto com elas, até assistir a saída de minhas amigas dentro do carro para a estrada.

Subi para o andar de cima do chalé. Me enfiei de cabeça em um banho quente.

Coloquei um pijama limpinho e adormeci.

As luzes em meu rosto estavam fortes, abri os olhos com dificuldade, notando os fios ligados aos meus braços, o soro e alguns aparelhos de monitoração dos meus batimentos cardíacos.
A mulher de branco que estava ao meu lado falou com um tom de surpresa.
— Ah, que bom senhorita Lúcia, você acordou! Já não era sem tempo! Vou sair apenas por alguns instantes para avisar os seus pais.
Então ela saiu de perto da cama que eu me encontrava foi até a porta e anunciou:
— Senhor e Senhora Romoroso? A filha de vocês acordou.
Foi então que entrou pela porta (daquele lugar que eu começava a assimilar que seria um quarto de hospital) um médico alto e calvo junto com um casal que eu nunca havia visto em minha frente.
Seus olhares expressavam agonia e também esperança.
— Lúcia! Meu amor!! Graças a Deus você está bem!! (A mulher com os olhos cheios de lágrima se aproximou tocando levemente um dos meus braços).
O homem pálido que a acompanhava com uma expressão de sofrimento sorriu desacreditado para mim.
— Lúcia, estamos aqui! Somos nós, seus pais!
Eu não sabia o que dizer, nem como havia parado naquele lugar.
Agoniada pela situação, meus olhos correram daquelas pessoas que diziam ser meus pais para o médico que estava ao meu lado.

Não sei se o celular não despertou ou se foi eu mesmo que não o ouvi.

O dia do lado de fora do chalé estava cinzento, eu vesti um conjunto de moletom e um tênis para caminhar.

Mesmo que a manhã tivesse surgido nublada, ela não deteria meus planos de caminhar pela montanha.

Na frente do espelho eu prendi meu cabelo num rabo de cavalo, não o rabo de cavalo cheio, alto e comprido da Stella, mas o que eu conseguia fazer com o comprimento mediano dos meus cachos.

Desci do meu quarto até a cozinha, peguei uma garrafa de água, e abri a porta da sala rumo a minha aventura.

O vento estava gelado! A primeira lufada que veio ao encontro do meu rosto me fez espirrar repetidas vezes. O que de pronto deixou parte do meu nariz avermelhado feito um tomate cereja.

Essa época era quando minha sinusite se apresentava em sua versão mais potente.

Saindo dos portões de casa, subi a estrada próxima a direção da casa do Conrado.

Enquanto eu subia a trilha bem estruturada, a mata se fechava de forma sutil, os sons da natureza eram sossegados me fazendo meditar sobre o meu último sonho.

Havia se passado muitos anos em que eu não sonhava mais com os meus pais.

Na verdade esse sonho veio mais com uma lembrança. A lembrança de quando fui encontrada, depois de um atropelamento, passando semanas desacordada.

Não me recordo como aconteceu o meu acidente e quem foi a pessoa que me achou e me levou para um hospital, pois ela nunca mais apareceu.

Segundo minha mãe me contou por repetidas vezes, eu havia saído de casa numa manhã fechada como essa que eu caminhava pela trilha na montanha, para ir a uma biblioteca próxima a casa onde morávamos a fim de fazer uma pesquisa para um trabalho de história.

Eu havia saído de casa pedalando a bicicleta nova, que meu pai havia me dado de presente de aniversário pelos meus recentes dezessete anos. A canção na fita cassete saia alta do meu *walkman* até meus ouvidos.

Cantarolando distraída, atravessei a avenida movimentada. Fui atropelada por um carro que nem ao menos parou para me socorrer.

A pancada em minha cabeça foi muito forte causando uma concussão cerebral grave, acarretando em perda da minha consciência e da minha memória.

O médico responsável por mim pelo tempo em que fiquei hospitalizada alertou meus pais que as únicas coisas que eu teria como lembrança, seriam momentos vividos dos dias atuais em diante. Chorei muito… mas o amor de minha família me fez superar esses obstáculos, pelo menos pelo tempo em que me restou com eles.

Ao voltar para casa, a adaptação para minha vida era feita através de muito amor, compreensão e paciência de meus pais, do meu irmão caçula e das fotos da família. Minhas fotos de infância com meu irmão

Evandro eram lindas e ele era um menino muito divertido e amável.

Depois disso me foi possível conviver com eles somente mais um ano e meio, quando sofremos o fatídico acidente que levou minha família para sempre.

Recordando esse episódio da minha vida cheguei ao final da trilha.

A paisagem era deslumbrante, um verdadeiro presente para aquele dia, encontrei uma bica d'água que fluía a partir das entranhas da montanha. Eu conseguiria ficar naquele lugar por um tempo indefinível para somente ouvir o suave murmúrio das águas que se destinam aos lagos de um ribeirão.

Alguns esquilos e quatis me observavam escondidinhos em seus esconderijos, indecisos e curiosos às vezes se arriscavam a chegar um pouco mais perto.

Tomei um gole generoso de água fresca e geladinha da bica e tomei fôlego para a descida.

Fui retomando meu caminho pensando que em minha vida havia sempre lacunas.

Não me recordava da minha primeira infância e do início da minha adolescência, como também não me lembrava de nada da minha vida de mais de um século atrás... a vida que a irmandade me disse que eu tive em Alferes.

A vida em que fui outra Lúcia.

Mas como poderia? Isso ainda era algo tão louco e difícil de entender. Eles eram os mesmos, eles eram magos, e eu uma humana comum.

Estando a aproximadamente uns 300 metros de distância do meu chalé, tive a impressão de que havia um carro preto estacionado em meu portão.

O dia já estava um pouco mais claro na luta ferrenha entre o sol e as nuvens pesadas.

Eu havia amarrado o blusão que eu usava na cintura, passei a mão em minha testa que escorria suor com o mormaço.

Nessa hora paralisei quando constatei que de fato o carro preto que eu vi estava estacionado em minha porta esperando minha chegada.

Na verdade, o proprietário dele me esperava.

Era Domênico.

Ao me ver parada a alguns metros de distância dele, Domênico abriu a porta de seu carro e saiu. Um nervoso tomou conta de mim dos pés à cabeça, aquele homem mexia com meu raciocínio!

Ele era realmente bonito, não o homem mais bonito da terra... nele havia um "diferencial", algo que só ele era possuidor, talvez esse fosse um de seus poderes.

Uma brisa leve passou mexendo em seu cabelo brilhoso, formado por ondas de um mar castanho que eu certamente me afogaria.

O ângulo de sua mandíbula marcada e de seu queixo proeminente estavam cobertos pela barba que crescia, o contorno de seu perfil delineava o nariz afirmativo.

Domênico era a exteriorização de charme e elegância.

Ele ficou parado, aguardando minha reação, colocou suas mãos dentro do bolso do blazer azul marinho de tecido encorpado que estava sobre a cacharrel de malha do mesmo tom do blazer.

A calça que ele vestia era clássica de alfaiataria em algodão listrado. Seu bom gosto era visivelmente impecável.

Eu correria para longe ou melhor desejaria que a terra abrisse um buraco debaixo dos meus pés e me engolisse.

Meu cabelo estava bagunçado dentro de um projeto de rabo de cavalo, eu estava transpirando dentro de uma camiseta velha com a frase: Corra! TPM e um moletom.

Pensei: Por que ele resolveu aparecer justo num momento em que me encontrava nesse estado deplorável?

Não adiantava nada eu continuar parada feito idiota na estrada, ele não sairia dali enquanto eu não passasse e falasse com ele.

— Bom dia! (eu o cumprimentei com uma distância aceitável).

— Bom dia, Lúcia! Como você está?

Enquanto ele falava, eu me atentava à nuance clara de sua pele e como ela contrastava com a tonalidade do castanho amendoado dos olhos.

— Eu estou bem... obrigada. Assimilando as últimas notícias, rs (sorri sem jeito).

— Faço uma ideia do quão deve ser difícil receber um dilúvio de informações loucas, rs.

Eu apenas levantei a sobrancelha e comprimi os lábios em um risco.

— Eu não quero te atrapalhar (ele continuou) vejo que estava caminhando... mas eu preciso muito conversar com você. Então, sem querer ser inconveniente, gostaria de saber se você aceitaria jantar hoje e ter um momento para falarmos com mais calma sobre o que aconteceu conosco. Isso é muito importante para mim, e eu ficaria muito grato se aceitasse.

Diante de um pedido como aquele, nem que eu quisesse recusar eu o faria.

— Irei.. gostaria de ouvir você (respondi).

Tentando não transparecer que a maneira que ele colocou o pedido havia sido no mínimo cativante.

— Que bom que aceitou (ele abriu um sorriso franco). Às 20h30 estaria bom para você?

— Um bom horário. Te espero. Obrigada! (Respondi indo para o portão).

— Até mais tarde Lúcia.

Domênico entrou em seu carro, enquanto eu entrava para o lado de dentro do portão.

Quando seu carro sumiu, eu respirei... coloquei uma das mãos na cintura e outra levei a boca pensando em voz alta:

— Eu não sei o que vou fazer da minha vida, literalmente!

....

Tomei um banho longo, quando sai do chuveiro liguei para Stella.

— Oi Lu! Estava pensando em você (ela falou assim que atendeu a ligação).

— Oi Stella. Preciso te contar o que aconteceu essa manhã...

— Eu acho que sei o que é, mas me conta.

— Saí para fazer uma caminhada e quando voltei Domênico estava na minha porta esperando por mim.

— Eu sabia que ele ia te procurar assim que a poeira baixasse. Ontem ele ligou para o Plínio, disse que procuraria você para conversar.

— Ele ligou para pedir conselhos? Ele não parecia uma pessoa que procurava conselhos de ninguém. (Pensei).

— Não, conselhos não. Mas não sei se a intenção do Domênico era deixar um alerta para o Conrado do tipo "estou na área". Domênico sabe que qualquer coisa que falar com o Plínio chegará até o Conrado.

— Nossa... que atitude boba! Não gostei!

— Não disse que essa foi a intenção real...conhecendo Domênico, pode ser isso. Mas é uma suposição minha, Lu.

Enquanto eu avaliava o que Stella me contou, a lembrança do sorriso que Conrado esboçava quando estava feliz, o que deixava seus olhos apertados, me fez sentir uma saudade enorme da companhia dele.

— Por falar no Conrado Stella, você tem visto ele?

— Vi apenas uma vez, ontem quando voltei para casa. Ele estava aqui, junto com Kaleo e o Christian.

— Ele deu uma sumida.. (minha voz continha tristeza, ou seria apenas saudade? Provavelmente um misto das duas coisas).

— Olhe minha querida, ele me pareceu abatido. Acho que sente sua falta. Mas sei que ele não quer ficar em cima de você. Talvez ele esteja esperando a conversa entre você e Domênico.

— Pode ser...

— Domênico mencionou aonde vai te levar, Lu?

— Não, disse que queria me levar para jantar. Mas não disse onde.

Nessa hora, coloquei a ligação no viva voz e abri o guarda-roupa procurando pelo que usar à noite.

— No Gastroclub não é... tenho certeza.

— Por que acha que não seria lá? Lá é o melhor restaurante de Alferes.

— Porque se conheço Domênico ele prefere um campo "neutro". Se ele te levasse no Gastro, Christian e Bryanna estariam por perto.

— Entendo... ele deve supor que todo mundo está num complô contra ele.

— Ah sim... as coisas ficaram estranhas quando ele partiu. Domênico nunca mais apareceu aqui. Nem ao menos por nós ou pela própria mãe.

— É muito estranho, Domênico causa em mim sensações inquietantes, se por um lado ele me atrai, faz meu coração disparar, por outro ele me deixa hesitante e triste.

— Lúcia, quero te dizer uma coisa como sua amiga... o seu coração chama a sua atenção, ele conhece você como ninguém. Permita que ele seja o seu guia.

Enquanto Stella falava, no meio dos meus vestidos encontrei a jaqueta verde que Conrado havia me emprestado dias atrás quando me trouxe em casa na noite da pizza na casa da Bryanna.

Eu havia me esquecido da jaqueta, nossa! Guardei no meio das minhas coisas e não me lembrei de entregar. Que vergonha...

— Obrigada Stell, vou precisar desligar um minuto. Depois nos falamos, ok?

Ela também se despediu. Olhando para a jaqueta pensei: Como eu pude me esquecer assim de entregar a blusa ao Conrado.

Retirei a peça do cabide, o perfume dele imediatamente invadiu o quarto.

A imagem dele vestido nela aquele dia, as recordações dele me chegaram a mente tão rápido quanto um raio.

Eu abracei a roupa .... Inalando o perfume...

Mais que depressa, coloquei a jaqueta dentro de uma sacola.

Vesti um vestido preto de tule estampado de florzinhas miúdas em tons terrosos, calcei um coturno caramelo. Finalizei meus cachos e os deixei soltos. Fiz uma *make* básica, apanhei um óculos escuro, minha bolsa, a sacola saí.

Dirigi descendo a montanha,com os vidros abertos, sentindo o vento do Outono no rosto e o cheiro misto de terra e verde que ele trazia. Coloquei uma das minhas músicas favoritas para tocar *Long Lust* - Lord Huron.

Passei pela entrada da cidade, depois em frente a casa da Stella, virei a esquerda sentido a avenida da Livraria, só que ao invés de entrar na avenida, dobrei a direita, sentido a rua das Flores, repletas de casas coloridas que pareciam sempre estar pingando flores.

Cheia de espaços verdes e obviamente suas tulipas de primavera e rosas de verão que davam origem ao nome da rua.

Parei meu carro na calçada do lindo sobrado de arquitetura inglesa e tijolos laranja.

A placa identifica o lugar como: "Music Minds".

Logo que entrei fui recebida pela senhora simpática que me recepcionou muito atenciosa.

— Boa tarde! Como posso ajudar a senhorita?

Ela perguntou como um sorriso enfeitado pelo batom vermelho que ela usava, seu cabelo grisalho estava preso num coque despretensioso, ela se levantou e eu pude ver que ela usava uma camisa militar, jeans despojado e tênis branco.

Atrás do balcão da recepção havia uma parede com o mapa mundi pintado e várias notas musicais em cima dele.

— Boa tarde! Eu gostaria de saber se o professor Conrado está.

— Ele está sim (O sorriso estava imóvel fixo em seu rosto) ela conferiu as horas e continuou : — O professor Conrado deve estar terminando a aula com um aluno.

— Ah certo... será que eu poderia assistir esse finalzinho de aula? Fico quietinha, rsrs.

Ela (ainda sorrindo) me avaliou da cabeça aos pés antes de responder minha pergunta:

— A senhora é amiga dele? (A senhora enfatizou a palavra amiga).

— Sim... sou uma amiga. (Fiz um esforço para responder sem rir do jeito dela falar).

— Pode seguir esse corredor, a senhorita encontrará uma escada, é só subir, a sala fica em frente a escada.

Eu subi os degraus da escola dos Daskalakis, suas paredes eram alegres e coloridas.

Procurando não fazer barulho, parei na soleira da porta, sem deixar que tanto o professor quanto o seu aluno percebessem minha presença.

Um menininho que não possuía mais do que dez anos de idade, de cabelos escuros e rostinho doce, estava sentado em frente a um teclado, enquanto Conrado sentado em frente a ele tocava um violão.

O garotinho errou algumas notas da canção (*Amsterdam* - Gregory Alan Isakov) triste ele interrompeu a música.

— Eu não estou conseguindo professor...

Ele falou desanimado.

Conrado parou de tocar.

— Kenzo, não desanime assim. Vamos tentar mais uma vez?

Conrado incentivou o garotinho a prosseguir.

O menino assentiu.

Conrado começou a tocar, e o menino seguiu o acompanhando. Só que dessa vez algo diferente aconteceu.

Ao iniciar as primeiras notas no violão, sem que o aluno percebesse, Conrado fez um meneio com uma de suas mãos e como um passe de mágica, o garotinho começou a tocar a canção perfeitamente.

Ele sorria sem acreditar direito na desenvoltura de seus dedinhos nas teclas do instrumento, mais animado continuou a tocar a canção juntamente com o incentivo do dedicado professor que também sorria feliz para o menino.

Eu sorria sem perceber meu encantamento com aquele momento tão lindo. Ao terminarem a canção, Conrado foi até o garotinho e o abraçou:

— Olha aí Kenzo! Eu te disse que você conseguiria. Parabéns garoto!

— Obrigado professor, Kenzo respondeu feliz.

— Eu acredito em você, mas você também precisa acreditar mais em você, ok?

Kenzo fez que sim com a cabeça.

— Terminamos hoje.

Quando Conrado encerrou a frase ele se virou para a porta enquanto eu acompanhava a expressão de surpresa em seu rosto, seguido do sorriso perfeito que ele possuía.

— Lúcia! Que surpresa!

Eu sorri de volta, ao mesmo tempo em que Kenzo passava por mim todo faceiro descendo as escadas.

— Oiii ! Como você está Conrado?

Ele se apressou em chegar próximo a mim, me envolvendo em um abraço abarrotado de saudade. Agarrada a ele fechei meus olhos inspirando seu perfume que como sempre me cercou por inteiro, me fazendo desejar querer ficar em seu abraço por um período indefinível.

Em silêncio ficamos assim por alguns segundos.

— Que surpresa maravilhosa, há quanto tempo estava aqui? (Ele perguntou curioso).

— Pouco... mas o período suficiente para me deliciar com a aula.

Ele sorriu, o sorriso dos olhos apertadinhos.

Então percebi o quanto senti falta daquele sorriso por esses dias.

— Obrigado! Que bom que gostou... o que a trouxe aqui? Não me diga que veio se matricular, rsrs?

— Hahaha (ri alto) ah... antes fosse... o motivo foi sua jaqueta (levantei a sacola e a entreguei) sua jaqueta estava em casa e eu estou envergonhada por não ter me lembrado antes...obrigada e me desculpe mesmo.

— A blusa, rsrs, não me lembrava que havia ficado com você. Estava bem guardada. Mas obrigado! Não precisava ter se preocupado em vir apenas para me entregá-la.

— Não foi nada.

— Veja bem, não que eu não tenha amado sua presença aqui, muito pelo contrário, estou muito feliz!

Ele respondeu eufórico, e dessa vez era o meu sorriso que estava pregado no rosto.

—Bem, era isso. Não quero incomodar Conrado.

— Você?! Me incomodar? Nem em mil vidas! Aonde você vai agora?

— Ah...acho que para casa, não tenho nada planejado pro momento.

— Você já almoçou? Ou de repente se sim poderia tomar um café comigo? O que quer fazer?

— Fiquei sem saber o que quero agora... (respondi olhando em seus olhos, com certeza eu sorria com eles também) Não almocei e também adoraria um café.

Rimos os dois um de frente para o outro.

— Ótimo! Faremos os dois! Tenho uma hora e meia de intervalo até a próxima aula. O café eu poderia te levar a uma delicatéssen deliciosa na próxima avenida, mas a linda proprietária está de folga.

— Tenho certeza que é um bom lugar e a proprietária ficaria feliz em saber o que acha dela.

— Bom, tenho uma outra opção. Você está com seu carro, não?

— Estou.

— Vamos no meu, na volta você pega o seu e eu te libero para ir para casa, rs.

— Combinado! (Eu lutava para não transparecer estar com cara de boba e então denunciar o estado em que eu ficava ao lado dele).

Descemos as escadas do sobrado com Conrado me puxando pela mão. Ele comunicou a recepcionista de "nossa" saída, e ela com um olhar interessado acompanhou nossos passos até sairmos.

Conrado como sempre abriu a porta do carro para mim e entrou.

Antes de começar a dirigir ele ainda deu uma olhada para mim.

— Lúcia... (ele pronunciou o meu nome sorrindo) não... deixa pra lá, rsrsrs.

Ele ligou a seta e saiu, em seguida colocou uma música no Spotify *Mine Forever* - Lord Huron.

— O que? Começou e não vai dizer nada?

Brinquei ... ao mesmo tempo que estava indignada pelo fato de Conrado brincar com minha curiosidade

— Gosto de ver sua cara de brava ... fica linda nela!

— Kkkkkk sei... Mudando de assunto...

— Diga linda.

— Hoje na aula com o menininho, ele estava triste por não conseguir acertar algumas notas da canção, quando ele finalmente conseguiu, você usou magia para alcançar o objetivo, não foi?

Ele juntou os lábios num sorriso selado e assentiu.

— Eu uso a magia, quando vejo necessidade. O Kenzo ama tocar, mas tem problemas sérios com autoestima e confiança. Não posso deixar que isso o afete e impossibilite de avançar. Ele tem um potencial incrível.

— Sua paixão por seus alunos e pelo que você faz me impressiona!
— É? Essa impressão é de uma forma positiva? (Ele sorriu).
— rsrs melhor... é de uma forma esperançosa...
Ele aumentou o sorriso para o modo olhos apertados e piscou sedutor...
Quando o carro parou, estávamos em frente a um grande celeiro no estilo Norte Americano.
Sua estrutura era de vigas, postes de pinho e chapas de metal. Rústico e encantador.
— Chegamos! Vem Lúcia!
Ele falou, pegando minha mão, me levando com ele como se nós dois fôssemos dois adolescentes indo ao parque de diversões.
O lugar era uma espécie de restaurante temático, inspirado em uma fazenda dos EUA.
A típica casa da fazenda era suntuosa, com grandes janelas e uma linda vista para a mata nativa.
O cardápio era inteiramente sugestionado no país; eram oferecidos os clássicos Waffles, Panquecas Americanas, American Biscuits e Bagel, servidos em cestas de piquenique.
— Que lugar fabuloso, Conrado!
Eu sorri apertando sua mão, enquanto na outra ele segurava uma linda cesta.
— Tinha certeza que você iria gostar! Venha, vamos procurar um lugar para sentarmos.
Fora da parte interna do celeiro onde a decoração era muito charmosa, a parte externa também era linda, havia um pátio ao ar livre, uma sacada coberta e um alpendre que percorriam praticamente toda a dimensão do celeiro. Além de mesas diversas e cadeiras havia redes e algumas cadeiras de balanço além de uma bela paisagem difícil de superar. Era realmente especial.
Optamos por um lugar mais reservado e nos sentamos. Enquanto tiramos as guloseimas de dentro da cesta, nossas mãos se esbarraram, e foi tão singular... por várias vezes elas já haviam se tocado aquele dia, mas dessa vez foi como se esse toque nos desse um choque, uma conexão.
— Senti sua falta. Era isso que queria dizer no carro. (Conrado falou enquanto continuava a colocar sob a mesa os últimos itens da cesta).
— Senti sua falta também (confessei) mas você podia ter me chamado.

— Prometi a você te dar espaço e nós combinamos que se você precisasse de mim eu estaria à sua disposição.

— É, eu sei disso...

— Você quer panquecas? Essas são fabulosas, experimente! (Conrado fez uma carinha engraçada e as passou em um prato para mim).

— Obrigada! Agradeci e experimentei de pronto.

— Huuuum ... maravilhoso! Respondi assim que engoli um pedaço, e logo em seguida servi uma garfada para Conrado).

— Eu adoro! (ele aceitou provando o pedaço que ofereci) Conrado perguntou logo depois de ingerir:

— Lúcia... não sei se já aconteceu mas Domênico andou espalhando aos quatro ventos que iria te procurar, ele foi?

— Stella me contou que ele fez isso... achei uma atitude infantil.. Sim, ele esteve no portão, me convidou para jantar com ele essa noite. Disse que era importante conversar comigo, e eu aceitei escutar o que ele tem a dizer depois de todas as revelações feitas por ele.

— Entendo... (ele disse pensativo, seu semblante agora era mais tenso) é bom ouvi-lo, mas quero te pedir que tome cuidado com o Domênico. Ele é ardiloso quando se trata de coisas do interesse dele. Domênico pode parecer diplomático na maioria do tempo, mas é bem astuto e não aceita falhar.

— Eu agradeço o conselho, mas realmente preciso escutá-lo.

Conrado concordou com a cabeça e provou de seu capuccino.

— E o Cyro? Não apareceu mais em seus sonhos. (A forma que ele perguntou estava implícita com uma generosa pitada de ciúmes).

— O Cyro despediu-se em um último sonho. Me agradeceu, disse que a maldição de transformar-se em um enorme cachorro havia terminado, que ele se viu livre do cativeiro imposto por Domênico e que ele iria decidir como retomar sua vida.

— Me admira a atitude sensata do Cyro que enxergou depois de todos esses anos que seus caprichos só destruíram parte de sua vida. Torço para que isso seja verdadeiro.

Eu apenas sorri, ele também sorriu. Entre nossa conversa já havíamos devorado quase toda a cesta.

— Quer conhecer mais do lugar?

Conrado perguntou.

— Quero! Sei que logo você precisará voltar.

— Verdade, mas por ora não quero pensar na partida. Só aproveitar o passeio com você.

O viking me estendeu a mão, então me mostrou um pouco mais daquele lugar especial.

Entre as árvores da paisagem e sua paleta de cores verde, amarela e marrom, usando de pano de fundo o céu azul e uma cadeia de montanhas havia um antigo moinho de vento, era um cenário tão mágico... tão encantador... Enquanto Conrado explicava sobre o solitário moinho de cores desbotadas, e de como os velhos moinhos de vento eram usados para fornecer água doce de um poço, olhei meus dedos entrelaçados aos dele.

Perdi o foco da paisagem me concentrando no homem que segurava fortemente minha mão.

Seu olhar castanho com pontos escuros, os cílios dourados, a sobrancelha perfeita em tons laranja-avermelhados.

A barba aparada do mesmo tom dos fios bagunçados de seu cabelo acompanhava o rosto bonito e o queixo quadrado.

Alguns reflexos do sol evidenciaram principalmente nos braços e no pescoço, minúsculos pontinhos vermelhos na pele branca.

Em seu pescoço havia uma corrente delicada dourada, ele vestia uma camisa xadrez cinza, azul e vinho e um jeans do tipo indigo blue.

Ouvi sua última frase:

— Alguns, no entanto, foram mantidos e perduram como vigilantes, sentinelas da terra que serviram por tanto tempo (ele finalizou se voltando para mim, mas eu apenas o encarava)

— Lúcia? Rsrsrs, aonde você está?

Meu rosto queimou!

— Desculpa, estou aqui... meu pensamento fugiu para outras coisas por um instante, mas escutei tudo professor! Rsrs.

Ele riu...

— Como era nosso relacionamento quando eu era a outra Lúcia?, perguntei.

— Ah... éramos apenas amigos. Você tinha aulas comigo e eu mantinha crescendo em meu peito dia após dia minha paixão platônica por você.

Ele parou de caminhar apenas observando enquanto sua mão se mantinha firme anelada a minha, continuando:

—Você não é "outra" Lúcia, é a mesma com pequenas diferenças: não é mais a garotinha e sim uma mulher, inteligente, doce, objetiva, forte, tão linda ou mais quanto antes. Os cabelos estão mais curtos, o que te deixou mais charmosa.

Minha boca secou ao ouvi-lo, eu olhei para seus lábios sensuais que me seduziam com aquelas palavras. Respirei tentando manter o equilíbrio e não ceder ao impulso de me pendurar em seu pescoço e tascar-lhe um beijo.

Então, depois de alguns segundos de luta interna meu bom senso venceu!

— Obrigada! Mas aposto que você sempre precisava usar sua mágica para que eu tocasse bem hahahahaha!

— Hahaha foi necessário algumas vezes!

— Olha!

— Brincadeira Lúcia... nunca fiz isso... você sempre foi magnífica com o violão...

— Não me lembro de pegar em um violão na vida.

— Podemos tentar se quiser.

— Jura? Eu adoraria Conrado!

— Vamos fazer quando quiser.

Ele respondeu de frente a mim, em seguida me abraçou forte, tão apertado que parecia querer me atravessar... Aquele abraço expressava o que palavras não conseguiam expressar, travadas na garganta de ambos.

Praticamente uma confissão do quão bom era estarmos juntos.

Ainda dentro dos braços um do outro, eu disse a ele:

— Acho que já deu horário, precisamos ir...

Minha voz saiu abafada no peito do Viking.

— Infelizmente... (a dele saiu triste).

Abraçados, andamos o caminho gramado que levava de volta ao celeiro, e depois até o carro do Conrado.

Ele dirigiu em silêncio, com uma das mãos segurava a minha enquanto ouvíamos *"I'll Be Your Woman"* - St Paul & The Broken Bones.

O Viking parou sua Renault atrás de onde o meu carro estava estacionado.

Descemos de sua caminhonete e caminhamos até o meu automóvel.

— Não some Lúcia. (ele pediu com seus olhos fixos em meus lábios).
— Não vou...

Eu beijei seu rosto, suas pálpebras se fecharam. E quando eu me preparava para abrir a porta do meu carro, Conrado me puxou pela mão me abraçando mais uma vez, seu nariz encostou em meu pescoço, seus lábios o tocaram tão levemente que um arrepio fino percorreu pela extensão de minha coluna, arrepiando todos os pelos do meu corpo.

No momento em que ele me soltou, me apressei em entrar no carro e partir.

Eu ainda olhei pelo retrovisor a imagem do viking sumir do espelho.

Subi a montanha tendo os pensamentos mais indecentes possíveis com Conrado. Uma mistura das lembranças do que já havíamos feito com tudo mais que ainda poderíamos fazer.

Quando meu carro enfim chegou a garagem do chalé era quase o horário do início do espetáculo do pôr-do-sol.

Me sentei no *deck* nos fundos da casa esperando o sol corar o céu de vermelho, ou ele ficaria vermelho apenas com meus pensamentos obscenos?

Meu corpo sentia o calor dele, o que me deixava louca, imaginando sua língua no céu da minha boca... Conrado não só havia penetrado minha carne, parecia ter penetrado minha alma.

Em mim havia marcas de seus lábios, de seus beijos, havia as impressões de seus dedos em minha pele, havia as peculiaridades de seu gosto em meu paladar.

O céu se tornou laranja e vermelho lembrando os cabelos dele.

Eu estava em chamas por Conrado!

Levantei dali e fui tomar um banho, eu precisava além de me acalmar, me preparar para encontrar com Domênico.

No chuveiro com a água quente percorrendo cada partícula do meu corpo... eu fantasiava a umidade quente da boca do Viking comprazer-se da minha pele.

Seus gemidos roucos, seus sussurros desprovidos de pudor em meus ouvidos, a pegada forte de suas mãos... desci meus dedos em busca da sensação que os dedos do Conrado me proporcionaram.

Eu divagava imaginando que era ele quem tocava meu clitóris, nesse momento eu gozei delirando no prazer que aquele homem magnífico me provocava.

Minutos depois de sair do chuveiro, sentada em minha cama, enrolada na toalha de banho, e de frente ao meu guarda roupa com as portas escancaradas eu olhava sem a menor vontade de sair com Domênico, qual roupa eu usaria.

Lá fora a noite parecia fria. Por fim, decidi vestir uma cacharrel de malha e um suéter longo de lã em tom pastel sobre uma calça skinny preta mais ousada, botas longas e uma boina verde militar.

Às 20 horas, ouvi o motor do carro de Domênico parar no portão.

Ele tocou o interfone e sua voz soou através do aparelho.

— Boa noite Lúcia, estou aqui.

— Boa noite Domênico, estou saindo.

O vento gelado soprou congelando minhas veias!

Mas ao ver a imagem do homem em meu portão meu corpo pareceu aquecer...

Domênico era a imagem do *bad boy* contemporâneo, sensual, selvagem com uma pequena pitada de civilidade e cortesia.

Ele, como em todas as vezes em que o vi, estava elegante, todo de preto e vestia um sobretudo cinza chumbo.

Domênico sorriu levemente ao me ver, se aproximou, pegou em minha mão e a beijou.

— Panemorfi, fique à vontade...

Domênico abriu a porta do carro.

Quando ele se sentou no banco do motorista perguntei:

— O que é *panemorfi*?

— Um elogio em grego, quer dizer linda...

— Ah, rs... obrigada!

O perfume do Domênico era maravilhoso, lembrava especiarias e madeira, mas o perfume de Conrado era muito mais agradável... pelo menos para o meu gosto.

— Está com fome? Ele perguntou.

— Na verdade não... rs.

Eu estava tensa e ansiosa sem saber o motivo real, talvez até me sentindo um pouco desconfortável. Eu me sentia cumprindo apenas um protocolo.

Ele sorriu...

— Não precisa se sentir tão inquieta. Prometo ser o mais agradável quanto eu conseguir.

— Me desculpe, sou tão transparente assim?

— Não sei para as outras pessoas, para mim você é.

— Humm... é estranho quando uma pessoa pode descrever coisas sobre você, mas você não faz ideia de quem ela seja, mesmo sentindo que existe algo familiar entre elas. Nossa, que confuso, não é? Você conseguiu me entender, rs?

— Você não se lembra de nada Lúcia?

Sua voz parecia frustrada.

—Não, eu não me lembro... na verdade eu não me lembro nem da minha infância nessa vida. Quando eu tinha dezessete anos, fui atropelada e perdi a memória. Fiquei dias no hospital.

— Eu sinto muito Lúcia.

Domênico parecia dirigir para o centro de Alferes, mas em certo ponto da montanha, ele entrou com o carro em um lugar onde só havia árvores.

— Mas... onde estamos indo Domênico? Esse trecho não leva a lugar algum!

— Quem disse isso a você?

Ele me respondeu sorrindo.

Naquele momento como num filme de fantasia a floresta de carvalhos se abriu, árvore por árvore, como um passe de mágica revelando o que estava escondido dentro dela: uma linda mansão de arquitetura em estilo provençal com um imenso corredor de lavandas.

Meus olhos se arregalaram, nunca na vida tinha visto algo parecido.

— Oh... meu... Deus...

Domenico desligou o carro.

— É aqui, venha Lúcia!

Ele desceu do carro, enquanto eu também descia do meu lado do automóvel sem acreditar no que meus olhos viam. Domênico fez um sinal com a mão para que eu passasse à sua frente, ele colocou sua mão esquerda apoiada em minhas costas próxima da minha cintura e caminhamos em direção a casa.

Até chegarmos à caa, havia um caminho feito de pedras azuis no gramado. A fachada da casa era formada por uma multidão de portas em arco e flores diversas.

— O que é este lugar? Perguntei.

— A propriedade é de um grande amigo. Ele preparou um jantar para nós, aqui teremos tranquilidade para conversarmos.

Após alguns segundos, apareceu uma mulher esguia e pálida, vestida com roupas estranhas e fluidas (com certeza por sua aparência era uma mulher sobrenatural).

Fomos direcionados por ela a uma sala que mais se parecia com um jardim.

A decoração era feita de flores raras ornamentais como o amaranto, a rosa rubiginosa, o agridoce oriental e ramos de oliveira, era simplesmente extraordinário!

No cômodo havia três portas em arco, logo abaixo de três claraboias de vidro fosco.

O fogo bruxuleante das velas, através de incontáveis lanternas de vidro e ferro fundido, espalhadas por todos os lugares iluminava o ambiente.

Nos acomodamos em um sofá azul-celeste de estampa delicada, na frente dele estava uma mesa posta para duas pessoas.

A poucos metros desse sofá ficava um lago, nele estavam flutuando plataformas com molduras de árvores em chamas.

Sob a luz do jardim, tinha-se a nítida impressão de que cada galho foi entrelaçado, nenhuma árvore foi esquecida.

A noite estava tão calma, nem um sopro de vento, e o reflexo na água era surreal de tão bonito.

— Estou deslumbrada com este lugar!

— Que bom que consegui agradar você! Espero que você também aprecie o cardápio que escolhi, um jantar de especiarias gregas.

— Você já definiu tudo? (Perguntei surpresa).

— Apenas as coisas que eu acreditei que você gostaria.

— Não conheço a culinária grega.

— O que eu escolhi são coisas leves e nada muito exótico.

Duas mulheres etéreas, parecidas com a primeira que nos atendeu, trouxeram os pratos e a bebida, (Retsina) uma espécie de vinho grego servido com água gaseificada.

Assim que terminaram com suas obrigações saíram.

— Prove...

Domênico me serviu um queijo coalho feito com leite de ovelha e de cabra, temperado com azeite e orégano.

— Delicioso!

Diante da minha resposta ele sorriu satisfeito.

— Lúcia, eu gostaria de ir direto ao ponto, você me reconheceu na

livraria de minha mãe, quando cheguei não foi?
Ele perguntou com objetividade.
— Reconheci, mas de meu último sonho. Desde que vim para Alferes tive uma sequência de sonhos com Cyro, Circe, e o último havia a irmandade, Conrado e você.
— Meu irmão foi quem te ajudou de certo modo a descobrir sobre nós, não foi?
— Sim foi, segundo ele, ele não podia me revelar tudo logo de cara. Eu acredito que ele deva ter feito algum acordo com a deusa Circe para ser liberto de seus martírios.
— Com certeza... (Domênico suspirou) eu também já o perdoei.
— Se o perdoou, fico feliz por vocês como irmãos. Espero que um dia voltem a ser amigos. Mas... minha pergunta é: Por que você veio da Suíça após mais de 100 anos sem jamais voltar?
— Primeiramente respondendo ao que você espera, para ser honesto eu e o Cyro nunca fomos amigos. Prova disso foi o que aconteceu a todos nós. Certamente não seremos amigos agora por mais que eu o tenha perdoado. Só espero que o Cyro tenha aprendido a lição e siga com um rumo diferente para a nova chance que ganhou.
Quanto ao que vim fazer aqui você deve supor a resposta. Minha mãe foi até a Suíça me contar pessoalmente que você estava aqui.
Domênico me pareceu resignado.
— Imaginei, depois que entendi a história, que a Amarílis tinha feito isso mesmo. (Respondi).
— No início mal acreditei... até ela me mostrar uma foto sua, a última vez que a vi você estava morta, como já disse a você. Daí vem a notícia que depois de mais de um século você retornou! Minha mulher, a mãe do meu filho!
Engoli um seco quando ele falou a última frase. As feições de seu rosto apontavam sua angústia.
— Entendo perfeitamente que deve ter sido um baque para você, mas você não pode afirmar que sou a mesma pessoa. Olhe o disparate que você está falando! A Lúcia que ERA a sua mulher (enfatizei a palavra era) foi uma humana, e como tal condição ela MORREU! E isso ocorreu MUITO tempo atrás. Não podemos ser a mesma pessoa.
— As coisas em meu mundo não funcionam na lógica do seu ponto de vista.

Domênico respondeu mais calmo.

— Isso realmente não sei, mas se isso fosse possível, digamos hipoteticamente que eu seja a Lúcia do passado. Muita coisa aconteceu. Se algum dia tivemos um filho juntos, infelizmente esse bebê está morto e... eu não sou sua mulher. Quando a Lúcia se foi.... Era com o Cyro que ela estava, e era com ELE que ela se casaria.

Seu rosto se transtornou e eu notei um esforço tremendo para que ele se acalmasse para me responder.

— Mas era a mim que você amava! Tudo acabou entre nós porque fomos enganados! Eu também fui uma vítima!

— Eu não disse que você não foi uma vítima Domênico, mas todos os envolvidos agiram precipitadamente... Cyro agiu no arroubo de uma paixão, você enganou a Agnes, e depois se decidiu pela Lúcia ou sei lá por mim. Até eu fico confusa nessa história. E toda essa bagunça resultou numa fatalidade.

— Mas nós podemos recuperar aquilo que era nosso... estamos recebendo uma nova chance! O amor que nos foi tirado o direito de viver.

— Domênico... eu olho para você, e tenho sentimentos dos quais eu não saberia colocar em palavras, ao mesmo tempo em que uma tristeza imensa me sufoca. Mas esses sentimentos não são amor!

Seu olhar ao escutar o que eu dizia era ilegível.

— E por qual motivo você acha que você está aqui em Alferes, hã? Você acredita que isso é uma coincidência? Não acha que Circe trouxe você até aqui para resolver o nosso passado?

— Acho! Acho sim! Olha o que aconteceu... a maldição do Cyro foi quebrada, essa pode ser uma das razões, mesmo trazer a paz ao seu coração, quem sabe? Contudo isso, não quer dizer que nosso destino é ficarmos juntos Domênico!

— Então você está me dizendo que você está decidida e não me dará uma chance de reconquistar o seu coração?

— Eu também não disse isso, mas eu estou me sentindo pressionada por você. E isso não é legal.

— É o Conrado, não é? Ele tomou coragem e falou de seus sentimentos por você, eu sei que vocês são amigos.

Meu coração falhou uma batida ao ouvir o nome do Conrado.

— Eu e o Conrado, você mesmo disse, somos amigos...

— Mas vocês ficaram juntos?

Seu olhar estava perturbado.

— De verdade Domênico, isso não te diz respeito!

— Me desculpe, não quis ser indelicado.

Sua fala era ressentida.

— Está desculpado. Mas acho melhor encerrarmos por aqui. Já é tarde.

— Tudo bem, se é isso que você deseja vou te levar para casa.

Nós simplesmente nos levantamos e saímos em direção ao carro.

Novamente o bosque se fechou atrás de nós, assim que o automóvel partiu da propriedade.

Subimos em silêncio.

— Obrigada pela noite Domênico e pelo jantar naquele lugar mágico.

— Não tem de quê, pena não ter havido um desfecho mais feliz.

No instante que eu abri a porta ele chamou por mim.

— Lúcia... me dê um abraço pelo menos.

Eu olhei em seus olhos e o abracei.

O perfume de seus cabelos era maravilhoso, aliás seu cabelo era perfeito! Tanto quanto o próprio Domênico era atraente. O abraço dele era gentil, confortável e bom, era forte e dominador mas não me trazia as emoções que o Conrado me oferecia.

— Eu não irei desistir de você, Lúcia.

Domênico disse ao me soltar de seus braços.

— Até qualquer dia Domênico. Ótima noite.

Eu saí de seu carro e entrei em meu chalé.

Havia apenas o silêncio da noite e a penumbra que vinha do pequeno abajur que ficava na sala.

Porém algo começava a ficar tão claro quanto a luz do sol, alguma coisa quebrava seu silêncio no fundo do meu peito.

Eu estava me apaixonando... por Conrado!

....

A manhã chegou fria como uma típica manhã de Outono, o vento carregava as folhas de carvalho espalhadas sobre a grama e o sol brilhava na imensidão azul do céu, porém seu calor chegava com certa timidez.

Prendi o cabelo num coque baixo, vesti um jeans, um *cropped* de mangas compridas, um casaco xadrez de lã, e um All Star, me encarei por alguns instantes no espelho pensando no que eu faria do meu dia.

Eu ainda não me sentia à vontade de aparecer no café e trabalhar ou mesmo encarar Amarílis, não havia um motivo aparente, apenas desejava um tempo só para mim.

Ainda assim eu precisava ir à mercearia do Sr. Assis comprar algumas coisas para casa.

No momento em que eu colocava uma chaleira de água quente para o café, ouvi meu interfone tocar.

Ao olhar a câmera vi uma cabeleira de ondas castanhas brilhando no sol, Domênico estava no portão.

Respirei fundo ao vê-lo, meu primeiro pensamento foi que ele era tão insistente e obstinado quanto era lindo.

Ao mesmo tempo isso de uma certa maneira me incomodava.

— Bom dia Domênico! (Falei ao interfone). Já estou saindo para te atender. Só um minuto.

— Está bem!

Ele encarou a câmera ao ouvir minha voz, o sorriso que ele me deu era completamente diferente da noite passada, ele aparentava estar mais feliz.

Enquanto eu caminhava até o portão, Domênico estava de costas para mim. Percebendo minha aproximação, ele se virou em minha direção.

A cada vez que eu via Domênico tinha a convicção que ele era um feiticeiro!

A sedução era algo tão característico, tão próprio da pessoa dele. Com naturalidade e sem se esforçar, ele seduzia a qualquer mulher que se aproximasse um pouco mais dele.

— Desculpe aparecer sem avisar, não tenho seu contato...Você está tão linda... (ele disse quando eu abri o portão para ele) vim trazer duas coisas para você.

— Pois é, você não teria mesmo como me avisar. Duas "coisas" para mim rs? Outra surpresa?

— Rs... uma é minha, mas a outra não.

— Como assim? Desculpa, estamos parados na frente do portão, você quer entrar? Estou com água no fogo para passar um café.

— Se eu puder, eu gostaria sim. Ah... só um minuto, ia me esquecendo...

Domênico abriu a porta do carro e de lá tirou um buquê gigantesco de flores do campo.

Minha boca entreabriu sem que eu me desse conta.

— Para você! (Ele me entregou o buquê que mal consegui segurar) esse é meu rs...

— Domênico... eu.. eu nem sei o que dizer.

— Um abraço seria perfeito.

Mal consegui abraçá-lo com aquele enorme maço de flores.

— Rsrs, tá desajeitado, (eu ri, tentando acomodar o buquê em um dos braços e abraçá-lo com o outro).

— Está ótimo mesmo assim, rsrs.

— Por favor, vamos entrar, a chaleira de água deve estar quase voando no fogão, rsrs.

Eu segui na frente carregando as lindas flores e entrando direto para a cozinha, à procura de um vaso grande o suficiente para colocá-las. Domênico atrás observava o chalé que um dia havia sido de sua família.

— Como está diferente aqui... (ele comentou).

— Imagino que sim. Vocês moravam exatamente nesse chalé?

Perguntei enquanto depositava as flores em um vaso que encontrei.

— Exatamente... não, nossa casa era grande.

Minha mãe mudou muita coisa. Aqui é uma parte do que a casa era. Ficou muito bom.

Ele se sentou na cadeira em frente ao balcão.

— Se quiser eu tenho café da máquina, ou você prefere o coado mesmo?

— O coado (Ele olhou para o teto). Ela derrubou parte da casa. Fez algo mais intimista, deve ter pensado em você.

— Em mim? Acha que sua mãe já esperava que eu comprasse o chalé?

Eu perguntei admirada. (Essa hipótese não havia passado pela minha cabeça! Pensei).

— Possivelmente... como você chegou até o anúncio da venda dele?

— Uma colega de trabalho me ofereceu, ela sabia do meu rompimento com meu ex-noivo e que eu gostaria de mudar para o campo. Ela conhece a Amarílis.

Domênico levantou as sobrancelhas, sua expressão era de uma avaliação óbvia.

Fiquei pensativa olhando a água quente passar pelo pó de café.

— Pensando assim... será que ela me observava? Havia me achado? Mas... como? depois de tanto tempo?

— Pode ser que sua colega que era uma amiga em comum com minha mãe tenha visto alguma foto sua e te identificado.

Coloquei o café em duas xícaras, e uma delas entreguei a ele.

— Vou verificar essa história.. (respondi).

— Isso é irrelevante...

— Não acho que seja, não havia parado para pensar em como realmente vim parar em Alferes.

— Veio porque era exatamente aqui, que você deveria estar. Em sua casa. (Domênico provou do café) Este café está maravilhoso!

— Obrigada. (mais uma peça para montar o quebra-cabeça, pensei).

— Por falar em minha mãe, eu preciso entregar-lhe o que de fato vim fazer aqui.

Domênico retirou um envelope de um bolso interno de seu blazer.

Eu o peguei com curiosidade, era um convite!

Nele estava escrito que na noite seguinte haveria a comemoração do aniversário de Amarílis.

— Um convite! Eu não sabia que amanhã é aniversário da Amarílis! Nossa! e a festa será amanhã mesmo?

— Eu sei que está em cima da hora, ela decidiu isso ontem, e ela jamais a perdoará, se você não comparecer. Aqui em Alferes não se tem muitos acontecimentos como você sabe, então não temos muitas desculpas para não participarmos dos "eventos".

— Certo... agradeça a ela por mim pelo convite, desculpa a curiosidade, mas quem foi convidado?

— Todos os SEUS amigos da irmandade estarão lá, fique tranquila.

— Não são seus amigos também? Eles cresceram com você!

— Eles FORAM meus amigos um dia, há mais de um século não os via... tanto que ao te chamarem a casa da Bryanna e do Christian quando você descobriu tudo sobre a irmandade e seu passado, não fui convidado para participar, mas não quero falar disso agora Lúcia.

Eu fiquei em silêncio por alguns segundos.

— E sobre o que quer falar?

— Sobre o meu amor por você.

Domênico afastou a xícara de café de sua frente e buscou pela minha mão.

Seus dedos eram suaves, seu toque era seguro, convicto.

O olhar de Domênico era uma tempestade, um maremoto de emoções.

— Lúcia... (ele continuou) não existe nenhum homem que ame você mais do que eu. Temos uma história juntos! Sou eu a pessoa mais capacitada para te fazer feliz.

Tivemos um filho juntos e não pudemos ter a oportunidade de estarmos com ele, de criarmos esse filho, de vermos ele crescer e se tornar genial como eu sei que ele seria.

Podemos ter mais outros filhos, quantos quisermos, você cuidaria deles enquanto eu cuidaria de você.

Tenho negócios na Suíça e em Amsterdã, na Holanda, você nunca precisaria se preocupar com dinheiro.

— Domênico, eu entendo você, e valorizo muito o que está me propondo. Mas você não está entendendo uma coisa...

— Me diga e eu entenderei!

— Mesmo que eu fosse a mesma Lúcia, eu não sou mais ESSA Mulher que você acha que eu sou... não sei nem se quero ter mais filhos... não ter que se preocupar com dinheiro é maravilhoso, sem dúvidas. Mas gosto de ganhar o meu, de fazer algo que me acrescenta como pessoa, que me realiza como mulher.

— E ser mãe e esposa não te realizaria como tal?

— Ser esposa e mãe deve ser algo maravilhoso, mas isso não seria o suficiente para mim. Tudo o que me lembro da minha vida foi de uma adolescência sem meus pais, e adulta tive que enfrentar o mundo de frente. Quero o amor, quero me casar, e quem sabe até mesmo ter um filho algum dia, mas não quero perder minha individualidade, minha essência, ser uma pessoa independente é algo que faz parte de mim. Não estamos mais no século XIX!

— Qualquer mulher daria tudo para ter o que estou te oferecendo!

— Realmente, qualquer mulher poderia agir assim, como você acabou de dizer, acontece Domênico, que eu não sou qualquer mulher!

— Tudo bem Lúcia... (era visível o misto de mágoa e frustração no semblante dele) eu preciso ir.

Domênico se levantou. Eu me aproximei dele.

— Não quero te magoar Domênico, apenas ser verdadeira com você e comigo mesma.

Ele sorriu como se não tivesse ouvido nada do que eu havia dito há poucos instantes.

— Eu e minha mãe esperamos por você amanhã à noite.

Domênico beijou o meu rosto.
— Te acompanho até o portão. Respondi.
Caminhamos em silêncio, no final ele ainda disse:
— Obrigado pelo café!
— Não por isso... (sorri sem graça).
E então ele se foi.
Entrei com uma sensação de aperto em meu peito, mas eu não podia não ser sincera nesse momento. Domênico era um homem espetacular, culto, educado, inteligente, lindo e rico. Tudo o que uma mulher gostaria.
Mas se algum dia eu o amei, isso havia ficado em um passado distante.
Meu celular começou a tocar, assim que fui pegá-lo foi impossível não sorrir, a tela exibia a foto da Stella na ligação, e eu já imaginava o porquê ela estava me ligando. Quando atendi não deu tempo de falar alô.
— Luciaaaa!!! O convite já chegou até você?
— Sim... Domênico acabou de sair daqui, veio me entregar em mãos.
— Não acredito!!! Precisamos nos reunir urgentemente! Venha para cá.
— Mas agora?
— É claro! Você não está no café.
— E você não está na botica?
— Hoje não, o Plínio está lá. E isso é caso para uma reunião extraordinária. Te vejo em casa. Vou avisar a Aurora e a Bryanna.
— Rsrs ,tudo bem... eu precisava ir ao centro mesmo... Ja já estarei aí.
— Já estou te esperando, um beijo e até daqui a pouco. Tchauuuu!
Assim que desliguei a ligação da Stella verifiquei na dispensa as coisas que eu precisava comprar. Tranquei a porta da frente do chalé e logo eu desci a montanha em rumo a casa da Stella.

....

No momento em que eu chegava ao portão, chegavam também Aurora e Bryanna.
— Se houvéssemos combinado um horário não chegaríamos todas no exato momento.
— Saudades minha querida, como você está? Disse Bryanna vindo me abraçar.
— Saudades também, estou bem.
Respondi correspondendo o abraço da amiga. Em seguida cumpri-

mentei Aurora:

— Oi Aurora! Senti sua falta !

— Ah Lúcia… que linda! É bom ver você.

Enquanto nós nos abraçamos, Stella saiu de dentro de sua casa para nos receber.

— Minhas amigas queridas!!! Que bom tê-las aqui! Vamos entrar, temos muito que conversar.

Nos instalamos na cozinha de Stella.

— O que você está fazendo Stella? (Bryanna perguntou) o cheiro está maravilhoso!

Aurora se aproximou do fogão onde uma panela que mesmo fechada espalhava um cheiro apetitoso.

— Vocês acharam mesmo que eu não ia preparar algo para almoçarmos? Está friozinho, fiz um caldo de queijo para nós.

Eu e Aurora emitimos um sonoro "Hummm" em coro.

— Como eu já sabia dos intentos da Stell, trouxe um pão italiano fresquinho que tirei do forno há pouco tempo, ainda está morno.

— Nossa que perfeição!, comentou Aurora.

— Merecemos. Vou abrir um vinho!

Stella retirou um vinho de sua geladeira enquanto nos sentávamos à mesa.

Depois de rirmos de assuntos triviais eu já imaginava que a pauta da reunião seria a comemoração repentina do aniversário da Amarílis, porém.. o principal assunto era eu!

— Bom... como já falamos de nossa rotina, agora chegou sua vez de falar Lu.

Stella começou a conversa.

— Sobre o que querem saber? Rsrs

— Domênico e Conrado! (Bryanna falou como sempre, sendo direta).

— Ah meu Deus kkkkk (fiquei em silêncio sorrindo, mas elas estavam aguardando, as três! Minhas amigas estavam levando aquilo super a sério e eu não tinha escapatória).

Contei todos os detalhes desde a ida a escola de música quando fui levar a jaqueta do Conrado até nossa saída ao celeiro. As três ficaram atentas e silenciosas, apenas fazendo caras e expressões conforme ouviam meu relato. Quando conclui, Stella foi a primeira a se manifestar:

— Lúcia… você está apaixonada!!!

Stella exclamou se derretendo em suspiros (eu podia enxergar em seus olhos corações como nos desenhos infantis).

Bryanna sorriu apertando minha mão e Aurora me olhou daquele jeito calmo e terno.

— Estou perdida isso sim, mas acredito que estou mesmo apaixonada por ele, afirmei.

— Isso é maravilhoso! (Continuou Stella) — porque acha que está perdida?

— Porque já quebrei a cara demais com isso. Esse não era o objetivo no momento! Vim para cá, porque queria recomeçar minha vida depois de um relacionamento frustrado!

(Minha voz saiu pesarosa).

— Mas o Conrado não é seu ex-noivo Lu, ele não é nem um dos caras com quem você já esteve! (Foi a vez de Aurora dar sua opinião) Não pode colocar tudo na mesma balança! Somos testemunhas do quanto ele esperou por isso... vocês merecem se dar uma chance.

— Eu concordo! (Stella veio endossar a fala da Aurora)! Ele conversou com o Plínio sobre vocês dois. Conrado ama você de todo o coração.

Posso falar uma coisa para você Lúcia? Bryanna perguntou.

— Por favor...

Então diante da minha afirmativa ela colocou seu ponto de vista:

— Tudo em nossa vida é um risco, quando você veio para Alferes, você arriscou. Você não sabia o que aconteceria aqui, não sabia se se adaptaria à cidade, se a cafeteria daria certo, não tinha certeza de nada! Apenas queria refazer sua vida e ser feliz. E é isso Lúcia. Arriscar faz parte da vida! E ainda te falo com toda convicção do mundo... ser feliz é algo que depende exclusivamente de você, é a sua responsabilidade. A sua felicidade nunca estará na mão, seja do Conrado ou de quem você escolher para sua vida, mas pode estar AO LADO dele! Sendo COMPARTILHADA com alguém tão especial como o Conrado.

— Obrigada Bry! (Eu sorri) Você tem razão!

— É isso aí! (Stella gritou) Eu proponho um brinde, Stella encheu nossas taças com mais vinho. Nós erguemos nossas taças e Stella falou:

— À Lúcia e Conrado! E todas repetimos o mesmo.

— Sei que estamos felizes, mas precisamos agora discutir o assunto principal que nos trouxe aqui. Domênico!

Aurora disse com certa preocupação.

— É... ele não vai desistir tão fácil quanto parece, Stella ponderou.

— Domênico voltou da Suíça exclusivamente pela Lúcia, com a certeza que a levaria com ele, e todos nós sabemos que ele tem o apoio da Amarílis, alertou Bryanna.

— Mas isso é uma loucura... ele não sabe quem sou, ou se eu gostaria de morar na Suíça com ele, ele nem ao menos quer saber a minha opinião!

— Esse é o Domênico! Ele é lindo e encantador ao primeiro momento. Porém é um homem obcecado por um amor que não teve, por alguém que não teve! Ele e Cyro foram criados com uma disputa ferrenha. O pai não se importava com isso, chego a pensar que ele achava bonito essa concorrência entre eles e a mãe tinha certa predileção pelo Domênico, disse Bryanna. Cyro sempre foi impulsivo, apaixonado por tudo, e através da magia Cyro acabou ficando com você. Domênico vê com a sua volta, uma forma de compensação pelo que ele passou.

— Rsrs, isso é um absurdo! (Ri de nervoso) Eu não sou um prêmio!

— Nós sabemos disso Lúcia (falou Stella) só que Domênico é um mago poderoso.

— Você quis dizer um mago sem escrúpulos, não é Stella? (Respondeu Bryanna) porque também temos magia em nosso sangue.

— É por esse temor que te chamamos Lúcia aqui, achamos que a Amarílis e o Domênico estão tramando alguma coisa com essa festa, e fizemos algo para proteger você, falou Aurora.

— Como assim algo para me proteger? - perguntei admirada. Nesse momento Aurora se levantou, apanhando em sua bolsa uma pequena caixinha, e me entregou.

— Para você usar amanhã.. abra, disse Aurora.

Quando eu abri a caixa, dentro dela estava um colar de fio longo dourado e muito delicado com três pedras de turmalina negra.

— Que coisa maravilhosa! Meninas muito obrigada!

Eu toquei no colar impressionada com sua beleza.

— É um presente confeccionado por nós três (explicou Stella) mas mais do que uma joia, ele é um amuleto.

— Os amuletos criam poderosos campos de força de proteção. Esse amuleto é um amuleto de Circe e Hécate (a mãe de Circe). Ele é composto de itens tradicionalmente ligados à magia de proteção como Sal Negro, ervas e poderosa turmalina negra. Ela neutraliza as forças sombrias. Cada uma de nós concentrou em cada uma das três pedras, um pouco da nossa energia e poder. Assim... se Domênico tentar manipular seus sentimentos através da magia dele, não terá efeito, Bryanna esclareceu.

Emocionada, apenas agradeci aquelas amigas que se posicionaram com o cuidado de irmãs!

— Eu, eu nem sei como agradecer vocês por tudo o que estão fazendo para mim...

— Somos a irmandade!

Aurora respondeu e nos abraçamos as quatro.

— E não se preocupe, estaremos todas lá amanhã! - Stella afirmou.

Logo após esse momento tão nosso, tão único, saímos da casa de Stella.

Bryanna foi para o Bistrô, no carro com Aurora, que depois seguiria para seu Ateliê e eu entrei no meu carro.

Eu fui até a mercearia do Sr. Assis para fazer minhas compras, não passei no café. Enquanto eu desligava meu carro no estacionamento do mercado, vi uma Renault vermelha entrar, meu coração disparou ao reconhecer o carro, era o Conrado!

— Me falaram que uma mulher linda vinha ao mercado comprar algumas coisas que precisava, então eu vim para saber se ela precisa de ajuda. (Ele falou assim que desceu o vidro da janela da porta da caminhonete).

Ah... o viking ruivo de olhos castanhos... seu sorriso franco fazia com que eu tivesse vontade de sorrir também.

— Stella, eu aposto!

— Errou a informante! Kkkkkk, encontrei com a Bryanna e a Aurora agora pouco. Perguntei se tinham visto você e daí, estou aqui.

Ele desceu do carro e eu também do meu.

— Eu adoraria sua ajuda!

Respondi e no mesmo instante fui amassada dentro dos braços do Conrado.

Ele me levantou do chão como se eu fosse uma criança de 10 anos.

— Então sugiro que sejamos breve ou vamos nos atrasar!

Conrado falou me colocando no chão.

— Nos atrasar? Mas para onde? Rsrs.

— Te explico lá dentro, venha...

Me puxando pela mão, Conrado me arrastou para dentro do mercado.

— Você tem uma lista? Ele perguntou sorrindo.

— Sim.. kkkk são poucos itens.
Pegamos o carrinho, então Conrado e eu passamos apressados os produtos pelo caixa e saímos.
— kkkkkk (do nada disparei a rir).
— Do que está rindo? - Conrado quis saber rindo comigo.
— Estou correndo feito uma desesperada e nem sei o por quê!
— Vai saber... (ele piscou) vamos fazer assim... vamos até sua casa, deixamos as coisas do mercado lá e saímos depressa, ok?
— Combinado!
Entramos cada um em seu carro e seguimos para minha casa. Subimos juntos para a montanha.
Eu na frente e Conrado atrás.
Abri o portão, estacionei o carro, e o viking desceu para me ajudar.
Eram 16 horas quando entramos os dois no carro.
Conrado desceu a montanha, e antes de chegar a entrada de Alferes ele pegou outra estrada por alguns quilômetros, até que vi a primeira placa indicativa "balonismo".
— Conrado!!! Meu Deus, é o que estou pensando?
Ele me olhava sorrindo sem parar, mal conseguia ver a íris de seus olhos. Ele segurou minha mão bem forte, depois levou até seus lábios e a beijou.
— Ahhhh , isso era meu sonhoooo!
Minhas mãos estavam trêmulas, meu coração era um tambor!
Descemos em uma campina verde, onde outros cinco balões coloridos começaram a encher.
Corri para os braços dele e abraçados fomos até a equipe que nos aguardava.
— Senhor Conrado! - O homem moreno e simpático estendeu a mão para o Viking - Estávamos aguardando pelo senhor.
— Estamos aqui!
Ele respondeu agarrado a mim. Ficamos juntos abraçados aguardando os últimos preparativos para entrarmos no balão.
— Fala pra mim que não estou sonhando! - Eu disse a ele.
— Não, minha linda, você não está sonhando.
Entramos no balão, e as emoções explodiram em meu coração, o voo, a vista do horizonte, a serenidade das nuvens. Estava frio, e nos cederam uma manta quentinha onde eu e o Conrado abraçados nos enrolamos

fascinados, comovidos, com aquele momento.

Jamais em meus sonhos imaginaria que no final daquele dia, eu estaria voando em um balão para ver o pôr-do-sol no alto céu, com meus braços envolvidos na cintura do Conrado e minha cabeça encostada em seu peito.

Vencida pela emoção, lágrimas rolaram dos meus olhos.

— Minha linda.. você está chorando?

Conrado perguntou comovido com minhas lágrimas.

— Este é um momento que jamais esquecerei... obrigada por tudo o que tem me proporcionado.

— Lúcia...

— Gostaria de ter potinhos onde eu pudesse guardar para sempre meus momentos inesquecíveis.

— Quais lembranças da vida, você guardaria?

Conrado perguntou olhando em meus olhos.

— Todas as que eu tenho com você.

Respondi sua pergunta me vendo no reflexo castanho dos seus olhos tendo em volta de nós a vista mais deslumbrante do mundo.

Nesse momento, assisti a aproximação de seus lábios entreabertos chegarem até os meus.

O beijo ardente de Conrado vazia com que minha alma voasse livre pelo céu multicor.

Seus dedos atados intimamente aos fios do meu cabelo, puxavam com força minha boca para a sua, profundamente sua língua aproveitava a minha.

Porém, muito a contragosto encerramos nosso beijo, era preciso pois estávamos acompanhados.

O barulho do champanhe sendo estourado nos fez sorrir genuinamente como crianças felizes, recebemos as taças da equipe de balonismo para um brinde.

— A nós dois, minha Lúcia!

— A nós dois!

Assim que o balão aterrissou, entramos na caminhonete e subimos a montanha para casa, o céu já estava escuro.

Quando Conrado desligou a caminhonete na frente do chalé foi impossível não nos beijarmos de maneira urgente, instantânea, apaixonada.

— Não quero te deixar partir...

Conrado falou tomando fôlego do beijo farto de desejo, para retomá-lo logo em seguida.

— Então fique...

Respondi quase como um murmúrio.

— Lúcia... se eu ficar, se eu entrar novamente em sua casa e fizer amor com você mais uma vez, não irei querer deixá-la mais! Não me peça isso novamente sem ter certeza do que está me pedindo!

Minha garganta secou, meu coração bateu descompassado.

— Sim... (sussurrei) sim eu tenho...

O viking gemeu rouco, desceu da caminhonete vindo até a porta do passageiro, me arrancando do carro em seus braços.

Sua boca encostada na minha, enquanto nossas línguas buscavam uma pela outra. No mesmo momento que sua boca desceu pelo meu rosto, passou pelo meu pescoço, eu mal conseguia achar a chave para abrir a porta.

Assim que consegui, Conrado entrou arrancando meu casaco, levantando o *cropped* que eu vestia.

Me encostou na primeiraparede que encontrou para me apoiar. Apressado abriu o fecho de minha lingerie, agarrando meus seios, ávido por abocanhá-los.

Sua saliva era incandescente, sua língua como brasas incendiando meu corpo inteiro.

Minhas mãos acariciavam os fios alaranjados e macios dos cabelos do Conrado enquanto ele desabotoava minhas calças. Sua mão invadiu minha calcinha buscando pelo calor úmido da minha vagina.

Nossos olhos eram reflexos um do outro.

Implorando por seus dedos, meu clitóris me levou ao céu quando recebeu seu toque.

— Minhas pálpebras tremeram e eu fechei os olhos.

— Olhe para mim!

Conrado ordenou e eu obedeci.

Eu sentia cada sensação do contato ora sutil ora violento dos dedos que me esfregavam, que me penetravam ao mesmo tempo que seus beijos matavam a sede dos meus lábios.

Meus gemidos ecoavam na boca do viking enquanto ele bulinava cada centímetro da minha intimidade.

Era impossível que meus quadris não se mexessem em sua mão.

Minha respiração estava arfante e eu queria mais, eu necessitava de mais.

Conrado me conhecia... ele arrancou minhas calças me deixando nua.

Me deitou no sofá e desceu devagar enchendo meu corpo de pequenos beijos, lambidas e assopros gentis, meu corpo estremeceu inteiro. Suas mãos afastaram minhas pernas.

Ele colocou dois dedos em sua boca saboreando meu gosto, os umedecendo.

Com seus dedos entrando e saindo de mim, sua língua vagueava circulando minha buceta.

Eu não tinha certeza se eu estava no inferno com meu corpo queimando ou me sentia no céu com o prazer de cada lambida molhada, cada sucção dos lábios dele em mim.

O eco dos meus delírios enchia a sala, quando eu conseguia abrir os olhos eu via a sombra da cabeça do Conrado movendo-se no meio das minhas pernas.

Meu corpo movia-se sem meu controle.

Até que, pelo meu último gemido, Conrado se levantou enxugando a boca molhada.... Ele arrancou a roupa que vestia, aquele homem deliciosamente sexy e incrivelmente viril com seu pau rígido inclinado para mim era a cena mais erótica e excitante que eu podia assistir na vida.

Suas mãos me pegaram pela cintura e me giraram no sofá me deixando de bruços.

— De quatro.. fica de quatro pra mim minha Lúcia...

Sua voz era calma e sensual.

Me posicionei de joelhos oferecendo meus quadris para o viking, enquanto me preparei para que ele me penetrasse.

E ele entrou.... Suas mãos segurando fortemente minha cintura, os dedos cravados em minha pele, seu pau preenchendo meu corpo... dentro... fora... forte.. rápido... intenso..

Seu suor escorrendo dos cabelos encharcados da pele molhada, a boca entreaberta balbuciando palavras, escapando confusas pelo prazer.

Ele estocou uma última vez violento com força e estremeceu dentro de mim, meu corpo vibrou com a onda de prazer. Exaustos, satisfeitos, caímos um nos braços do outro.

Permanecemos em silêncio por um período curtindo a presença, o cheiro, o ruído tranquilo da respiração um do outro.

As mãos de Conrado passearam por meus cabelos desfazendo os cachos da minha cabeça quando ele quebrou o silêncio:

— Sua magia enfeitiçou o meu coração.

Levantei o rosto para olhar em seus olhos.

— Não tenho magia.. (eu ri).

— Ah você tem... e não sabe o quanto! Sua essência, seu magnetismo me arrancou do meu mundo introspectivo pra me fazer querer estar no seu. Sempre quis ser seu, por toda vida foi assim, desde que coloquei meus olhos em você pela primeira vez.

— Conrado...

— Você fascina minha imaginação, rodopia minha mente, e me faz encontrar serenidade ao seu lado.

— Eu... eu não sei o que dizer depois de ouvir essas palavras, ainda mais de alguém tão especial como você.

— Eu sou alguém que ama você há muito tempo. Mas não há tempo demais, apenas a tempo de esperar você se encontrar e decidir o que você quer para sua vida.

— Então, eu já decidi! Você me disse lá fora antes de entrarmos que se eu o convidasse para entrar comigo, você não me deixaria mais.

— Sim, eu disse.

— E eu falei fique.

— Lúcia, minha Lúcia... minha eterna Lúcia eu ficarei.

Nus em cima do sofá da sala do chalé de corpo entregue e almas cativadas. Beijei seus lábios vidrada em seus olhos, eu fiquei por cima de seu lindo corpo despido esculpido.

Deliciando-me na definição de seus músculos.

Beijei seu queixo sem pressa, passando por sua barba sedosa, descendo meus lábios por seu pescoço imponente.

Deixei meus beijos em sua clavícula descendo até seu peito. Soprei seus mamilos ao mesmo tempo em que os lambi o instigando.

Conrado soltou um gemido leve, enroscando seus dedos em meus cabelos.

Percorri sua barriga alternando beijos, lambidas e leves mordidas, o corpo de Conrado estremeceu.

Seu membro rígido alisou meus seios.

Eu fui até ele segurando a base de seu pênis lambendo cada centímetro dele até a sua glande, então o engoli alternando a sucção mais suave e mais forte, me guiando pelos gemidos e pelo mover do seu corpo.

Agarrando meus cabelos pela nuca.

Conrado me puxou tirando minha boca de seu pau, ele se sentou no sofá trazendo meus lábios para os dele. Em seguida ordenou:

— Agora... Senta!

Eu me ajeitei em seu colo. Conrado segurou seu pênis o posicionando para mim.

Apoiei meus joelhos no sofá, abrindo minhas pernas sobre Conrado.

Fui me sentando em seu pau maravilhoso bem aos poucos... Sentindo seu pênis me abrir, me penetrar, me invadir, afundando-se em mim, até chegar ao final.

Com o tesão à flor da pele, Conrado pendeu a cabeça para trás, suas mãos segurando minha cintura.

Meus quadris se remexiam para cima e para baixo, rebolando em seu pênis, atritando meu clitóris, sentindo sensações deliciosas.

O prazer era estontante, alucinante enquanto Conrado seguia meu ritmo me forçando contra ele. Nossos corpos dançavam numa sincronia tão nossa quando o ápice do nosso prazer chegou...

Com um gemido rouco, Conrado segurou meu corpo, se enfiando o máximo que pode em mim, meu corpo estremeceu experimentando um prazer indescritível. Permanecemos entrelaçados e ainda conectados enquanto nossos corações batiam descompassados a mesma canção, a nossa canção!

Envolvida nos braços do viking, no escuro do chalé, eu olhei para o facho de luz tênue que entrava na sala por uma fresta da persiana que cobria a parede de vidro.

— Amo a iluminação da lua nessa sala, comentei.

Ele então se mexeu, moveu a cabeça para olhar na mesma direção.

— Realmente é muito bonito. - Ele beijou meu ombro e eu estremeci. - Está com frio, rs?

— Rsrs um pouco...mas eu me arrepiei mais por seu beijo do que pelo frio, você causa esses " efeitos" em mim, rsrs.

— Isso é bom ou ruim?

Conrado perguntou com um sorrisinho curioso, apesar de saber a resposta.

— É muito bom. É bom ter você aqui.

Quando respondi, seu rosto ficou sério ao mesmo tempo em que seus olhos analisavam minhas feições.

— Esperei tanto tempo para ouvir as afirmações que está fazendo... mal acredito nas coisas que você diz.

— Está dizendo que estou mentindo kkk? - brinquei.

— Não... kkkkk quis dizer que é maravilhoso ouvir você fazer essas declarações.

Eu fechei os olhos e o abracei respirando pausadamente. Deixando que a serenidade daquele momento tomasse conta de mim.

Conrado tinha o dom de me fazer sentir viva como nunca antes estive.

— Quer ir tomar um banho? - perguntei.

— Seria ótimo! Conrado disse sorrindo de maneira encantadora.

— Então suba na minha frente, você sabe onde fica o chuveiro, vou verificar se tem algo para preparar para jantarmos.

— Ah não linda... você não disse que está com frio? Vamos comigo, depois vemos isso, ok?

— Rsrs, tá bem então.

Subimos e tomamos um banho delicioso, Conrado atencioso lavou meus cabelos, nós nos divertimos rindo e brincamos um com o outro.

Eu vesti uma blusinha de malha canelada e uma saia longa de malha e Conrado não teve outra alternativa a não ser vestir as roupas que usava quando chegou, que como todas as outras que ele vestia lhe deixavam lindo.

Descemos até a cozinha. Enquanto eu olhava as compras ainda nas sacolas e pensava no que eu faria o viking sugeriu:

— Acho que tenho uma ideia melhor do que você ir para o fogão agora.

— O bistrô da Bryanna ainda está aberto (ele olhou para o relógio em seu pulso) se você não quiser comer lá, podemos pedir algum prato e eles entregam. O que acha?

— Minha comida é tão ruim assim? - brinquei esperando a reação dele.

— Rsrs de forma alguma, você sabe que não é isso minha linda, só quero te poupar de ter trabalho com isso agora, sem contar que teremos mais tempo pra nos curtir.

— Estou brincando, sei que não é isso. (Ele me puxou para ele) Se optar ir pra lá, nem louça terá, rs.

— Vou pegar um casaco, rs. Não saia daí! (Ele sorriu).

Coloquei um sobretudo preto, uma touca de lã e botas altas. Passei um batom e um rímel então desci.

— Uow! (Conrado exclamou ao me ver) que gata!

— Só coloquei um casaco. (Eu ri).

— Bom, eu acho você maravilhosa de qualquer jeito. Vamos minha gata, já avisei o Christian e a Bry, estão nos esperando.

....

Em pouco tempo, estávamos caminhando abraçados pelo lindo quintal do Bistrô.

Diferente da primeira vez que estive ali, o restaurante estava tranquilo, o movimento estava ameno e o ambiente mais intimista.

Bryanna já havia reservado uma mesa para nós dois. E quando chegamos ela mesmo veio nos receber.

— Olha que casal mais charmoso vem entrando! - Ela riu. Conrado e Lúcia!

— Você viu? Demorou um século, mas aconteceu, rsrs. - Conrado riu olhando para mim.

— Oi Bry! - Sorri enquanto ela veio me abraçar.

— Parabéns pela decisão, estou feliz por vocês. (ela disse baixinho em meu ouvido).

— Obrigada! Respondi no mesmo tom de voz que ela.

Enquanto nos sentamos, Bryanna saiu para nos trazer o cardápio e voltou:

— Sugiro o prato da noite que está muito bom. Um spaghetti a carbonara, está especial!

— Por mim está perfeito (respondi olhando para Conrado).

— Então está decidido. Pode trazer dois Bry e aquele vinho da casa, por favor.

— Vou preparar! Bom apetite meninos.

Bry saiu sorrindo e Conrado pegou em minha mão.

A noite estava linda e tudo não podia estar melhor. Eu estava feliz como a muito tempo não me sentia. Ao final do jantar, Christian e Bryanna se juntaram a nós.

— Bom ver vocês juntos aqui meu irmão!

Christian se aproximou abraçando o Conrado.

— Pois é, obrigado. (Conrado respondeu). Também estou contente.

Eu e a Lúcia enfim estamos juntos. (Ele usou aquele sorriso em que seus olhos ficam pequenos).

— Parabéns querida! - disse Christian ao me abraçar.

— Obrigada, Chris.

Respondi enquanto o casal de amigos se sentava à mesa conosco.

Chris colocou na mesa outra garrafa de vinho e mais duas taças.

— Não se preocupem, essa é por nossa conta.

Christian encheu as quatro taças com o vinho.

— Um brinde ao casal mais esperado dos últimos cem anos!

Nós todos rimos e brindamos.

— Gente, falando sério, já pararam para pensar em como será a noite amanhã, quando vocês chegarem juntos à casa da Amarílis? - Christian questionou.

— Sinceramente, eu não estou preocupado. Conrado falou depois de provar do vinho.

Bryanna olhou para o marido que em seguida respondeu o viking:

— Eu estou com o meu pé atrás, Domênico não é de se conformar. Quando ele ver vocês dois juntos, não sei qual será sua reação.

Eu somente observava, meu coração sempre batia descompassado quando eu ouvia o nome dele. Apesar de estar apaixonada por Conrado, de estar feliz com ele, a reação a menção do nome Domênico e a presença dele era algo que mexia comigo de uma maneira involuntária.

— Pois ele vai precisar aprender a se conformar. Ele é um homem que pensa mais de si mesmo do que realmente é. Além do mais, a maioria das coisas que ele pode proporcionar à Lúcia no passado foi tristeza.

— Eu não tenho intenção de magoar o Domênico, nem de fazer justiça com o que quer que seja. Só quero ser feliz e desejo que ele esteja bem, respondi.

— Nós sabemos minha linda - Bryanna respondeu e Conrado pegou em minha mão.

Conversamos mais um pouco até que optamos por irmos embora. E afinal, os proprietários do Bistrô também precisavam fechar o restaurante.

Enquanto caminhamos até o carro, Conrado pegou a chave e a entregou para mim.

— Dirigi pra mim meu amor? Ele piscou.

— Rsrs, eu dirijo.

Liguei o automóvel, e sai dirigindo no mesmo momento em que o

Conrado colocou pra ouvir *I Don't Care* - Diunna Greenleaf. A voz pujante e envolvente da Diunna tomou conta do carro assim que ele aumentou o volume.

Conrado se inclinou mais para o meu lado me encarando.

— O que foi Conrado, rs?

Perguntei achando graça.

— Só admirando seu perfil, o quanto você é linda e o quanto você me faz sentir tesão.

— É mesmo, rs?

— É mesmo!

Sua voz saiu sensual, profunda... e o olhar do meu viking era deliciosamente descarado, ele me penetrava apenas com seus olhos.

Enquanto minhas mãos seguravam o volante seus lábios molhados tocaram meu pescoço, sua língua percorreu quente dando voltas perto do lóbulo da minha orelha. Um arrepio fino percorreu meu corpo, alguns músculos se contraíram.

— Conrado... seu nome me escapou como um gemido.

— Apenas preste atenção na estrada e dirija. - o viking ordenou.

Senti sua mão se enfiar dentro da blusa e segurar meu seio, seus dedos acariciaram meu mamilo, ele colocou meu peito desnudo para fora, logo depois o calor de sua boca o sugou, enquanto eu lutava para minhas pálpebras se manterem abertas. Meu coração batia loucamente bombeando a adrenalina que corria em meu sangue para todas as partes do meu corpo.

Gemi quando sua mão entrou debaixo da minha saia chegando até a lingerie. Meu corpo reagiu me fazendo estremecer.

Seus olhos observavam minhas reações, os cantos de sua boca se ergueram em um sorriso malicioso.

— Ela está tentadoramente molhada. - constatou Conrado ao tocar a calcinha.

Nesse momento percebi seus dedos deslocarem a peça, para então permitir seu livre acesso a minha vagina. O viking transitava seus dedos em mim, os deslizava em meu clitóris, aprofundava-se dentro, os tirava para fora para me tirar do eixo, para me enlouquecer, enquanto para o meu alívio o percurso chegava ao fim. Parei o carro, e os dedos do Conrado seguiam ritmados em minha vagina meu gemidos progrediram sonoramente altos.

— Por favor, não pare!!! - implorei.
— Não tenho essa intenção, ele respondeu.
Mas eu mal podia ouvi-lo, meus murmúrios e súplicas sobrepujaram sua voz.
O prazer era estonteante, minha respiração arquejante, meu corpo estremecia e todos os meus músculos latejavam.
Meu corpo desabou exausto e aliviado, trazendo na sequência a tranquilidade do êxtase.
Eu suspirei e sorri olhando para o homem que havia acabado de me proporcionar um prazer incrível.
— Rs ,você é louco!
— Só as vezes... rs
— Obrigada pelo dia incrível. não me recordo de ter um dia como esse na minha vida.
— Eu agradeço por embarcar nessas aventuras comigo.
Eu o abracei apertado e o beijei sem querer separar sua boca da minha.
— Vamos dormir em casa? Comigo?
Conrado sugeriu.
— Meu amor, eu preciso realmente descansar depois desse dia pra lá de intenso.
— Tem certeza?
Ele fez uma carinha de criança abandonada, o que com certeza me fez rir.
— Passamos o dia todo juntos e amanhã estaremos juntos...
— E pra sempre ficaremos juntos! - Conrado completou minha frase.
— Então... não faltará oportunidades de dormirmos, eu e você. Vai descansar...
Descemos simultaneamente do carro e antes de ir embora, Conrado ainda me beijou mais uma vez.
— Até amanhã minha Lúcia, vamos nos falando está bem?
— Está bem. Durma bem.
Ele acenou e subiu o restante da montanha.

....

Assim que entrei em casa, acendi a luminária. Minhas pernas ainda estavam meio moles.

Fui até a cozinha em busca de água, senti que minha garganta estava seca.

Enquanto os goles de água refrescavam minha boca, tive a impressão de ouvir passos leves no assoalho da sala.

Quando me virei, meus olhos arregalaram, meu coração assustado quase parou em minha garganta.

Vi seus olhos profundos brilharem na penumbra do chalé fixos em mim, o seu caminhar moderado o trazia para perto, ele colocou a mão sobre o anelamento castanho de seus cabelos, prendendo uma mecha atrás de sua orelha.

— Domênico!? Você quase me matou de susto! O que está fazendo aqui?

Eu sentia uma combinação louca de emoções.

Medo, atração, excitação.

— Oi Lúcia, eu precisava te ver. Desculpa entrar assim em sua casa.

Sua voz sempre tão aveludada e sexy, provocava todos os meus sentidos.

— Como entrou?

Eu perguntei observando a luz escassa e amarelada iluminar a pele clara do rosto do Domênico.

— Pela porta... eu sou um mago. Posso ir aonde quiser, rs.

Domênico sorriu com certo poder. As pontas dos meus dedos estavam esbranquiçados apertando o copo em minhas mãos. Eu o coloquei na pia.

— Seus poderes não lhe dão o direito de invadir residências.

Eu sustentei seu olhar. Ele chegou mais próximo.

— Você tem razão. Mas não invadi qualquer residência, apenas a sua, violei um direito em nome do amor.

Astucioso e acautelado como um gato, Domênico deu mais um passo, seu rosto estava tão perto do meu. Eu podia sentir o seu cheiro, sua respiração, seu hálito quente. O mover de seus cílios longos, as pupilas de seus olhos dilatados hipnotizava os meus.

— O amor é vândalo, infrator por natureza - ele completou.

Seus lábios tão bem desenhados, por pouco não encostaram nos meus.

Eu toquei em seu peito na intenção de afastá-lo. A palma da minha mão aqueceu no calor de sua pele. Percebendo meu intuito, sem desviar seu olhar do meu, sua mão segurou firmemente meu pulso.

Seus lábios apontaram um sorriso assim que ele sentiu o palpitar apressado do meu coração e minha respiração arquejante.

— Eu ouço cada batida do seu coração, eu percebo seu desejo por mim emanar de cada célula que compõe seu corpo. Por que está resistindo?

— Não consigo ter controle de minhas emoções quando você está perto é inegável que você mexe de alguma forma comigo, mas eu não posso Domênico.

— É claro que pode! Eu te amo. Lúcia, venha comigo.

Domênico se declarava de forma passional, impulsivo e muito intenso.

Seus lábios encostaram no canto dos meus, a imagem do Conrado veio à minha mente, seu sorriso, seus olhos e seu beijo. Dessa forma consegui me desvencilhar da investida de Domênico.

— Estou apaixonada pelo Conrado.

Os olhos de Domênico injetaram-se de cólera.

— Eu não acredito que você está me trocando por ele! Vou matar esse professor infeliz!

Domênico expeliu a frase com ódio profundo. Buscando calma e estabilidade não sei de onde, tentei responder a Domênico com moderação e paciência.

— Se fizer algum mal ao Conrado, isso não me trará para você, muito pelo contrário Já não tivemos fatalidades o suficiente, Domênico?

Drasticamente sua expressão se tornou triste.

— Você não compreende o meu amor por você, não é? - ele me perguntou.

— Isso não é amor.

Eu me aproximei tocando em seu rosto carinhosamente, na busca de confortá-lo, então continuei:

— Isso é uma obstinação.

Domênico retirou minha mão de seu rosto e a segurou junto a dele.

— Você está cometendo um erro!

— Talvez, mas é um erro meu. Um erro que eu decidi cometer Domênico.

Ouvindo o que eu dizia, lentamente ele foi soltando minha mão até seu último dedo se desligar dos meus.

— Ainda não acabou... te vejo amanhã Lúcia.

Com essas palavras, Domênico virou as costas e se distanciou desaparecendo nas sombras.

Fiquei olhando no escuro por alguns segundos. Eu tinha a impressão que o Domênico apareceria novamente a qualquer momento.

Dei alguns passos pela sala, olhando atentamente ao redor até constatar que realmente ele havia partido.

Um suspiro me escapou, passei as mãos pelos cabelos sabendo que eu não dormiria aquela noite.

Procurei meu celular e vi que havia um whatsapp recente do Conrado. Ele estava *on-line*.

— Oi amor da minha vida, tá aí? Cheguei e não paro de pensar em você.

— Oi meu bem, estou aqui sim. Estava pensando melhor sobre a proposta que me fez quando me deixou em casa, posso dormir com você?

Em seguida veio a resposta dele:

— Claro, meu amor! Venha logo então. Estou te esperando. Ou você prefere que eu vá te buscar?

Nesse momento eu já apanhava uma troca de roupa, uma lingerie e as colocava em uma bolsa. Peguei a chave do carro, joguei a bolsa no banco do passageiro e acionei o botão do portão para sair.

Respondi ao meu namorado antes de dar partida no carro.

— Não precisa! Chego em dez minutos. Um beijo.

Subi o restante da montanha na direção da casa do Conrado.

Ao chegar ao meu destino os portões se abriram para mim. Mesmo com o sereno e o vento gelado daquela noite, o viking me aguardava do lado de fora, na varanda, vestindo um roupão longo de inverno azul marinho, ele sorriu feliz ao me ver.

Ver Conrado era tão diferente de ver Domênico!

Os dois, apesar de serem atraentes, tinham personalidades divergentes, e belezas distintas.

Domênico era lindíssimo, elegante e irreverente. As feições de seu rosto eram fortes, marcantes e expressivas. Suas maneiras educadas e sua fala envolvente faziam com que eu me sentisse encantada por ele ao mesmo tempo ele era tão conflitante, as emoções ao lado dele eram conturbadas, aflitivas até! Ele estava sempre envolto numa aura misteriosa.

Já o viking mexia com meu coração de forma diferente, ele me atraía com certeza provocando minha líbido, ele era forte, franco, seu sorriso era farto além de me sentir protegida em seus braços. Ele era doce, cativante e gentil.

Admirei a figura do Conrado na varanda à minha espera, enquanto eu descia do carro fez com que eu corresse para seus braços o mais rápido que pude.

Agarrei sua cintura apoiando minha cabeça em seu peito ao mesmo tempo em que seus braços me envolviam.

— Oi, minha linda. Que abraço bom!

Ele comentou enquanto procurava por meu rosto enterrado em seu roupão.

Levantei meu rosto na direção de sua boca.

— É porque é bom estar aqui.

Ouvindo minha respiração ele sorriu.

— Vamos lá pra dentro. Aqui fora está muito frio.

Assim que entrei, ouvi a música que tocava na vitrola e notei duas taças de vinho e uma garrafa de cabernet.

Conrado estava sexy naquele roupão, sua pele cheirava a banho. Parte da corrente delicada que adornava seu pescoço se escondia dentro do roupão e debaixo dele percebi que seu peito estava nu, havia apenas uma calça de moletom.

Tomada de paixão, beijei novamente seus lábios, lentamente fui descendo por seu pescoço inalando seu perfume.

De sua garganta ouvi um gemido de desejo se desprender.

— Lúcia... não me provoque assim... ou

— Ou o que?

— Ou terá que arcar com as consequências dessa persuasão!

— Que delícia...

Eu respondi o empurrando para o sofá, ele desabou na poltrona e nesse momento seu roupão se abriu, evidenciando os músculos de seu peito e do abdômen.

Segui as batidas da música me afastando do meu viking.

De olhos fechados dancei no ritmo cadente da canção, assim que os abri e antes de imergir no cerne de seus lindos olhos, vi o volume da excitação de viking sob a calça.

Sorri satisfeita arrancando a parte de cima de minha roupa.

A renda fina do sutiã mostrava a cor rosada dos meus mamilos, minhas mãos passavam suaves sobre eles enquanto minhas pernas bailavam agitando meus quadris.

Conrado estava hipnotizado, a boca entreaberta acompanhando meu show.

Arranquei a peça de baixo, graciosa, transpus o tecido, quando esse chegou ao chão.

Dancei apenas de peças íntimas na frente do viking que se mostrava deslumbrado.

Retirei a peça que cobria meus seios, me aproximei dele dançando mais perto.

Ele os admirou como se jamais os tivesse visto, tocado e provado deles.

Me apreciando no espelho escuro dos olhos de Conrado retirei a calcinha que cobria meu sexo e a joguei em sua direção.

Ele a pegou aspirando meu cheiro.

Inesperadamente, ele se ergueu da poltrona me agarrando de forma abrupta, me prensando na primeira parede que havia à sua frente.

Conrado desceu o moletom colocando para fora sua extraordinária ereção.

Sem demora abriu minhas pernas se afundando entre elas, me abrindo, se fundindo a mim de uma única vez.

Um grito ecoou de meus lábios ao mesmo tempo em que seus quadris se moviam de forma intensa.

Mais e mais, meu viking movia-se fora e dentro do meu corpo, me invadia, apoderando-se de mim.

Eu me deliciava a cada estocada sua, a cada gemido, a cada pronúncia do meu nome, a cada confissão de seu amor até juntos chegarmos ao máximo que podíamos alcançar do nosso prazer. O corpo dele vibrou ainda dentro de mim, eu caí rendida em seus braços.

Em seu colo, Conrado me carregou até sua cama.

— Como você está, minha linda?

Ele perguntou afagando os cachos do meu cabelo.

— Maravilhosa seria pouco para descrever.

Falei enquanto contemplava surgir em seu rosto um dos seus sorrisos de me fazer derreter.

— Estou feliz que veio. Não conseguia parar de pensar um só segundo em ter você comigo.

Um beijo dele tocou meus lábios.

— É incrível estar com você Conrado. Mas além desse motivo, outra coisa me trouxe aqui.

— O quê a trouxe?

— Fui surpreendida ao chegar em casa. Domênico apareceu por lá,

surgindo sei lá como entre as sombras.
   O rosto de Conrado mudou completamente.
   — Como é Lúcia, Domênico invadiu sua casa?
   Havia fúria em sua pergunta.
   — Sim... mas calma ele não fez nada.. ele ficou decepcionado quando mais uma vez rejeitei sua nova investida. Vi desespero nele, eu afirmei com todas as letras que tomei a decisão por você, por nós!
   No mesmo instante as feições de Conrado se abrandaram, ouvindo minha declaração. Então prossegui:
   — Ele partiu, mas fiquei apreensiva com medo que ele voltasse e fizesse algo contra você.
   — Ah Lucia... (Conrado me abraçou apertado contra seu peito) Eu ... Eu amo você!
   Diante daquela revelação espontânea de Conrado, meu coração teve um desengatilhar de batidas descompassadas.
   — O que você disse?
   Tentei conferir para ver se eu havia ouvido errado.
   — Que eu te amo Lúcia!
   Meus olhos marejaram com a emoção daquela declaração do meu viking
   — Eu também amo você.
   Conrado me segurou contra seu peito como se sua vida dependesse daquele abraço. Não cabia mais nenhuma palavra entre nós, o silêncio e nossos corpos enlaçados um no outro eram o suficiente para expressar a emoção daquele momento mágico.
   Então, daquela forma terminamos nossa noite. Adormecemos íntimos, ligados pelo sentimento que nos unia: o amor.

          ....

   O quarto estava claro e o aroma de erva doce impregnava o ar. Meus olhos se abriram preguiçosos vendo que o cômodo ainda tinha rastros do vapor do banho quente do meu namorado.
   "Meu namorado" era uma expressão recente no meu vocabulário, chegou mais rápido do que eu imaginava.
   Eu ainda estava nua, enrolada nos lençóis macios da cama do Viking.
   Me levantei notando que ele estava na cozinha pelo cheiro de café fresco.
   Entrei no banheiro e pendurada próxima ao box estava uma toalha de

banho e em uma prateleira de madeira, minha mochila com a troca de roupa que eu havia levado na noite passada.

Eu sorri pensando no cuidado que Conrado tinha comigo.

Me enfiei de cabeça na água quente e abundante do chuveiro, e logo após o banho revigorante me vesti e sai pela casa em busca do Conrado.

Ele não estava ali, a mesa da cozinha estava posta para o café.

Em cima dela estava uma cesta de pães, algumas frutas, geléias e manteiga, duas xícaras a garrafa térmica com o café e um vasinho de flores vazio.

Sai à porta e o avistei, ele também me viu e então sorriu.

O vento parecia se divertir ao despentear insistentemente os fios laranja dos cabelos do viking que carregava em suas mãos um buquê singelo de florzinhas silvestres que havia no seu jardim.

Ele chegou perto, sempre me presenteando com seu melhor sorriso:

— Bom dia, minha linda, faltavam essas flores para colocar na mesa para você.

— Bom dia! (Eu respondi sorridente me pendurando no pescoço do meu namorado).

— Quanta gentileza comigo (continuei apanhando as flores) muito obrigada.

— Vamos tomar café?

Conrado pegou minha mão me conduzindo até a mesa, e nos sentamos lado a lado.

Mal começamos a tomar nosso desjejum e conversarmos, meu celular tocou no quarto.

Me levantei para atender e vi que era uma ligação da Stella.

— Bom dia Stella! Comprimentei caminhando de volta para a mesa.

— BOM DIA, STELLA! (Gritou Conrado para se fazer ouvido pela cunhada).

— Bom dia Lúcia, vejo que está em boa companhia! RSRS

Ela respondeu de uma forma em que eu conseguia visualizar mentalmente o seu sorriso.

— Ainda não tive tempo de desejar felicitações a vocês dois. Mas não quero fazer isso por aqui e sim pessoalmente (Stella terminou a frase).

— Ah sim Stella, não se preocupe (me sentei novamente ao lado do meu viking) nos veremos hoje à noite, não é mesmo? Vou colocar no viva voz se não se importa, estamos tomando café.

— Não me importo não, é até bom pois os dois ouvirão o que tenho a dizer. Vocês olharam o convite da festa da Amarílis?

— No dia que chegou apenas (respondeu Conrado enquanto enchia uma bisnaguinha com queijo) - por quê?

— Fui olhar o convite agora pouco para conferir o horário e então o endereço da festa se alterou sozinho, na minha frente.

— Como é? Respondi espantada olhando para Conrado.

— Sim... assim que possível pegue o convite de vocês.

— Não desligue. Um minuto.

Conrado se levantou e apanhou o envelope que se encontrava próximo da vitrola.

Ele o trouxe para mesa e o abriu.

Nós dois assistimos as letras do endereço saírem de sua ordem e comporem outro destino diante de nossos olhos.

— O que está acontecendo aqui! - exclamei incrédula.

O endereço é... e antes que eu concluísse a frase Conrado completou:

— No bosque de Carvalho! A casa de Dragomir!

Stella então falou do outro lado do aparelho:

— Exato! Temos que tomar muito cuidado.

Penso que uma boa estratégia seria chegarmos todos juntos para assim ficar mais difícil de sermos pegos em alguma surpresa desagradável.

— Então, às 20 horas a Irmandade se reuni no chalé da Lúcia.

Conrado afirmou procurando minha aprovação.

Eu concordei e afirmei com a cabeça.

— Combinado. Até lá, queridos. Cuidem-se! Beijos.

— Beijos Stella.

Terminei desligando e me voltando para o Conrado.

— Estive nesse lugar.

— Esteve? O viking perguntou admirado.

— No dia em que Domênico me levou para jantar, foi nesse local. Uma mansão mágica no meio da floresta. Disse que a propriedade pertencia a um amigo.

— Não me espanto que Domênico a tenha levado até lá. Ele se sente melhor em solos mágicos, onde ele acredita que seu poder fica maior. Ainda sou capaz de afirmar que ali ele achou que poderia persuadir você mais facilmente. Dragomir é um aliado dele, e não é um mago confiável.

— Quem é esse Dragomir?

— Dragomir é um bruxo de uma ordem Druida, que fazia negócios com Domênico desde os tempos antigos. Trocavam ensinamentos e práticas ocultas.

Ouvir aquilo arrepiou até o último fio de cabelo da minha cabeça. Eu não entendia nada sobre magia, bruxaria ou forças ocultas, mas as expressões que se passavam pelo rosto do Conrado enquanto ele me passava aquelas informações davam a entender que não eram coisas boas.

Ele notou minha preocupação e mudou a fisionomia usando um de seus sorrisos arrebatadores na intenção de me acalmar e me abraçou dizendo:

— Mas não há o que temer minha linda. Estaremos todos juntos.

Eu sorri de volta, no entanto um resquício de temor alarmava meu coração.

Conrado e eu passamos o restante do dia juntos, e ainda que eu me sentisse segura com a presença de Conrado, o desassossego do meu coração era notado em meu rosto por ele.

— Lúcia, (o viking me chamou colocando um vinil para tocar em seu toca-disco) venha dançar comigo!

Eu ri enquanto ele me puxava para si.

— Não sou uma boa dançarina... (eu o preveni sem obter muito sucesso).

— Ah, Dona Lúcia! Impossível... você está querendo fugir de mim rsrs.

— Não... rsrs respondi já acalentada em seus braços.

— Dance comigo minha princesa.

Sem eu perceber eu rodopiava desenvolta entre os móveis da sala, conduzida pelo viking, embalados pela música doce de Joan Shelley - *Where I'll Find You*. Na música era onde a magia do meu amado ruivo agia.

Ouvindo a canção, minha cabeça repousava em seu peito, e o mundo lá fora já não existia.

O universo era eu e ele e não havia nada que tivesse poder suficiente para mudar isso. O viking era a pessoa que transformava o comum em extraordinário. E a magia é assim, ela segue o sentimento.

Meus olhos acompanhavam pela janela o sol se pôr em seu colorido, enquanto um sorriso estampava minha alma, enquanto meu coração batia acompanhando as batidas do coração do Conrado, enquanto meus pés seguiam o ritmo que os dele condiziam.

Ao final daquela canção onde uma das frases dizia "me diga onde pousar" eu sabia que meu amor havia achado um lugar para aterrissar, para achar repouso.

Os olhos do viking era um espelho onde eu gostava de me admirar, pois naquele olhar me fazia sentir adorada.

— Conrado...

— Sim minha Lúcia.

— Se eu pudesse não iria à festa da Amarílis.

Minha voz saiu como a de uma menininha com medo da tempestade.

— Acredito que ninguém está muito a fim de ir a essa festa. (Conrado respondeu com um sorriso suave, e uma voz carregada de paz). Mas se a gente fugir desse compromisso e de encarar o Domênico ou a Amarílis, haverá outras situações que nos obrigarão a isso. Que seja agora o momento de colocar um basta nessa situação.

— Concordo.

— Você não está sozinha, além de mim, a irmandade está conosco.

Eu sorri e então nós nos beijamos.

— Se vamos a essa festa ,está chegando a hora de nos prepararmos para ela ! (Afirmei decidida).

— O que quer fazer Lu?

— Pega suas coisas, vamos pra minha casa e nos arrumamos lá, o que acha?

— O que for melhor pra você! Vou colocar minhas roupas numa mochila e então partimos tá bem?

Eu concordei e em pouco tempo nos encontrávamos no carro na direção do meu chalé.

A noite estava linda e a temperatura agradável, o céu brilhava como nunca enfeitado pelo brilho da constelação de estrelas. Por volta das 19h30, sentada na beira da minha cama, eu olhava o meu viking ajoelhado à minha frente, abotoar o fecho da minha sandália.

Os fios claros de seu cabelo alaranjado brilhavam alinhados e penteados para trás.

No convite da festa de Amarílis, a orientação dos trajes era que fossem formais e nas cores preto e branco.

Conrado era um verdadeiro príncipe vestido com uma camisa branca de linho, calça de alfaiataria e blazer pretos.

Ele havia me surpreendido ao aparecer no quarto após o banho. Conrado retirou toda a barba!

Sempre gostei de homens com barba, acho muito charmoso. A de Conrado era um complemento para o seu visual de Guerreiro Nórdico.

No entanto, me senti como que enfeitiçada por sua beleza, quando vi seu rosto liso e sem barba pela primeira vez.

O fato de estar sem a barba não o deixou sem a aparência imponente de um Viking, apenas enfatizou sua beleza incomum.

O contorno do formato do rosto, o desenho dos lábios em evidência, mostravam com mais clareza seus sorrisos especiais.

— Pronto minha Lúcia, está magnífica.

O viking falou enquanto se levantava.

— Obrigada!

Eu agradeci seu elogio depois de beijar seus lábios perfeitos, e me observar no espelho ao lado dele.

Formávamos um lindo casal e isso era um fato. Eu gostava de me ver ao lado dele.

Olhei mais uma vez para o espelho, observando a roupa que escolhi usar naquela noite, amava a simplicidade daquele vestido deslizante.

A seda preta caia lindamente sobre o meu corpo e fluía enquanto eu caminhava evidenciando minhas curvas.

Justo na medida, de alças, ele era mais deslumbrante com seu ponto alto que era a fenda dramática até o alto da coxa esquerda.

Por fim, coloquei o colar que recebi de Stella, Aurora e Bryanna.

— Lucia... (Conrado me virou de frente para ele) você está bem?

— Estou! Só estou reflexiva, apenas isso. Estou grata por estar com você.

— Minha Lúcia (ele sorriu me abraçando) está tudo bem, eu nunca mais sairei do seu lado, só se você não me quiser. Só eu sei como transcorreu minha vida longe de você por tanto tempo, e qual foi a sensação de ver você novamente e ter você em minha vida de uma maneira que eu jamais pensei que fosse acontecer.

Eu sorri olhando em seus olhos.

— Você é minha escolha! (Declarei em nenhum rastro de dúvida, em meu coração e em minha voz).

Nós permanecemos um nos braços do outro por alguns segundos, até sermos interrompidos pelo som do interfone.

— Devem ser eles. (Eu ri me afastando do abraço cheio de ternura do meu namorado).

De mãos dadas descemos a escada.

Na câmera o rosto perfeitamente maquiado da Stella aparecia sorrindo.

Conrado apertou o botão para abrir o portão e vimos entrar na garagem os carros do Plínio e do Kaleo. Bryanna e Christian estavam no carro do Plínio e da Stella.

Saí a porta para recepcioná-los acompanhada de Conrado que se posicionou ao meu lado.

— Boa noite pessoal! (Eu comprimentei a todos).

Os membros da irmandade desceram de seus automóveis.

Os homens: finos e elegantes. Plínio e Christian optaram pelo total Black enquanto Kaleo estava muito parecido com Conrado. Camisa branca, calça e blazer pretos.

As mulheres: verdadeiras beldades, Bryanna usando sua franja no melhor estilo vintage, caprichou em seu batom vermelho carmim e prendeu seus fios em um coque com tranças deixando os *dreads* soltos, ela era irreverente em tudo e estava vestida com um terninho e calças brancas.

Stella escolheu um lindo vestido midi preto, delineou os olhos, prendeu seus cabelos pretos e lustrosos em um coque alto fazendo o tipo bonequinha da Audrey Hepburn.

E por último Aurora, sempre mais singela, decidiu-se por um vestido longo de tecido fluido e mangas compridas, deixou solto os cabelos vermelhos em sua leve ondulação natural que era linda.

Stella em sua constante empolgação foi a primeira a se aproximar de mim:

— Minha cunhada! Que vestido espetacular! (Ri com o comentário) já posso chamá-la assim não?

— Pode sim (nos abraçamos) obrigada pelo elogio. Bem-vindas meninas! Estão maravilhosas! (Respondi comprimentando as meninas).

Os rapazes, depois de falarem entre si, também vieram me cumprimentar.

Após todas as saudações, Kaleo perguntou brincalhão:

— E aí filhos de Circe? Prontos para o confronto?

— Eu sempre estou pronta. Não sou de fugir de confrontos! (Falou Bryanna).

Christian fez uma careta e todos riram.

— Então vamos ! Essa noite vai ser longa, rs, disse Plínio e no mesmo instante,entramos nos carros.

No carro do Plínio e da Stella, fomos eu e o Conrado, seguidos pelo carro do Kaleo e da Aurora, onde também estavam Christian e Bryanna.

Descemos a montanha até chegarmos ao local da mansão que eu havia estado dias atrás na companhia do Domênico.

Diante dos carros os carvalhos se abriram, e todos entramos.

O caminho de pedras azuis que levava à casa estava lá brilhando como nunca, nesta noite iluminado por várias tochas espalhadas pelo jardim.

A bela casa com seus arcos e flores coloridas reluzia de luzes e o som da música chegava até nós.

Eu apertava a mão forte do meu viking enquanto ele não deixava transparecer que percebia minha apreensão.

Conrado sorriu tranquilo quando chegamos à entrada e Amarílis veio recepcionar os convidados que se acumulavam à porta.

A anfitriã que brilhava em um suntuoso vestido branco, bordado por centenas de canutilhos furtacor, praticamente flutuava pelo salão, Amarílis abraçou e beijou Stella e Plínio que estavam à nossa frente, recebendo suas felicitações. Então, quando finalmente ela chegou até nós, parou por alguns segundos quando percebeu os fortes braços do Conrado em volta da minha cintura.

Seu sorriso se apagou discretamente. A aniversariante respirou profundamente e retomou o sorriso, mesmo que com menos entusiasmo.

— Lúcia! Que bom que veio! Ela exclamou, enquanto Conrado me soltou de seus braços.

— Claro que viria! Parabéns Amarílis, muitas felicidades!

Nós nos abraçamos.

— Obrigada minha querida! Desde que cheguei da Suíça e nos encontramos rapidamente na livraria não nos vimos mais. Tenho sentido sua falta.

Ela tocou o meu braço com afetuosidade, enquanto seus olhos sondavam os meus.

— É verdade, você deve saber que os últimos fatos e descobertas abalaram um pouco a minha vida. (Respondi sustentando seu olhar, sem deixar de sorrir).

Amarílis voltou os olhos discretamente para baixo levantando uma das sobrancelhas. Depois me encarou novamente:

— Eu sei, e fico feliz que está se recuperando. Espero que tudo se ajeite para você com clareza e sabedoria.

— Obrigada Amarílis.

Eu agradeci e só aí ela se virou para Conrado.

— Felicidades Amarílis! Obrigado pelo convite.

Conrado se adiantou:

— Não tem de quê. (O sorriso de Amarílis era frio). Aproveitem a festa. Me dêem licença.

Ela nos deixou, indo dar atenção a outros convidados.

Conrado pegou minha mão e procuramos com os olhos onde estavam nossos amigos.

Kaleo acenou e caminhamos até a mesa onde estavam .

Meu coração batia desassossegado, eu ainda não tinha avistado o Domênico, no meio do salão cheio de pessoas.

O salão onde acontecia a festa era o mesmo onde eu havia jantado, eu reconhecia aquele cenário esplêndido com suas portas em arcos, as claraboias, e as flores ornamentais.

As luzes das velas iluminavam o lugar, só havia o triplo da quantidade delas naquela noite.

No teto estavam pendurados muitos arranjos de flores em volta de um lustre majestoso.

Em especial havia mesas redondas e cadeiras de ferro branco devidamente colocadas até a a volta do lago.

Assim que estávamos acomodados juntamente com nossos amigos, um homem alto, de cabelos pretos preso em um rabo de cavalo baixo usando um cavanhaque bem cuidado e de olhar misterioso se aproximava da mesa em que estávamos sentados.

— Não olhem agora (Stella sussurrou para todos) mas Dragomir está vindo até nós.

— Imaginei que ele aparecesse... (respondeu Aurora) não vemos esse homem há séculos!

Não demorou para que ele se posicionasse diante de nós:

— Boa noite a todos!

Falou Dragomir, o proprietário da casa e amigo pessoal de Domênico e de sua família.

Ele transparecia ser intimidador apesar do sorriso encenado que ele tinha estampado no rosto.

— Há quanto tempo não vejo a Irmandade reunida! Pelo menos o que restou dela, rs.

— Boa noite, Dragomir. A irmandade, pelo menos o nosso ciclo, nunca deixou de estar unida, muito menos de existir (Plínio respondeu sereno mas com autoridade em sua voz).

A tensão entre todos era evidente, mas nenhum de meus amigos, nem meu namorado, se mostraram ameaçados pelo mago.

— Fico feliz em saber! Admiro a resistência... (ele olhou para mim e continuou a falar)

— Conrado meu amigo... vejo que está acompanhado!

— Minha namorada... minha futura esposa, aliás...

Minha expressão foi de surpresa!

Stella, Bryanna e Aurora trocaram olhares entre si, depois sorriram para mim animadas.

Conrado preparou um daqueles sorrisos perfeitos para cada ocasião, aquele do qual seus olhos acompanhavam a curvatura do sorriso e se tornavam pequenos, espremidos pela felicidade. Depois colocou um dos braços em volta dos meus ombros me trazendo para mais perto dele, como se quisesse me proteger.

— Me lembro dela! Nós já nos conhecemos... apesar de não me lembrar se algum dia fomos devidamente apresentados, a tão desejada Lúcia! Como vai?

Ele estendeu sua mão, e eu então acompanhei seu gesto. Dragomir beijou a minha como era o costume de muito tempo atrás.

Mas... todos ali eram "de muito tempo atrás" eu é que me esqueci desse detalhe.

— Eu estou bem, obrigada! Quanto a ser desejada, com certeza sou, pelo meu noivo Conrado, rs.

Eu sorri para meu recente noivo que eu julgava ser apenas namorado, que me sorriu de volta acrescentando minha resposta a Dragomir:

— Com toda certeza minha linda.

— Me perdoe Lúcia, se fui ofensivo ao mencionar que era desejada não foi a intenção. É que preparei um jantar em sua homenagem uma noite dessas, a pedido de meu grande amigo, o Domênico. Foi uma surpresa para mim saber que está noiva, e do Conrado!

Era nítido a intenção do mago em nos provocar e causar desconforto em nosso meio.

— Ah sim, foi um jantar muito agradável por sinal, pois sua casa é encantadora. Domênico e eu tínhamos algumas pendências do passado para resolver. E resolvemos... (respondi).

— Dessa forma Lúcia e eu estamos juntos e em breve vamos oficializar

o noivado (Conrado alegre falou para Dragomir e para nossos amigos).
Nesse momento um garçom passava pela mesa com champanhe.
Kaleo rapidamente valeu-se do momento oportuno:

— Que notícia incrível! Eu quero aproveitar a champanhe e sugerir um brinde aos noivos!

Sem deixar esmorecer o sorriso cênico que seu rosto carregava, Dragomir observava a cada um de nós durante os minutos que se seguiram, enquanto o garçom enchia as taças da irmandade.

— Ao casal de noivos: Conrado e Lúcia! - Kaleo propôs o brinde.

Todos nos congratularam com seus cálices, inclusive Dragomir, que brindou sem pronunciar uma palavra sequer, e assim que bebericou de sua taça pediu licença e se retirou.

— Homem intragável!

Stella comentou revirando os olhos no mesmo instante que o mago saiu de nossa presença.

— Estou me sentindo um tanto inquieto.

Christian comentou olhando ao redor.

— Relaxa, Christian! O que você deve estar sentindo é a sombra de perversidade que Dragomir emana por onde passa. (Bryanna advertiu o marido, depois riu).

— Vamos dançar ela o puxou para a pista onde algumas pessoas se divertiam.

A música era contagiante e muita gente foi dançar. Inclusive Stella e Plínio e Aurora e Kaleo.

— Quer ir também?

Conrado me perguntou com os lábios encostados nos meus.

— Vamos... (Respondi devolvendo seu beijo).

De mãos dadas caminhamos até o centro do salão e nos juntamos as pessoas que dançavam descontraídas, sorrindo ao som da música.

— Você disse que estamos noivos para surpreender Dragomir? (Perguntei ao viking enquanto nossos passos seguiam o ritmo da canção).

— Não... eu disse porque eu quero me casar com você. Eu te disse que não te deixarei jamais. E você está e sempre estará em meu coração, porque ele pertence a você.

Eu olhei dentro do seu olhar, constatando o brilho veemente que seus olhos continham enquanto ele se declarava para mim. Meu viking estava lindo, e ainda segurando minha mão ele me rodopiou entre seus braços.

Meus pés seguiam o compasso de seus movimentos, quando tudo num piscar de olhos se tornou como um filme em câmera lenta.

Domênico, como um vento repentino, surgiu no salão, de forma que o mundo parasse e apenas seu caminhar e sua presença se tornasse notória.

Eu distinguia seus cachos se moverem em sincronia, a cada vez que seus pés chegavam ao chão.

A calça escura e o colete que ele usava por cima da camisa preta estavam cobertos por um sobretudo cor de gelo.

Do gelo que parecia estar em seus olhos fixos em mim enquanto ele a cada instante chegava designado mais próximo de onde eu me encontrava.

A música ressoava em meus ouvidos, porém meus pés não me obedeciam, simplesmente se fincaram no chão.

O colar que minhas amigas haviam me dado como amuleto se partiu ainda em meu pescoço caindo no chão e se desfazendo em mil pedacinhos.

Me virei para o Conrado que como todos no salão parecia estático, congelado no tempo e espaço. Meu viking, meus amigos, e as pessoas que se encontravam naquele salão pareciam estátuas, com feições inertes, imobilizadas por uma força incapaz de ser dominada.

Uma força movida pelo poder da magia, acometida pela obsessão, movimentada pela loucura causada por consternações vividas.

Pelos desatinos que arrebatavam as emoções de um homem amortecido: Domênico!

E a magia, ah... a magia... ela atrelava-se a uma lei, a diretriz dos sentimentos!

Domênico parou em minha frente, eu sentia sua respiração, o pulsar do sangue correndo em suas veias, o ar quente que saia de seus lábios:

— Eu vim para buscar você.

Disse o mago que ali naquele momento, usava de seus poderes para obter aquilo que desejava sem se importar com mais nada ou mais ninguém.

— Não posso ir...

Impossibilitada de mover meus pés eu o respondi num misto de tristeza e raiva.

— É claro que pode! Tudo isso é apenas por você, rs (Domênico riu enquanto abriu seus braços mostrando com orgulho as pessoas vitrificadas. Certamente me julgando ingênua).

— Você não me entendeu... não posso ir, porque não quero ir com você. Não amo você. Meu amor, meu coração pertencem ao Conrado.

Sua expressão se tornou furiosa ao me ouvir, mas no mesmo momento foi como se minhas palavras tivessem sido levadas pelo vento e um sorriso terno surgiu no rosto de Domênico.

— Não sabe o que está dizendo... é ao meu lado que você estará no restante dos nossos dias. Venha comigo!

Domênico estendeu sua mão segurando a minha, e meu corpo tão somente não sabia lutar.

Como uma marionete que obedece o comando daquele que a governa, meus pés sujeitaram-se a dar passos ao lado de Domênico.

Ele me arrastava para longe do salão para longe do Conrado, para longe de todos, e ninguém podia fazer nada, eram como estátuas vivas decorando o pátio onde antes havia uma festa.

As lágrimas fluíram desenfreadas dos meus olhos, percorrendo meu rosto na mesma proporção que meu coração ardia em angústia, ao passo que Domênico me levava para uma trilha emergindo cada vez mais para dentro do bosque.

— Pode me soltar Domênico? Para onde vai me levar? Está escuro e frio aqui fora.

Seus olhos se voltaram para mim.

— Não precisa chorar Lúcia... (seus dedos enxugaram minhas lágrimas) nunca irei fazer mal a você. Muito pelo contrário, nós seremos muito felizes, eu cuidarei de você.

Colocando seu sobretudo em meus ombros, ele sorriu e eu percebi que não havia como discutir, ele estava alucinado e nenhum argumento seria ouvido por ele.

Era só torcer para que houvesse uma maneira de que alguém naquela festa rompesse o feitiço de Domênico e pudesse me ajudar.

Após alguns minutos de minha caminhada na floresta com Domênico eu não imaginava que meu desejo começava a se tornar real tão rapidamente, eu não tinha noção do alvoroço que se iniciava na casa de Dragomir.

Enquanto no salão os convidados da festa de Amarílis eram estátuas vivas, adornando o espaço, Cyro adentrou o lugar e logo atrás dele vinha sua mãe.

O simples gesto dele ao levantar seus braços até a altura da cintura com as mãos viradas para cima foi o suficiente para quebrar o encanto que acometia a todos.

Com o fim da paralisia e as pessoas retomando seus movimentos, a voz do viking foi uma das primeiras a ecoar no salão.

— LÚCIA! (Ele proclamou forte meu nome) em seguida ao avistar Cyro foi direto em sentido a ele.

— CYRO! (Conrado tomado pelo desespero agarrou Cyro pelo colarinho do casaco que ele vestia).

— Seu irmão está louco! Levou Lúcia a força com ele!

Cyro apenas o encarava com seu rosto de expressões ilegíveis.

— Você sabe pra onde ele a levou, não sabe?

Ele continuou a vociferar sem obter palavra alguma do irmão de Domênico.

A irmandade correu para onde os dois se encontravam, Amarílis estava mais ao longe assistindo o que acontecia ao mesmo tempo em que tentava se desculpar e se despedir dos demais convidados que assustados se retiravam sem entender o que se passava.

— Solte o Cyro, Conrado… (Plínio pediu calmamente tocando o braço do irmão).

Cyro respirou profundo, ajeitou o casaco e então se referiu à irmandade.

— Eu imagino que sei. (Sua voz era soturna).

— Então diga-nos por favor! Foi horripilante o que acabou de acontecer aqui …estávamos imóveis e conscientes, assistindo o que se passava diante de nossos olhos sem nada poder fazer! (Stella dizia aquelas palavras com o rosto cheio de angústia).

Todos olhavam Cyro procurando uma atitude, uma resposta.

— Se alguma coisa acontecer a Lúcia, juro, não sobrará nada do Domênico!

Conrado ameaçou passando a mão pelos cabelos, sua voz carregada de raiva e aflição.

— Querem manter a calma por favor!?

Cyro falou alto para a irmandade que aquela altura o cercava. Eram apenas eles que se encontravam no salão, então prosseguiu:

— Eu vou atrás dele, até onde acho que Domênico a está levando.

— Iremos com você (Bryanna respondeu).

— Todos iremos! (Kaleo disse decidido, seguido da resposta de Bryanna).
— Eu acho que isso não é uma boa ideia.
Cyro respondeu nervoso.
— Como assim não é uma boa ideia? Isso está fora de cogitação...
Conrado falou agitado:
— E o que espera que façamos, Cyro? Que fiquemos aqui esperando você voltar sem saber o que está acontecendo?
Stella perguntou a Cyro, tentando não perder a calma.
— Não queremos que essa tragédia se repita mais uma vez... (a voz de Aurora saiu como um sussurro) Lúcia ter reencarnado e novamente ter um destino como no passado, isso não!
— Ela não irá morrer, Aurora! (Conrado falou alto).
Foi nesse instante que Amarílis se aproximou:
—Lúcia na verdade não morreu... Ela não é uma mulher parecida ou a reencarnação de nossa antiga Lúcia como vocês estão pensando. Ela é a própria Lúcia!
— Como você pode ter certeza disso? O que você sabe sobre a Lúcia que não sabemos Amarílis? Plínio perguntou.
Todos olharam na direção de Amarílis.
— Não temos tempo para essa explicação agora.. deixem o Cyro ir acertar o que é preciso com Domênico. Depois disso explicarei melhor.
— Nós iremos com você, Cyro. (Kaleo repetiu).
— Seja como preferirem, mas na hora de conversar com Domênico, irei apenas eu, e nisso não há discussão. (Cyro foi categórico).
— Está bem (Conrado respirou profundamente). Não vamos perder mais tempo, vamos atrás deles.
Cyro concordou. Dividiram-se nos carros de Cyro onde entraram Conrado, Stella e Plínio e no carro do Kaleo foram Aurora, Christian e Bryanna. Assim a Irmandade embrenhou-se no bosque, na propriedade de Dragomir, pegando uma pequena e sinuosa estrada.
— Para onde acha que Domênico a levou?
Conrado perguntou sentado no banco de passageiro ao lado do motorista, enquanto Cyro dirigia.
— Pelo que sei, no alto dessa montanha estará um helicóptero que Dragomir alugou para que o Domênico leve Lúcia para a Moldávia,

onde ele criou um refúgio mágico como o de Dragomir, dentro da floresta de Codru.

— Minha nossa... (exclamou Stella) se eles embarcarem nesse helicóptero, dificilmente veremos Lúcia outra vez!

— Por isso agi o mais rápido que pude. - Cyro respondeu.

— E como você obteve essa informação?

Plínio perguntou a Cyro.

— Eu estava no bosque, nas proximidades da festa, e encontrei Dragomir saindo de sua casa e falando ao celular, numa atitude um tanto suspeita, ele citou o nome do Domênico e me escondi entre as sombras para ouvir a conversa. Então, descobri seu plano.

Cyro respondeu resumidamente e parou o carro:

— Estamos próximos. Daqui para frente o carro não sobe, fiquem dentro do automóvel ou se preferirem se escondam entre aquele pequeno arvoredo ali (ele apontou para o local). Agora é apenas comigo, entenderam!?

Muito a contragosto, Conrado assentiu, então ele Stella e Plínio desceram do carro juntando-se a Kaleo, Aurora, Bryanna e Christian que também estacionaram o carro onde vieram logo atrás do carro de Cyro.

Antes de subir o trecho de terra Cyro se virou para Conrado lhe entregando a chave de seu automóvel:

— Pegue. (Conrado o encarou sem entender o que aquilo significava).

— Não precisa entender (Cyro continuou) apenas guarde com você, se tudo der certo, apenas o deixe com minha mãe.

No alto do monte, o vento nos castigava com lufadas geladas, quase congelando meu rosto que se encontrava úmido por minhas lágrimas.

A névoa pesada rodeava nós dois como um círculo.

Domênico segurava apertado a minha mão em um campo vasto cercado por um grande abismo. Nunca havia estado naquele lugar. Eu conseguia sentir a tensão e a ansiedade do Domênico em seu pulso encostado ao meu. Seus olhos estavam apreensivos e ele me encarou:

— Você está gelada de frio. Eu não sei por que o helicóptero ainda não está aqui.

— Helicóptero? Para onde vamos, Domênico?

Minha calma me escapava como água pelos vãos dos dedos.

— Para nossa casa! Você irá adorar o que preparei para nós, e...

Não deixei que Domênico terminasse a frase:

— NOSSA casa? Domênico... eu imploro... não quero ir... não amo você, quantas vezes será...

Então foi a vez dele me interromper:

— CHEGA LÚCIA!! (Ele gritou). Você está impressionada, se deixando iludir pelas promessas daquele professor idiota. Mas ele jamais amará você como eu!!

Nesse momento nos viramos para trás, uma voz gritou chamando seu nome:

—DOMÊNICO!!

Cyro se aproximava de nós, e eu ainda não sabia dizer se aquilo era um bom sinal.

— O que você está fazendo aqui?

Surpreso, Domênico se colocou à minha frente, então percebi que havia esperança de escapar dali.

— Meu irmão... vim ajudar você a não cometer mais loucuras em nome de algo que não existe.

Cyro parou com uma certa distância.

— Do que está falando? Fale somente por você! E se você está aqui pensando que tomará a Lúcia de mim mais uma vez, você está enganado RS (Domênico simulou um sorriso carregado de desgosto).

— Nunca a tomei de você... quando me apaixonei por ela, você estava noivo. Você nunca suportou a ideia de que alguém me amasse de verdade.

— Hahaha! Isso foi uma piada? (Domênico riu exageradamente). Quem usou o espelho de Circe para se passar por mim? Quem se juntou a Agnes para tramar por minhas costas e enganar a Lúcia?

Cyro estava tenso. Meu coração martelava desesperado em minha garganta.

— Disso assumo minha culpa e paguei muito caro por ela. Anos a fio da minha vida... mas eu sabia desde o início que você havia manipulado os sentimentos da Lúcia, que também havia infringindo uma lei da irmandade usando magia a seu favor. Você enfeitiçou a Lúcia para que ela se apaixonasse por você, para que te escolhesse.

Você estava noivo da Agnes, mas ver Lúcia se apaixonar por mim era insuportável para você.

Dessa forma você rompeu com a Agnes, dominou os sentimentos da Lúcia e prometeu amor eterno a ela e não contente a engravidou! Em nome de um capricho seu, que você intitulou de "Amor".

— PARE COM ISSO, AGORA!

Domênico gritou mais uma vez, ele estava furioso e recuou alguns passos me levando com ele um pouco mais para a beira do precipício.

Eu estava apavorada e dilacerada por cada palavra que ouvia.

— Domênico, já conversamos e te peço perdão mais uma vez. Peço perdão a Lúcia também, sinto muito pelo que aconteceu, pela morte do filho que tiveram (Lágrimas escorreram dos olhos de Cyro). Liberte a Lúcia, Domênico... o amor dela e do Conrado esse sim é real.

Lágrimas também se desprenderam dos olhos de Domênico e ele olhou para o meu rosto molhado me apertando contra seu peito.

Ouvi seu choro copiosamente, então choramos juntos.

Cyro avançou alguns passos em nossa direção:

—Vire a página meu irmão e escreva seu próximo capítulo, assim como cada um de nós o fará. Deixe que Lúcia pelo menos uma vez tome sua própria decisão, sua verdadeira decisão.

Nesse momento eu vi Conrado sair do meio de algumas árvores no meio da escuridão. Ele parou mais distante, mas o suficiente para que eu o visse. Domênico e Cyro também o viram. Nesse instante com os olhos ainda baços pelas lágrimas, Domênico segurou meu rosto com suas mãos perguntando:

— É isso mesmo o que quer?

Nunca havia ouvido uma voz tão triste em minha vida.

Minha comoção emanava por cada partícula do meu corpo e eu assenti para ele.

Domênico me apertou mais uma vez contra seu peito. O vento balançou as ondas do seu mar de cachos castanhos para perto do meu rosto, e eu senti seu cheiro pela última vez.

— Me perdoe Lúcia... eu a amarei para sempre!

O barulho do motor do helicóptero anunciou sua chegada e o vento era quase insuportável, desse modo Domênico me afastou dele com hesitação, me beijando os lábios com paixão. Eu não lutei, permiti essa despedida e enfim ele me libertou.

Eu corri para Conrado que me esperava com os braços abertos. Eu o agarrei aos prantos.

A irmandade apareceu nos cercando e juntos assistimos Domênico entrar no helicóptero, me olhar pela última vez e então partir e sumir no negro céu, no breu daquela noite.

Cyro também acenou para nós e com uma reverência também se foi dentro da mata.

....

Eu não sei dizer a que horas chegamos a minha casa. No banco de trás do carro de Cyro vim praticamente deitada sobre Conrado enquanto Plínio dirigia.

Quando todos chegaram ao meu chalé, eu me deitei no colo de Conrado no sofá da sala, as mãos do viking faziam um carinho gentil nos cachos do meu cabelo e Stella se apressou em me preparar um de seus chás. Bryanna e Christian se preparavam para ir para casa deles junto com Kaleo e Bryanna, quando ouvimos o interfone.

— Mas quem será agora!?

Bryanna perguntou com certa surpresa na voz.

Plínio se antecipou olhando a câmera:

—Amarílis! (Ele nos olhou em seguida parando sobre meu rosto).

Me ajeitei sentando no sofá:

— Deixe-a entrar Plínio, por favor... (eu pedi).

— Mas, Lúcia... você está exausta.. precisa descansar... (exclamou Aurora).

— Se ela tem algo mais a dizer, que seja agora então. Chega de doses homeopáticas nessa história. Quero acabar com isso de uma vez! (Respondi).

Conrado concordou e Plínio abriu a porta para Amarílis.

Ela estava abatida e seu rosto demonstrava claramente os sinais de quem havia chorado.

— Boa noite... me perdoe o horário Lúcia.

— Fique tranquila Amarílis, sente-se, por favor.

Ela se sentou à minha frente, e a irmandade toda resolveu ficar.

Stella apareceu com duas xícaras de chá quentinho. Ofereceu uma a mim e a outra para Amarílis.

— Obrigada Stella... (ela agradeceu e iniciou) vim aqui Lúcia porque essa noite, antes de Cyro ir atrás de Domênico, eu comecei a revelar algo que guardei comigo por muitos anos e chegou o momento de falar. Eu disse ao Plínio que na sua volta eu diria o que sei.

Todos estavam em silêncio à espera do que Amarílis tinha a contar.

— Quando Agnes lançou seu feitiço sobre a Lúcia, ela não imaginava, que com o filho de Domênico sendo gerado no ventre da Lúcia algo mágico aconteceria ao corpo dela.

Como descendente de Domênico, o bebê também pertencia a linhagem de Circe.

Sendo assim, Lúcia carregando uma criança sobrenatural parte dela se tornou como nós, meio-imortal.

As feições no rosto de cada membro da irmandade ao ouvirem o que Amarílis dizia eram diferentes. Na face de cada um deles, inclusive na minha, diversas emoções eram expressadas.

Surpresa, espanto, convicção... não era possível ouvir um ruído a mais que fosse além da voz de nossa narradora:

— Como todos já estamos cansados de saber, infelizmente o bebê não conseguiu resistir ao feitiço...

Era um menino lindo e forte. Muito parecido com o pai.

Quando cheguei perto do corpo da Lúcia, notei que ela não havia morrido como acreditávamos... sua respiração era fraca, quase imperceptível e seu coração batia lentamente.

Mas não sei o porquê ninguém mais além de mim e do Heitor conseguia notar esse fato.

Tentei fazê-la voltar usando meus poderes, mas não consegui.

Eu e Heitor, não revelamos nada a ninguém.

— E por que não informaram a irmandade? Poderíamos ter ajudado! (Bryanna perguntou).

— Eu não sei Bryanna, talvez estivéssemos com medo também diante de todo aquele cenário desastroso. Havia a família de Lúcia que não eram magos como nós. Aliás, eles nunca souberam desse fato...

Minha mente dava voltas... minha família... eu me lembrava perfeitamente de minha família a poucos anos atrás.

— Amarílis (eu a interrompi). Eu, eu me lembro dos meus pais e meu irmão há pouco tempo na minha adolescência... e...

— Eu chegarei aí... (ela baixou o rosto) vou concluir essa parte para que possa entender...

Deixamos que o seu corpo fosse levado e deixado no mausoléu de sua família de fato.

Depois disso, quando a família de Lúcia deixou Alferes pouco tempo depois, secretamente eu e Heitor levamos Lúcia dali a um lugar secreto na parte de trás do altar da deusa, no antigo templo. (Ela se referiu a todos).

Após dias, meses, e até anos, quando eu voltava escondida para ver o corpo de Lúcia ela continuava da mesma forma.

Até que um dia milagrosamente... Após muito tempo, ela despertou...

Não se lembrava de nada, de quem era, muito menos do que havia se passado com ela.

Lúcia não havia mudado em nada.. ainda uma menina, bela, como era quando tudo aconteceu.

Foi quando me ocorreu uma ideia... Eu a fiz adormecer levemente... E a levei para longe daqui.

Novamente não pude conter minhas lágrimas. Conrado ao meu lado, o tempo todo segurava minha mão, tão perplexo quanto eu.

Amarílis bebericou do chá para aliviar sua garganta e continuou:

— Uma família de amigos que havia perdido uma filha adolescente (e que por sinal lembrava muito a Lúcia) e que jamais havia se recuperado de sua perda a adotou como filha deles. Como pretexto, dissemos a ela quando acordou dias depois, que ela havia sofrido um acidente, que ela havia sido atropelada quando andava de bicicleta, presente dado a ela pelos recentes 18 anos completados e esse acidente como consequência fez com que ela perdesse a memória, desaparecesse de casa e daí eu a havia encontrado e levado ela de volta a sua família.

— Como pode fazer isso Amarílis?

Stella perguntou com repugnância, acredito que era o sentimento que dominava a todos nós.

— Eu... eu não sei... eu... fiquei tão perdida... (entre lágrimas e soluços a voz de Amarílis se tornou trêmula) eu acreditei que estava devolvendo a vida da Lúcia da melhor forma possível.

Todas as peças daquela história encaixam-se em seus devidos lugares, e ao mesmo tempo em que nos traziam a mim e a todos os presentes surpresa e assombro, pareciam também trazer alento a minha alma.

— Tente se acalmar Amarílis (eu consegui pronunciar).

— Sim... obrigada, preciso concluir o final...

Assim que ela terminou essa frase, Kaleo gentilmente tirou a xícara de chá de suas mãos e Amarílis pode finalmente concluir:

—A princípio tudo foi combinado perfeitamente e mantido em absoluto sigilo. Até mesmo pelo filho caçula do casal.

As imagens de Evandro sorrindo para mim, seus abraços e suas demonstrações de afeto me invadiram os pensamentos por alguns instantes.

— A família Romoroso amou Lúcia como filha e Lúcia amou verdadeiramente a eles, até o dia que um fatídico acidente, levou a vida deles. Então ela Lúcia, corajosa como sempre foi, seguiu a sua... (Amarílis prosseguiu).

Eu acompanhei toda sua trajetória longe de nós. (Amarílis olhou fixamente para mim). Cada fase pela qual você passou. E no momento em que julguei que estava preparada para voltar, para resolver o que era preciso, você voltou para nós, para descobrir seu passado verdadeiro e desvendar seu destino. Eu reformei o chalé e o anunciei para venda e o resto vocês todos já sabem. Ela se levantou vacilante e precisou ser amparada por Plínio e Kaleo.

— Obrigada meninos...

Amarílis apanhou a bolsa que usava e antes de se direcionar até a porta ela se virou para mim mais uma vez:

—Espero de verdade Lúcia, que algum dia você possa me perdoar, perdoar a mim e a minha família por todo o mal que causamos a você, meu desejo é que você seja imensamente feliz.

Amarílis saiu acompanhada pelo Plínio. Enquanto eu mais uma vez tentava discernir o que dizer e como agir diante de tudo que havia se revelado.

— Lúcia.. como você está minha linda?

Conrado me perguntou preocupado, me trazendo junto a ele, com seus braços envolta dos meus ombros, ele beijou meus cabelos.

Eu o olhei sem saber o que responder.

Foi então que Stella se aproximou se ajoelhando em minha frente para encarar meus olhos.

— Stella....

— Sim minha querida, estou aqui. (Ela respondeu).

— Toda a minha vida foi uma mentira...

Uma lágrima me escapou seguida de outra.

—Não!! Não minha amiga querida! Jamais pense assim Lúcia... nossa amizade nunca foi uma mentira, o amor do Conrado nunca foi uma mentira, nem o amor da família que te acolheu durante um ano de sua vida, foi uma mentira...

Eu assenti confirmando suas palavras quando ela apertou minha mão, como quem declara seu amor e lealdade a uma irmã.

Bryanna também se chegou até nós:

— A vida é sempre mágica! E nos dá chances para recomeçar...

Mesmo em meio ao caos, a tragédia e a morte.

Ainda que coberta de erros, Amarílis te levou para pais amorosos.

O destino colocou o Rafael em seu caminho, e mesmo que o final desse relacionamento tenha sido desagradável, isso aconteceu para que você voltasse para Alferes e resolvesse seu passado.

E agora que finalmente o resolveu, você tem o Conrado para partilhar o restante de uma vida feliz com você. Eu sorri ainda que com lágrimas nos olhos e olhei para o homem ao meu lado, pude ver em um dos seus sorrisos magníficos, cada um apropriado para a ocasião certa, que fosse como fosse, o caminho nada fácil de ser trilhado que o destino me conduzira, no final ele havia reservado um presente valioso, um amor genuíno.

Aurora antes de partir finalizou, assim que as meninas se levantaram para sair:

— Nós continuamos sendo sempre a Irmandade, a sua irmandade, você faz parte de nós. Vamos deixar você descansar agora, mas se precisar, seja a qualquer hora, estaremos aqui com você.

Os três casais se despediram e Kaleo fechou a porta da sala, deixando eu e Conrado a sós no sofá.

— Eu já te disse essa noite que quero compartilhar minha vida com você?

Ao dizer a frase, as sobrancelhas do viking estavam arqueadas para cima, seu olhar era terno ao mesmo tempo que havia um calor intenso dentro de sua íris.

— Acredito que não ouvi direito, RS. Você poderia explicar melhor sobre isso?

Minha resposta fez surgir um de seus sorrisos e vendo a felicidade no rosto lindo do meu viking, não havia mais nada que pudesse roubar a minha!

— Sim... eu posso...

Aquela boca incrível que há pouco sorria para mim, encostou em meus lábios me entregando um beijo, seu paladar venerava o meu sabor mais uma vez e apreciar o gosto dele era incansável.

Conrado se levantou me levando consigo, ambos em pé de frente um para o outro, enquanto o mundo naquele instante era feito de nós dois, a mão do viking descia o zíper do vestido que eu usava.

A roupa deslizou suave por mim, seguida de um arrepio que percorreu minha espinha.

Imediatamente fui aquecida pelo calor de suas mãos em meus seios.

Eu mordi levemente os lábios do viking ouvindo o seu gemido de desejo.

— Lúcia... Sempre soube que você era minha, a mulher da minha vida.

Em cada frase do viking, a satisfação de ser amada, desejada, saboreada era quase palpável em mim.

Cada célula que compunha meu ser ansiava pelo homem atraente que sugava meus seios, que havia arrancado a calcinha que ainda me cobria e alisava minha vagina com seus dedos enquanto meu clitóris vibrava.

Ser amada por Conrado era como mergulhar em um rio, eternizando ser invadida e levada pela corrente de suas águas intensas.

Já não havia distância entre nossos corpos, não existia separação entre nossas almas.

Eu gritei ao ser preenchida por ele, o prazer era imenso ao ser tomada pelo ruivo de olhos em chamas.

De quatro, meu corpo eletrizou na tempestade do clímax conjugado.

Seu pênis pulsava jorrando seu gozo em mim, o suor de seus cabelos pingavam em minhas costas enquanto apreciamos em êxtase a nossa paixão.

Conrado me virou novamente para ele, o prazer e o fascínio em seu rosto tornava eternamente cativo o meu coração.

— Case comigo Lúcia! Minha vida jamais terá sentido se não for vivida ao seu lado!

Arrebatada por todas as sensações, por todas as emoções indescritíveis que Conrado me fazia sentir e sonhar, eu o beijei... Eu o beijaria enquanto minha vida pudesse existir!

....

Algum tempo depois.

As nuvens brancas e macias como o algodão navegavam tranquilas pelo azul celeste daquele céu naquele dia claro, limpo e lindo que amanheceu.

Segurando uma xícara de café recém-coado eu me sentei na varanda do chalé.

Fechei os olhos inalando o cheiro da bebida antes de prová-la. Era praticamente um ritual que eu praticava quando estava ali.

Olhando o verde das folhas exóticas das Aroeiras, os Pinheiros, e os Carvalhos que cercavam a casa me senti no paraíso, meu paraíso.

Eu e Conrado optamos por vender meu chalé e mantermos o dele para passarmos os fins de semana ou virmos mesmo na hora em que tivéssemos vontade ou saudade da montanha.

Um pouco antes do nosso casamento compramos uma das lindas casas da Rua das Flores onde o Conrado e o Plínio tinham a escola de música, onde agora morávamos eu e o Conrado.

Nós a reformamos e a deixamos como sonhávamos, com a nossa cara!

Desde a fachada externa em calcário branco, telhado íngreme e janelas metálicas até seu interior aconchegante de telas retráteis e uma lareira de pedra e lenha com ambientes cheios de luz para recebermos as pessoas que amamos.

E claro, uma frente repleta de flores, as cores das belas flores que externavam a alegria de nossa casa.

Eu continuei com a *Bookstorie & Café* assim que Amarílis vendeu a parte da livraria para mim.

....

Amarílis decidiu que precisava de descanso já que segundo ela, havia cumprido sua missão. Ela partiu para a Europa sem dar muitos detalhes com quem moraria lá, ela apenas disse que seria melhor assim. Sem nos dar muitos pormenores do que planejava para sua vida e se moraria só ou acompanhada de Cyro ou Domênico.

Raizel era extremamente dedicada, então ela continuou comigo.

Eu a tornei gerente da delicatéssen e claro da livraria que agora era uma coisa só, não só dessa que havia pertencido a mim e a Amarílis, como também da filial que abri na cidade vizinha.

Nos dias atuais, eu apenas coordenava o financeiro e trabalhava mais na parte burocrática, indo apenas vez ou outra mas duas.

A cidade crescia economicamente com a divulgação do turismo. Os negócios da Stella com a La Perla, o ateliê da Aurora e do Kaleo bem como o bistrô da Bryanna e do Cristian prosperavam como nunca.

Nossas sextas continuavam garantidas com pizzas e risadas na casa da Bryanna.

E sempre que podíamos, a irmandade se reunia e era mais forte do que jamais um dia foi.

Voltando à varanda, continuei com meu café, e não demorou muito para que meu marido se juntasse a mim, sentando-se na cadeira ao lado da minha.

Mais um dia em que era presenteada com seu sorriso seguido de um beijo.

Éramos um casal que somava suas vidas sem perder a individualidade de cada um, podíamos continuar a ser quem éramos e nos descobrir todos os dias, e assim crescermos juntos em todos os momentos.

Nunca havia me sentido assim, tão dona de mim mesma, tão segura ao lado de quem podia amar e confiar.

Em certo instante daquele momento ao lado do Conrado, tive a impressão de ver ao longe entre as árvores a imagem de Circe sorrindo em seu vestido fluido, rodeada de animais silvestres.

A deusa passou acenando para mim e sumiu novamente no bosque.

Um sorriso chegou tão espontâneo em meu rosto que eu mesma me espantei.

Mentalmente a agradeci por tudo o que ocorreu em minha vida, e pela mulher que eu havia me tornado.

Conrado me olhou perguntando:

— O que foi minha linda, porque está sorrindo?

— Não é nada.. eu apenas sou feliz! Enfim, sou feliz!

"A cada dia que vivo, mais me convenço de que o desperdício da vida está no amor que não damos, nas forças que não usamos, na prudência egoísta que nada arrisca e que, esquivando-nos do sofrimento, perdemos também a felicidade."

Mary Cholmondeley

FIM ....

Conheça as músicas que são citadas pela autora no decorrer do livro. Você pode ouvi-lás nos princpais *streamings* de música.
 Busque por "Filha de Circe".

Wish someone Would Care -Irma Thomas
A Little Less Conversation - Elvis Presley
Baby, What a Big Surprise - Canção de Chicago
Doctor 's In - Son Little
Baby come on home - Led Zeppelin
I'll be your woman - St Paul & The Broken Bones
I Forgot to Be Your Love - William Bell
Mine Forever - Lord Huron
Down in the Valley - Otis Redding
Laramee de Richy Mitch & The Coal Miners
Slip Away, Clarence Carter
Paint It Black - Rolling Stones
Canon i D - Johann Pachelbel- Brooklyn Duo
Lucille Little Richard.
River Flows In You - de Yiruma - Brooklyn Duo
Long Lust - Lord Huron
Amsterdam - Ergory lan Isakov
I'll Be Your Woman - St Paul & The Broken Bones
I Don't Care - Diunna Greenleaf
Where I'll Find You - Joan Shelley

Este livro foi impresso
em dezembro de 2023,
em São Paulo.